The New Yorker Stories

紐約客故事集 II

私房話

安・比蒂（Ann Beattie）——著　　周瑋——譯

目錄——

灰姑娘的華爾滋 5
燃燒的日子 34
等待 58
格林威治時間 76
重力 92
奔跑的夢 101
漂浮 116
私房話 125
如同玻璃 138
慾望 145

流動的水 160
康尼島 171
電視 182
高處 191
一天 196
夏夜的天堂 206
時代 217
白色的夜 227
避暑的人 233
兩面神 254
骨架 261
你會找到我的地方 268

灰姑娘華爾滋

邁洛和布萊利兩人都被習慣所奴役。我和邁洛認識這麼久，他總是繫著那條被蟲蛀過的藍圍巾，打的結低垂在胸前，圍巾算是白繫了。布萊利咖啡喝上癮，會隨身帶一個保溫瓶。邁洛愛抱怨天冷，布萊利總是有點緊張。他們每週六從城裡過來接路易絲——這倒不是出於習慣，而是信守承諾。路易絲比多數九歲小孩還難以捉摸；有時她在前門的台階上等，有時他們到了她卻還沒起床。還有一次她藏在衣櫃裡，不願意跟他們離開。

今天路易絲收拾了整整一購物袋的東西，都是她想帶上的。她拿了我的攪拌器和藍色陶碗，準備幫邁洛和布萊利做星期天的早餐；拿了貝克特的《啊，美好的日子！》[1]，這書她揣著幾星期了，邊翻邊笑——不過我不確定她是不是在讀；還拿了種在海螺殼裡的紫蘇。除此之外，她在袋子一邊塞進一件華麗的維多利亞式睡衣，那是她祖母送的聖

1 《啊，美好的日子！》（*Happy Days*）又譯《快活日》、《歡樂時光》，是薩繆爾・貝克特一九六一年創作的劇本。

誕禮物；在另一邊塞了一個萬花筒。邁洛替路易絲準備了一兩套裙子、一件睡衣、一把牙刷和替換用的球鞋、靴子在他家，他厭倦送她回家前替她收拾東西，就買了一些可以留在他那的東西。她依然帶行李讓他有些心煩，這樣他又要在她回家前到處收拾，確保她收回所有東西。她似乎知道怎麼操縱他，週末結束後她哭著打電話來，說忘了這個或那個，這意味著他必須把車開出車庫，一直開到這裡來把東西送給她。有一次，他拒絕開一小時的車過來，因為她只不過忘了拿托爾金的《雙城奇謀》。之後就是那個週末她躲在衣櫃裡那次。

「你把花留下，我會幫你澆水的。」我說。

「我可以帶著。」她說。

「我不是說你不能帶。我只是覺得放在這裡比較安全，如果海螺殼打翻了，花就毀了。」

「好吧，」她說，「不過今天別澆，星期天下午再澆。」

我伸手拿購物袋。

「我自己放回窗台。」她說。她把花拿出來，小心翼翼捧著，好像它是史都本玻璃[2]做的。他們上個月從城裡回來的途中經過跳蚤市場，布萊利買了那株紫蘇給她。她和布萊利都很挑剔，他喜歡這點。他只喝法式烘焙咖啡；她會和自己無止盡地爭論該挑全粉、全紫，還是有條紋的紫蘇。

「邁洛這週末有計畫嗎？」我問。

「他今晚要請幾個人來，我會幫他做晚飯吃的煎餅。要是他們多買幾瓶那種商標上有黃花的葡萄酒，布萊利就會幫我把商標浸濕後撕下來。」

「他真不錯。」我說，「他從不介意做費時的工作。」

「不過他不喜歡下廚。邁洛和我煮飯。布萊利布置餐桌，把花插在花瓶。他覺得煮飯很讓人洩氣。」

「嗯，」我說，「煮飯要掌握好時間，還要協調所有事情。布萊利喜歡從容地做事，而不是匆忙。」

我不知道她了解多少。上週她告訴我她跟朋友莎拉的對話。莎拉想說服路易絲週末待在這，而路易絲說她一向都去她爸爸那。於是莎拉想讓她帶自己一起去，路易絲說不能。「你想的話可以帶她去。」我說，「問問看邁洛行不行。我想他不會介意你偶爾帶個朋友。」

她聳聳肩。「布萊利不喜歡有很多人。」她說。

---

2 史都本玻璃（Steuben Glass），一九〇三年創立於紐約的工藝玻璃品牌，主打色調瑰麗的高級水晶玻璃製品。

「布萊利喜歡你，如果她是你的朋友我想他不會介意的。」她用一種我沒見過的表情看著我；也許她覺得我有點笨，或者她只是好奇，想看我是否會繼續說下去。我不知道該怎麼繼續。她像個成年人一樣，微微聳肩，換個話題。

十點時邁洛把車開進車道，按響喇叭，聽起來像羊咩咩叫。他知道喇叭的聲音好笑，故意逗我們開心。剛離婚的時候，他和布萊利到這，下了車就沉默地站著，等她出來。她得留意他們到了沒有，因為邁洛不會走到門口。我們當時都很痛苦，但我熬過去了。不過如果不是布萊利認為應該進來，我不覺得邁洛會再次進屋。邁洛搬走以後第三次來接路易絲的時候，我出來請他們進屋，但邁洛一言不發。他站在原地，手臂垂在身體兩側，像個木頭士兵；他看我的眼神也毫無生氣，彷彿眼睛是畫上去的。我改勸布萊利。「路易絲現在在莎拉家，要是她進門時看到我們大家在一起，會覺得舒服些。」我對他說，布萊利轉向邁洛，說：「欸，是這樣沒錯。我們要不進去喝一小杯咖啡？」我看見他那個路易絲曾跟我提及的紅色保溫瓶放在汽車後座。布萊利認為他們應該進屋坐坐，他為我做的比我要求的更多。

一開始我不只是不喜歡布萊利，這話可真是不足為道。實際上我怕他，即使見到他身材細瘦、比我還緊張，講話聲音也輕，我還是害怕。第二次見到他，我說服自己：他只是某種典型人物，不過看起來確實無害。到了第三次，我有足夠的勇氣提議他們進屋。

我們三人圍坐在桌邊——邁洛和我結婚那些年用的餐桌——很尷尬。離家以前，邁洛對我咆哮這棟房子是齣鬧劇，我扮演著一個快樂的郊區主婦是齣鬧劇，拖延問題的我很荒謬，好像我可以親吻他，說：「甜心，你今天過得好嗎？」他也應該把鮮花和報紙帶回家。「也許我可以！」我尖叫回應，「也許就那麼做才好，哪怕我們假裝那樣，也比你醉醺醺地回家，毫不在乎我跟路易絲這一天過得怎樣更好。」他抓住廚房餐桌邊緣，像在逃跑的馬車上抓住韁繩般。「我在乎路易絲。」最終他這麼說。那是最恐怖的一刻。在那之前，在他那麼說之前，我一直以為他經歷了什麼可怕的事——一定有什麼地方出了大錯——但是他，以他自己的方式，終究還是愛著我。「你不愛我了？」我馬上輕聲地問。這讓我們兩人都心驚。這一個單純又悲哀的問題讓他走了過來，用手臂摟住我，給了我最後一個擁抱。「我為你難過。」他說，「我跟你結婚，又造成這些，我對不起你。可是你知道我愛的是誰。我告訴過你我愛的是誰。」「可你是開玩笑的。」我說，「你不是說真的。你是在開玩笑。」

那天布萊利第一次坐在桌旁，我盡量保持禮貌，不多看他。我心裡想著邁洛準是瘋了，我原本預期布萊利是個蹩腳的模仿者——克雷格・羅素[3]扮演瑪麗蓮・夢露。布

3 克雷格・羅素（Craig Russell，1948-1990），加拿大藝人，以男扮女裝模仿名人的表演而著名。

萊利沒有拿湯匙加糖到邁洛的咖啡裡，甚至不坐他旁邊。事實上，他把椅子拉得離我們有點距離。儘管不大自在，卻比邁洛和我找到更多話題。他告訴我他工作的廣告公司；他是設計師。他問我能不能到門廊上去看小溪——邁洛曾告訴他房子後面有條溪流，細得像根鉛筆，但還是能為我們提供西洋菜。他到門廊待了至少五分鐘，給我們說話的機會。但直到他回來我們一個字也沒說。布萊利剛重新坐下，路易絲就從莎拉家回來了，像對我們一樣，她擁抱他。我看得出來她真的喜歡他，我很驚訝自己也是。布萊利贏了，我輸了，可是他溫和低調，好像那些都無關緊要。那個星期晚些時候我打電話給他，讓他幫我留意他的廣告公司有沒有兼職工作（我是兼職設計，這樣我可以自由安排時間）。一週後，他打電話告訴我有另一個公司在找藝術家。我們之間的電話總是簡短，目的明確，但最近不僅僅談工作了。布萊利前往墨西哥勘查攝影地點之前打電話來，說邁洛提過多年前我們倆在墨西哥看到一種銅製的阿茲特克圓形大日曆，我一直懊悔沒有買回來。他想知道如果看到像邁洛曾說的那種日曆，要不要幫我買回來。

今天，邁洛從車裡下來，他的藍圍巾在胸前揮動著。路易絲望著窗外，問的跟我想的一樣：「布萊利呢？」

邁洛進來跟我握手，單手擁抱了路易絲。

「布萊利覺得他感冒了，」邁洛說，「不過路易絲，晚餐照常，我們下廚。回城的路上得在格瑞斯蒂迪斯超市停一下，除非你媽媽碰巧有鯷魚罐頭和兩塊無鹽奶油。」

「我們去格瑞斯蒂迪斯吧。」路易絲說，「我喜歡那裡。」

「我去廚房看看。」我說。奶油是加鹽的那種，不過邁洛說也行，他拿了三塊而不是兩塊。我靈機一動，把我姨媽包聖誕禮物的玻璃紙切下來——那是一個柳條籃，裡頭有堅果和以錫箔紙包著的三角乳酪。當然，還有鯷魚罐頭。

「我們可以改去博物館。」邁洛對路易絲說，「好極了。」

可是當他提著她的袋子出門的時候，又改變主意。「我們可以去『歡呼美國』[4]，要是看到漂亮的東西就買。」他說。

他們興沖沖地出發。路易絲的個子幾乎到他腰間，我再次注意到他們走路的姿勢相同。兩人都是大步向前，目的明確。上星期布萊利告訴我邁洛在「歡呼美國」買了一個馬形風向標，一八〇〇年前後製造的。他把它立在臥室，看到布萊利在上面晾襪子很生氣。布萊利還在適應邁洛的完美主義，而且還沒什麼幽默感。我們剛結婚時，我拿一個陶製小砂鍋裝首飾，他不停嘮叨直到我把它們取出來，把砂鍋放回櫥櫃。我記得他說砂鍋在我的梳妝檯上看起來很可笑，因為它顯然是個鍋子，別人會以為我們把餐具到處亂

4 歡呼美國（America Hurrah），一家古董舊貨店。

放。這是邁洛不能容忍的事之一，不合規矩。

星期天晚上邁洛送路易絲回來的時候，兩人的心情不佳。邁洛說，晚飯還不錯，格里芬、愛咪和馬克很驚訝路易絲是個多麼出色的小主人，但是布萊利沒胃口。

「他還感冒嗎？」我問。我還有點不好意思問關於布萊利的問題。

邁洛聳聳肩。「路易絲整個週末都要他吃一大堆維他命C。」

路易絲說：「不過布萊利說吃太多維他命對腎不好。」

「糟糕的氣候。」邁洛說，他坐在客廳沙發上，沒取下圍巾也沒脫大衣，「寒冷加上空氣汙染……」

路易絲跟我對看了一下，又看向邁洛。已經幾個星期了，他一直在說如果能找到工作，就搬到舊金山。（邁洛是建築師）這個話題讓我厭倦，讓路易絲緊張。我說除非他真的要搬家，不然不要跟她說這些，但是他似乎沒辦法忍住。

「好吧。」邁洛說，看著我們倆，「我不說舊金山的事了。」

「加州也有汙染。」我說。我也不能克制自己了。

邁洛從沙發上使勁站起來，準備開回紐約。他去年還住在這裡的時候，也是這樣從沙發起來。那時他起床，穿戴整齊，甚至不進廚房吃早飯——只是坐著，有時穿著外套，就像現在這樣坐著，然後最後一分鐘鼓足了勁站起來，走到外面車道，經常連一句再見也不說，上車，或飛快、或慢慢開走。我喜歡他離開的時候，車輪在礫石路面上打轉的情景。

現在，他在門廊停下腳步，轉身面對我。「我沒拿走你所有的奶油吧？」他說。

「沒有。」我說，「還有一塊。」我指指廚房裡。

「我該猜到它會在那。」他說著，衝對我微笑。

邁洛下週末來的時候，布萊利還是沒跟他一起。前一天晚上，我讓路易絲上床，她說她感覺他還是不會來。

「我幾天前也這麼覺得。」我說，「通常布萊利週間會打電話。」

「他一定還在生病。」路易絲說。她憂慮地看看我，「你覺得是嗎？」

「感冒不會要了他的命。」我說，「如果他感冒了，他會好的。」

她神色一變，覺得我用居高臨下的語氣跟她說話。她在床上躺下。去年邁洛還跟我們在一起的時候，我會幫她蓋好被子，告訴她一切都好，意思是我們沒有在吵架。邁洛坐在那裡聽唱片，面前放著一本書或報紙。他對路易絲不大在意，對我則徹底忽略。我不像往常一樣跟她一起禱告，反而告訴她一切都好。然後我下樓，希望邁洛也能對我這麼說。最後他有天晚上說了一句：「你也許可以用另一種方式了解我。」

「嗨，這週末你又要去流浪了？」邁洛此刻說道，蹲下來吻路易絲的額頭。

「帶著東西並不表示要去流浪。」她一本正經地說。

「好吧。」邁洛說，「你在不知不覺中開始做這些事，在察覺之前就被它們控制了。」

他好像生氣了，看起來即便是諷刺或雙關語，他都不願再多說。

「咱們出發好嗎？」他對路易絲說。

她拿的購物袋裡有個洋娃娃，她已經一年多沒玩了。我把家裡烤的香蕉麵包塞進袋子時無意看到的。當我看到娃娃貝琪在袋子深處，就決定不把麵包放進去。

「好。」路易絲問邁洛，「布萊利呢？」

「病了。」他說。

「他病到沒辦法讓我去了嗎？」

「老天啊，不。他見到你會比見到我還開心。」

「我要把我的紫蘇分一些給他。」她說，「也許我可以像這樣，把它插在水裡給他。等生根他就可以種了。」

她離開房間時，我走到邁洛身邊。「對她好點。」我輕聲說。

「我對她很好。」他說，「為什麼每次我一轉身，所有人都表現得我好像要長出狼牙？」

「你進門的時候是挺尖酸的。」

「我是在損自己。」他嘆口氣。「我也不明白來的時候自己為何那樣。」他說。

「怎麼回事，邁洛？」

但這時他讓我明白他厭倦了這場談話。他走到桌子那，拿起一份《新聞週刊》隨手翻閱。路易絲拿著放在水杯裡的紫蘇回來了。

「你知道怎麼弄嗎？」我說，「把紙巾浸濕，裹住切口部分，然後包錫箔紙，等你抵達後再放進水裡。這樣你去紐約的路上就不用一直端著。」

她聳肩。「這樣就好。」她說。

「你為什麼不聽你媽媽的建議呢，」邁洛說，「水會從杯子裡濺出來的。」

「你不開快車就不會。」

「這跟我開不開快車沒關係。要是開過隆起的地面，你會把自己弄濕的。」

「那我就可以穿放在你那裡的裙子了。」

「是我不講道理嗎？」邁洛對我說。

「是我起的頭。」我說，「就讓她用水杯裝吧。」

「你能不能幫個忙，照你媽媽說的做？」他對路易絲說。

路易絲看看紫蘇，又看看我。

「把杯子拿到座位上方，不要擱膝蓋上。這樣就不會把你弄濕。」我說。

「你第一個建議最好。」邁洛說。

路易絲惱怒地瞪他一眼，把杯子放在地上，套上她的斗篷，拿起水杯，沒好氣地對我說再見，就走出大門。

「為什麼是我的錯？」邁洛說，「我做錯了什麼嗎？我——」

「做點讓自己開心的事吧。」我說，拍拍他的背。

他看我的神情就像路易絲對他不滿的神情一樣。他點頭，然後出門。

「這個週末還好嗎？」我問路易絲。

「邁洛心情不好，布萊利週六根本不在。」路易絲說，「他今天回來，帶我們去格林威治村吃早餐。」

「你們吃了什麼？」

「我吃了香腸煎餅、水果沙拉，還有一個蘭姆麵包。」

「那布萊利週六去哪裡？」

她聳聳肩。「我沒問他。」

她總是讓我驚訝，她比我想的要更成熟。她會像我一樣，懷疑布萊利有了另一個情人嗎？

「週六你們離開的時候，邁洛心情很糟。」我說。

「我告訴他如果下週末不想讓我來的話，直說就好了。」她看上去有點心煩，我突然意識到有時她說話的口氣跟邁洛一模一樣。

「你不該這樣對他說，路易絲。」我說，「你知道他希望你去。他只是擔心布萊利。」

「那又怎樣？」她說，「我數學可能要被當了。」

「不，不會的，寶貝。你上次作業得了C+。」

「那也不會讓我的平均成績達到C。」

「你會拿到C的。得C就不錯了。」

她不相信我。

「別跟邁洛一樣，那麼完美主義。」我告訴她，「哪怕你得個D，也不會不及格的。」

路易絲梳著頭髮——細細的，長度齊肩，紅棕色頭髮。她已經這麼漂亮了，這麼聰明，除了數學以外，我好奇她以後會怎麼樣。我像她這麼大的時候，天真地一心想當樹的醫生。我跟父親去公園時，把聽診器——真正的聽診器——貼在樹幹上，聽著它們的沉默。現在的孩子們似乎更成熟。

「你覺得布萊利怎麼了？」路易絲說，語氣有些擔憂。

「也許現在他們兩個在一起不太開心。」

她沒聽懂我的意思。「布萊利很難過，邁洛因為他難過而不開心。」

我讓路易絲在莎拉家吃晚飯。莎拉的媽媽，瑪汀・庫珀，長得像莎莉・溫德絲[5]，我沒看過她手裡不拿杯加冰的加利安諾[6]。她身上有股強烈的糖果香味。她丈夫離開她，她聲稱無所謂。她把家具移走，清空客廳，在牆邊裝上練芭蕾用的把杆。她穿紫色緊身衣，配著雪兒[7]和麥克・戴維斯[8]的音樂跳舞。我比較想讓莎拉來我家玩，但她媽媽十分堅決：一切都應該「五五分」，她用了這個詞。莎拉一週前來我家玩，很喜歡我做的巧克力派，我讓她帶兩塊回家。今天晚上我從莎拉家走的時候，她媽媽給我一碗傑樂[9]果凍水果沙拉。

電話響的時候我剛進門，是布萊利。

「布萊利，」我馬上說，「不論出了什麼事，至少你沒有一碗鄰居給的、擱在綠色果凍裡的酒漬櫻桃，還噴了一坨鮮奶油在上面。」

「天哪。」他說，「那你不想我來煩你，是吧？」

「怎麼回事？」我問。

他對著話筒嘆氣。「你猜怎麼著？」他說。

「怎麼了？」

「我失業了。」

我完全沒料到是這樣的消息。我以為會聽到他說要離開邁洛，我甚至還想那是邁洛活該。我內心依舊有點希望他為所做的事受到懲罰。邁洛跟我分手的時候我極不理智，會到瑪汀・庫珀那一起喝加利安諾酒。我甚至認真考慮和她組一個芭蕾舞團。我下午去她家，她把鈴鼓舉到空中，而我繃緊腿踢向它。

「太糟糕了。」我對布萊利說，「發生了什麼事？」

「他們說這不是針對我——他們要裁掉三個人。另外兩個將在下半年被公司砍掉。我是第一個走的，不是針對我。從一年掙兩萬塊到什麼也沒有，也不是針對我。」

「但是你做得這麼好。你能找到別的工作嗎？」

---

5 莎莉・溫德絲（Shelley Winters，1920-2006），美國女演員，曾兩次獲得奧斯卡獎，演藝生涯長達五十年。

6 加利安諾（Galliano），一種草藥製成的義大利甜酒。

7 雪兒（Cher，1946-），美國女歌手、演員，在音樂和影視方面均有出色表現，曾獲奧斯卡獎、葛萊美獎、艾美獎、金球獎等多項大獎。

8 麥克・戴維斯（Mac Davis，1942-），鄉村歌手、作詞者，他的歌曲在美國七八〇年代非常流行。

9 傑樂（Jell-O）是美國卡夫公司旗下的果凍甜食品牌。

「我可以拜託你嗎？」他說，「我從電話亭打來，不在城裡。我能去你那聊嗎？」

「當然。」我說。

直到我親眼見到他過來，他獨自一人來和我說話似乎盡在情理之中。我沒辦法完全相信這一切。丈夫離開一年後，我跟他的情人——一個男人，一個我還挺喜歡的人——坐在一起，試著鼓勵剛失業的他（「寶貝。」我父親那時會說，「用聽診器聽聽爸爸的心跳吧，或者你也可以把它轉向自己，去聽自己的心跳。你聽一棵樹是什麼也聽不到的。」我的堅持是一廂情願，還是篤信魔法？我在門口擁抱了布萊利，是因為我竊喜他像我曾經那樣潦倒不堪，還是我是真心想幫他？）

他進廚房，感謝我煮了咖啡，把大衣搭在他常坐的那把椅子上。

「我該怎麼辦？」他問。

「你不應該這麼消沉，布萊利。」我說，「你知道自己很優秀，你不會找不到新的工作。」

「那只是一半的問題。」他說，「邁洛認為我是故意的。他說我瞞著他突然辭職，對我很不滿。他跟我吵架，然後看我不願意吃晚飯又很生氣。我胃病發作，什麼都不能吃。」

「果汁可能比咖啡好些。」

「我要是不喝咖啡，會垮掉的。」他說。

我把咖啡倒進馬克杯給他，也倒了一杯給自己。

「這大概讓你很尷尬。」他說，「我跑到這來說邁洛的這些事。」

「他說你瞞著他突然辭職是什麼意思？」

「他說……其實他是指責我故意打混，才會被解雇。我被解雇的時候太害怕告訴他真相，所以假裝生病，結果真的病了。他從來沒對我這麼生氣過。他一直是這樣嗎？無緣無故有了什麼念頭，然後就拿這個批評別人？」

我努力回憶。「我們不太吵架。」我說，「他不想住這裡的時候，我覺得不對勁，他讓我的抱怨顯得很可笑。他期待完美，但那意味著得以他的方式做事。」

「我是照他的意思做。我從不想在家裡閒著，像他說的那樣。我甚至帶工作回家。他讓我整個星期都不好過，週六我才去朋友家待個一天。他就說我丟著問題不管一走了之。他有一點偏執。我聽收音機的時候，卡洛・金[10]在唱〈為時已晚〉（It's Too Late），他走進書房，一臉不悅，好像我是故意放這首歌。我不敢相信會這樣。」

「哎。」我說著搖頭，「我不羨慕你。你得反抗。我沒那麼做，我假裝問題會自己

---

10 卡洛・金（Carole King，1942-），美國歌手、作曲人，美國七〇年代創作歌手運動的代表人物。

消失。」

「而現在這個問題正坐在你對面，喝著咖啡，你還對他很友善。」

「我知道。我剛剛還在想我們看起來像我朋友瑪汀・庫珀會看的那種肥皂劇裡的角色。」

他做個鬼臉，把咖啡杯從面前推開。

「不管怎樣，我現在挺喜歡你的。」我說，「你對路易絲又很好。」

「我奪走了她的爸爸。」他說。

「布萊利——我希望你不要覺得被冒犯，不過說這些讓我很緊張。」

「我不會。但是你怎麼能辦到跟我一起喝咖啡呢？」

「你不請自來就是為了問這個嗎？」

「請別……」他說，合攏雙手。然後他又用手指穿過頭髮。「別說得像是我不合邏輯。他就那麼對我，你知道的。他沒辦法理解事情不是按照一條直線發展的。如果我喜歡裝飾一下房間，擺點花，我就不能同時也喜歡工作，所以我就是存心毀掉我的工作。」

布萊利啜了一口咖啡。

「但願我能為他做點什麼。」他用不同的語氣說。

這也超出我的預料。本來我們像兩個理性的成人，然而他突然變得溫柔感性。我意識到事情還是一樣。他們倆在一邊，我在另一邊，雖然布萊利人在我的廚房。

「跟我一起去接路易絲吧，布萊利。」我說，「看到瑪汀・庫珀，你會對自己的處境樂觀一點。」

他從咖啡杯抬頭看我。「你忘了我在瑪汀・庫珀眼裡是什麼樣的人。」他說。

邁洛要去加州了，舊金山一間新建築公司雇用他。我不是第一個得知這消息的。他姊姊黛安娜比我早知道，我們通電話的時候她提到的。「中年危機。」黛安娜輕蔑地說，「我倒是不用跟你說這個。」黛安娜如果了解事實的話準會猝死。每次布魯明戴爾百貨公司櫥窗裡更新展示都會惹得她頗為反感。（「那些模特兒的眼睛像埃及豔后，還有身上的破爛。我跟你發誓，他們頂著亂髮插著金雀花，穿著破紗裙，腳上還穿著妓女鞋——那種妓女才穿的細高跟鞋。」）

我掛了黛安娜的電話，告訴路易絲我要開車去加油站買菸。我到那用他們的付費電話打到紐約。

「哦，我也是現在才知道。」邁洛說，「我昨天得到肯定的答覆，昨晚黛安娜打來，我就告訴她了。又不是說我今晚就走。」

他聽起來興高采烈，儘管接到我的電話讓他有點心煩。他那種快樂一如過去耶誕節的早晨。我記得有一次他穿著內衣就跑進客廳，拆開親戚送來的禮物。他在找一個他認定我們會得到的八片式吐司爐。以前我們曾收到兩片的、四片的，還有六片的，可是後來就沒有了。「快現身，我的八片美人！」邁洛低聲哼著，出來的是一個電子時鐘、一個攪拌器，還有一口昂貴的電鍋。

「你什麼時候要走？」我問他。

「我下星期要先過去找住處。」

「你這個週末要自己告訴路易絲嗎？」

「當然。」他說。

「那以後跟路易絲的見面你有什麼打算？」

「你幹嘛講得好像我不喜歡路易絲似的？」他說，「我會經常回東部的，也會安排她假期飛來舊金山。」

「那會傷了她的心。」

「不會的。你幹嘛要讓我愧疚？」

「她有那麼多事需要調適。你不必非得現在去舊金山，邁洛。」

「如果你關心的話，我現在的工作，正處於危機。這真的是我的機會，去一個剛起步的公司。他們真的想要用我。可是不管怎麼樣吧，反正我們這個快樂的小團體所需要的就是每個月用你的繪畫作品帶來幾百美元，而我生活潦倒，布萊利被解雇後深受打擊，連找工作都辦不到。」

「我打賭他正在找工作了。」我說。

「是啊，他今天讀了招聘廣告，然後做了蟹肉餡餅。」

「也許那就是你想要的，對方才這樣回應你，邁洛。我們有了小孩以後你不准我工作。你鼓勵他找工作了嗎？還是你只是因為他被解雇而生他的氣？」

停頓了片刻，接著他幾乎不耐煩到失去了理性。

「我簡直無法相信，我正努力尋找一個解決我們問題的理性辦法，卻被我的前妻——在電話上——進行毫不留情的心理分析。」他一口氣說了這些。

「好吧，邁洛。不過你不覺得要是你這麼快就要走，你應該先打個電話給她，而不是等到週六再說嗎？」

邁洛深深地嘆了一口氣。「我還是有理智的，不至於在電話裡談這麼重要的事。」

邁洛週五打電話來，問路易絲，要不要我們兩人週六一起去，並在那裡過夜，然後週日一起去吃早午餐。路易絲很興奮。我從來沒有跟她一起進城。

星期六早上路易絲和我收拾了一個行李箱，把它放進車裡。她為布萊利剪的常春藤已經生根了，她把它放在一個綠色小塑膠罐要帶給他。這真是讓人心碎，我指望邁洛能注意到，並花心思處理好。我覺得安慰，因為他跟路易絲說這事的時候我會在場；又覺得痛苦，因為我得在旁邊聽。

在紐約市，我把汽車交給車庫管理員，他不記得我了。邁洛和我剛結婚時住在這間公寓，在路易絲兩歲時搬家。當時邁洛留下這間公寓，把它分租出去——如果我能注意到的話，這其實是不妙的跡象之警示。他的說法是如果我們有足夠錢，就可以同時擁有康乃狄克州的房子和紐約的公寓。後來邁洛從我們的房子離開，便直接搬回公寓。這是我這麼多年來第一次回來。

路易絲在我前面大步走進門，把外套往門口的黃銅衣架上隨手一扔——簡直太隨意了。她是邁洛家的女主人，就像我是我們那個房子的女主人一樣。

他把牆刷白了。客廳裡有長及地面的白色窗簾，就在過去掛著我那可笑的花朵圖案窗簾的地方。牆上光潔，地板用砂紙打磨過，一個電腦那麼大的立體音響靠在一面牆上，有四個音箱。

「參觀一下吧。」邁洛說，「路易絲，帶你媽參觀參觀。」

我努力回想以前是否曾告訴路易絲，我住過這間公寓。我一定在某個時候告訴過她，但我想不起來。

「嗨。」布萊利說著，從臥室走出來。
「你好，布萊利。」我說，「你有喝的嗎？」
布萊利看起來不太開心。「有香檳。」他說，有些不安地看著邁洛。
「沒有人非得喝香檳。」他說，「常喝的酒都有。」
「對。」布萊利說，「你想喝什麼？」
「請來點波本（Bourbon）吧。」
「波本。」布萊利轉身去廚房。他哪裡有點不一樣，他的頭髮——更捲了——他的穿著像是夏天，白色直筒褲和黑色皮革人字拖。
「我要氣泡水加草莓汁。」路易絲說，跟在布萊利身後。我從來沒有聽她說過要喝這種東西。她在家裡喝太多可樂，我一直在想辦法叫她喝點果汁。
布萊利拿著兩杯喝的回來，遞給我一杯。「你要喝點什麼？」他對邁洛說。
「我馬上開香檳。」邁洛說，「寶貝，你這星期過得怎麼樣？」
「還可以。」路易絲說。她拿著冒著氣泡的粉紅色飲料，小口啜著，像在喝雞尾酒。
布萊利氣色很不好。他有黑眼圈，整個人都不自在。布萊利坐的沙發上面的電話機開始閃爍紅光，邁洛從椅子上站起來，去接電話。

「你真的想現在講電話嗎？」布萊利淡淡地問邁洛。

邁洛看著他。「不，倒沒有。」他說著又坐下。過了一會兒，紅光消失了。

「我要去幫你的碗中花園澆水。」路易絲對布萊利說，她滑下沙發，去了臥室。「嘿，這兒長出來一個傘菌！」路易絲在裡面叫，「是你放進去的嗎，布萊利？」

「我猜是從混合土裡長出來的。」布萊利回答，「我不知道它怎麼到那。」

「有工作的消息嗎？」我問布萊利。

「我其實沒怎麼在找。」他說，「你知道的。」

邁洛朝他皺眉頭。「這是你的選擇，布萊利。」他說，「我沒有叫你跟我去加州。你可以留在這。」

「不。」布萊利說，「你會讓我覺得自己不受歡迎。」

「我們都來點香檳好嗎——我們所有人——你等會兒再喝你的波本？」邁洛愉快地說。

我們沒有回答他，但他還是起來去了廚房。「你把那些鬱金香造型的杯子藏在哪，布萊利？」過了一會兒他喊道。

「應該在碗櫥的最左邊。」布萊利說。

「你要跟他一起去嗎？」我對布萊利說，「去舊金山？」

他聳聳肩，沒看我。「我不太確定他想不想要我去。」他平靜地說。

廚房裡，瓶塞彈出去了。我看著布萊利，他卻不抬頭。他的新髮型有點顯老。我記得邁洛離開的那個星期，我去美髮店剪掉瀏海。下一個星期，我看了心理治療師，她告訴我，試圖躲避自我沒有益處。之後一週，我跟瑪汀・庫珀一起練習舞蹈，再一個星期心理治療師告訴我，如果我對跳舞沒興趣，就不要去跳。

「我不想搞得像葬禮。」邁洛說，拿著杯子進來。「路易絲，過來喝香檳！我們有事要慶祝。」

路易絲疑惑地走進客廳。平常她連問都不用問，早已習慣無法從我或她父親的杯子裡喝到一小口紅酒。「為什麼我也有份？」她問。

「我們要為我乾杯。」邁洛說。

四個玻璃杯中的三個在沙發前的桌子上擺作一堆。邁洛的杯子舉了起來。路易絲看著我，看我要說什麼。邁洛把杯子舉得更高。布萊利伸手拿杯子。路易絲拿起一杯，我傾身拿最後一杯。

「這一杯祝賀我。」邁洛說，「因為我要去舊金山了。」

這不是很好的祝酒詞，資訊也不夠清楚。布萊利和我從杯中啜了一口酒。路易絲把杯子重重放下，嚎啕大哭，弄倒玻璃杯。香檳灑在一本獨角獸織錦畫的畫冊封面上。她衝進臥室，把門摔上。

邁洛發怒了：「你們得讓我知道問題到底出在哪裡。」他說，「誰都不願意表達自己。我們說個清楚吧。」

「他在怪我。」布萊利喃喃地說，頭還是低著，「這裡有份新工作找上我，我沒有立刻拒絕。」

我轉過去對著邁洛。「去跟路易絲說點什麼，邁洛。」我說，「要不是心碎的話，誰會哭成那樣？」

他瞪著我，然後步伐沉重地走進臥室，我能聽到他跟路易絲講話時安慰的語氣。「這不是說你就再也見不到我了，」他說，「你可以飛過來，我也會回這裡。不會有什麼太大的不同。」

「你說謊！」路易絲尖叫，「你說我們要去吃早午餐的。」

「是的，是的，我們要去。可星期天之前我無法帶大家好好地去吃一頓，是吧？」

「你沒說過要去舊金山。舊金山又是怎麼回事？」

「我剛剛說過了。我給咱們買了一瓶香檳。我一安頓好，你就可以來，你會喜歡那的。」

路易絲抽泣著。她已經跟他說了真話，她明白繼續說下去也是徒勞。

到第二天早上，路易絲跟我的表現一樣——好像一切如常。她貌似平靜，但臉色蒼白。她看起來好小。我們走進餐館，在邁洛預訂的桌子坐下。布萊利為我拉開椅子，邁洛為路易絲拉過一把，他拉著路易絲的手，把她的手臂抬過頭頂，就好像她要轉圈般。

她看起來真的很美。她髮間繫著緞帶。天氣很冷，她應該戴帽子的，但她想繫那條緞帶。邁洛品味很好：她穿的裙子是他買的，暗紫色格紋，襯托她的頭髮。

「跟我來。別難過了。」邁洛突然對路易絲說，他拉起她的手。「跟我來，就一下下。過馬路到公園裡，我們找個地方跳舞，你媽媽和布萊利可以安靜地喝一杯。」

她從椅子站起來，一臉忍耐的神情，鑽進他為她舉著的大衣，兩個人出去了。女服務生走到桌邊，布萊利點了三杯血腥瑪麗和一杯可樂，替每人點了一份火腿蛋鬆餅。他叫女服務生過一會兒再上菜。我幾乎沒怎麼睡，一杯酒也不會讓我頭腦清楚多少。我得考慮待會回家的路上要跟路易絲說什麼。

「他太冒險了，」我說，「他強求於人。我不希望路易絲討厭他。」

「不。」他說。

「你為什麼要去，布萊利？你也看到他怎麼辦事的了。你知道等你到那，他會強迫你該怎麼樣。接受這份工作，留下來。」

布萊利擺弄著餐巾的邊角。我打量著他。我不知道他有些什麼樣的朋友，他多大年紀，他在哪裡長大，他是否相信上帝，或是他平常喝什麼酒。我吃驚於自己知道得這麼少，我伸手去碰他。他抬頭看我。

「別走。」我輕輕地說。

女服務生飛快地把杯子放下離開，以為打攪到親密時刻而尷尬。布萊利輕拍我搭在他手臂上的手。然後說出那個一直以來橫在我們兩個中間、那個痛苦得讓我無法思考或想像的事實。

「我愛他。」布萊利輕聲說。

我們靜靜坐著，直到邁洛和路易絲走進餐廳，手拉手蕩來蕩去。她假裝還是個小孩子，幾乎像個寶寶，我有那麼一瞬間在想，邁洛、布萊利和我是否也在玩扮家家酒——假裝是成人。

「爹地要買頭等艙的座位給我。」路易絲說，「等我去加州，我們要在費爾曼酒店搭玻璃電梯到頂樓。」

「是費爾蒙。」邁洛說著，向她微笑。

路易絲出生前，邁洛常會把耳朵貼在我的肚子上，說如果是個女孩，他要把她放在玻璃拖鞋裡，而不是毛線拖鞋。現在他再度成為王子了。我看到他們不久之後，會在一座玻璃電梯裡，越升越高，而下面的人越來越小，直到他們全部消失。

（一九七九年一月二十九日）

燃燒的屋子

弗雷迪・福克斯跟我待在廚房，他剛洗淨擦乾一個我不要的酪梨果核，這會兒他正靠在牆上，捲著一根大麻菸。再過五分鐘，我就無法指望他了。不過他今天開始得晚，再說他已經把壁爐的柴火搬進屋裡，去路邊超市買了火柴，還擺好飯桌。「你是說就算不把盤子翻面，你也能知道這是利摩日[1]瓷器？」他在餐廳裡衝我喊。他假裝要把一個盤子扔進廚房，像擲飛盤那樣。我家的狗山姆信以為真，一躍而出，把毯子蹬到身後，向前滑去。隨即牠意識到自己錯了。那情景就像嗶嗶鳥第一百萬次誘使大笨狼衝過懸崖[2]。山姆失望地垂著下巴。

「我看到滿月。」弗雷迪說，「沒有什麼東西比得上大自然。月亮和星辰，海潮和陽光——我們根本不會駐足停留並因它們而感到驚奇。我們太沉迷於自我。」他深深地吸了一口大麻，「我們站在這攪和鍋裡的醬，卻不去窗前看月亮。」

「我想，你沒有針對個人而言吧？」

「我愛看你把奶油倒進煎鍋的樣子。我喜歡站在你身後看奶油冒泡。」

「別，謝謝你。」我說，「你今天開始得夠晚。」

「我的工作都做完了。你信不過我幫廚，我把柴火拿進來，還跑了一趟腿，今早我帶山姆先生一路跑到普特南公園，累壞了。你確定你不要？」

「不要，謝了。」我說，「反正不是現在。」

「我就愛看你站在煙霧蒸騰的鍋前，你額前的頭髮變成濕濕的小捲毛。」

我丈夫法蘭克・韋恩，是弗雷迪同母異父的兄弟。法蘭克是個會計。弗雷迪跟我比跟法蘭克更親近。不過既然法蘭克跟弗雷迪說的話比跟我說的多，弗雷迪又絕對忠誠，弗雷迪知道的總是比我多。我挺高興他不會攪拌奶油；他會開口說話，任思緒四處遊蕩，下一次你再看奶油的時候，它不是結塊，就是煮沸。

弗雷迪對法蘭克的批評只是隱而不發。「在週末款待他的朋友們，這是多麼慷慨的舉動啊。」他說。

「男性朋友。」我說。

1 利摩日（Limoges），法國中部內陸城市，著名的古典工藝瓷器產地。

2 嗶嗶鳥和大笨狼是美國華納公司經典的卡通形象。

「我不是指你沒有底線。我肯定不是這個意思。」弗雷迪說，「要是你現在在爐子旁邊，吸一口這要命的東西，我還會吃上一驚呢。」

「好吧。」我說著從他手裡接過大麻。我拿過來的時候已經一半沒了。我吸了兩口後還給他，還剩半英寸。

「要是你把菸灰抖進醬鍋裡我會更吃驚的。」

「他們吃完飯後你要告訴他們我幹了這個，那我就尷尬了。你自己倒是可以這麼幹。如果你講的故事是你自己的，我就不會尷尬。」

「你真了解我。」弗雷迪說，「月圓之夜的瘋狂，不過我真的要在醬裡撒上這麼一點點。我忍不住。」

他撒了。

法蘭克和塔克在客廳裡。就在幾分鐘前，法蘭克從火車站接回塔克。塔克喜歡來拜訪我們，對他來說，菲爾菲德縣就像阿拉斯加那樣神祕。他從紐約帶來一罐芥末醬；一大瓶香檳；雞尾酒紙巾，紙巾圖案上是一架已飛過一座大樓的飛機；二十根白鷺羽毛（「再也買不到了——絕對非法。」塔克低聲告訴我），還有，在他鑲著萊茵石帽帶的黑色牛仔帽下，是一個一上發條就會跳的玩具青蛙。塔克在蘇活區有家畫廊，法蘭克幫他記帳。此刻他正躺在客廳裡，與法蘭克聊著，弗雷迪跟我都在聽。

「……所以我聽說的一切都表明他過著一種純粹是化身博士的生活。他二十歲，我看得出來他因為還住在家裡，可能不想張揚同性戀的身分。他來畫廊的時候，頭髮向後梳得油光水滑——只是用水，我離得夠近能聞到——他母親一直握著他的手。模樣如此清純。我聽到的那些故事啊。我打電話去時，他父親開始找『葡萄園』的電話號碼，能打到那聯繫他——他父親很不耐煩，因為我不認識詹姆斯，要是我就這麼打電話給詹姆斯，我可能馬上就能找到他。他父親邊找電話邊自言自語，我說：『哦，他是去看朋友，還是——？』他父親打斷我說：『他去一個同性戀燒烤派對，週一就走了。』就是那樣。」

弗雷迪幫我把飯菜端到飯桌上去。我們都在桌邊坐下，我提到塔克談論的那個年輕藝術家。「法蘭克說他的畫真的很棒。」我對塔克說。

「他讓伊斯特司[3]看起來倒像抽象表現主義。」塔克說，「我要那個男孩。我真的想要那個男孩。」

「你會得到他的。」法蘭克說，「你追的人都能到手。」

3 伊斯特司（Richard Estes，1932-），美國超級寫實主義畫家。超級寫實主義是繪畫和雕塑的一個流派，其風格類似高解析度的照片。

塔克切下一小片肉。他切得很小，可以邊嚼邊說。「我是這樣嗎？」他問。

弗雷迪在桌旁抽著菸，眼光迷濛地望著窗外的月亮。「吃完晚飯，」他說，看到我在看他，就把手背貼在額頭上，「我們一定要一起去燈塔。」

「要是你畫畫就好了。」塔克說，「我也會要你。」

「你無法擁有我。」弗雷迪突然生氣了。他思量了一下。「這話有點假，是吧？誰想要我都能擁有我。這是週六晚上我唯一會在的地方，這裡沒人煩我。」

「穿條寬鬆點的褲子。」法蘭克對弗雷迪說。

「這裡比那些混著香菸和皮革味的酒吧好太多了。我為什麼這麼做？」弗雷迪說，「說真的——你覺得我哪天會停下來嗎？」

「別這麼嚴肅。」塔克說。

「我一直把這張桌子想像成一條大船，碗和杯子在船上搖晃。」弗雷迪說。

他拿起盤中的骨頭，走到廚房，醬汁滴在地板上。他走路的模樣就像是在風浪中顛簸的船甲板上。「山姆先生！」他叫道，狗從客廳的地板上一躍而起，之前牠正在那睡覺；牠的腳指甲劃在裸露的木地板上，發出輪胎在礫石路面上打轉般的聲音。「你不用求我。」弗雷迪說，「天啊，山姆——我正要給你。」

「我希望有根骨頭。」塔克說，對著法蘭克翻白眼。他又切下一小片肉。「我希望你弟弟真的明白我為什麼不能留他。他擅長他正在做的事，但他也可能什麼話都跟顧客說。你得相信我，要不是我不止一次尷尬透頂，我絕對不會讓他走。」

「他本該把書讀完。」法蘭克說，把醬汁抹在麵包上，「他還得多晃蕩一陣子，然後才會厭倦，真正安頓下來。」

「你以為我死在這了嗎？」弗雷迪說，「你以為我聽不見嗎？」

「我沒說什麼不能當你面說的話。」法蘭克說。

「我會告訴你我不能當面跟你說的。」弗雷迪說，「你有個好老婆、孩子，還有狗，而你是個勢利鬼，你把一切都看得理所當然。」

法蘭克放下叉子，氣瘋了。他看著我。

「他有一次也是抽多了來上班。」塔克說，「你明白嗎？[4]」

「你喜歡我是因為你可憐我。」弗雷迪說。

他坐在門外的水泥長凳上，春天的時候那裡是個花園。現在是四月初——還不算春天。外面霧很大。我們用餐時下雨了，現在雨勢漸緩。我倚靠在他對面的一棵樹上，竊

4 原文為法語：「Comprenez-vous?」。

喜現在天黑，且霧濃濃的讓我低頭也看不到靴子被泥巴毀得多厲害。

「他女朋友是誰？」弗雷迪問。

「如果我告訴你她的名字，你會跟他說是我說的。」

「說慢一點。是什麼？」

「我不會告訴你，因為你會告訴他我知道。」

「他知道你知道。」

「我不這麼想。」

「你怎麼發現的？」

「他談到她。幾個月來我一直聽到她的名字，後來我們去加納家聚會，她在那裡，之後我提到關於她的事時，他說：『哪個納塔莉？』這再明顯不過，整個暴露了。」

他嘆氣。「我剛剛做了一件非常樂觀的事。」他說，「我跟山姆先生到了這裡，牠掘出一塊石頭，我把酪梨果核埋在那個洞裡，在上面蓋上土。別說這些——我知道：曝露在外無法存活，還會再下場雪，即使存活了，來年的霜凍也會讓它死掉。」

「他很尷尬。」我說，「他在家的時候躲著我，但是也躲著馬克就不好了。他才六歲，他打電話給他朋友尼爾，暗示想去他家。只有我跟他在家的時候他就不這樣。」

弗雷迪撿起一根棍子，在泥地上戳來戳去。「我打賭，塔克是對畫家本人感興趣，而非因為他的作品很熱門。他那種表情——一成不變。也許尼克森真的愛他母親，但一臉那種表情誰會相信他？長著一張沒有表情的臉真是倒楣。」

「艾咪！」塔克叫道，「電話。」

弗雷迪用那根泥棍跟我揮手再見。「我不是個無賴。」弗雷迪說，「天啊。」

山姆跟我一起回屋裡，跑到一半，又轉身回到弗雷迪身邊。

是瑪麗蓮，尼爾的媽媽，她的電話。

「哎，」瑪麗蓮說，「他害怕在這過夜。」

「哦，不。」我說，「他說他不會。」

她壓低聲音。「我們可以試試看，不過我想他要哭了。」

「我過去接他。」

「我可以送他回家。你家正舉行晚餐派對呢，不是嗎？」

我壓低了聲音。「什麼派對啊。塔克到了，J.D. 一直沒出現。」

「嗯。」她說，「我肯定你菜做得很好。」

「外面霧太大了，瑪麗蓮，還是我來接馬克。」

「他可以留下來。我來當烈士吧。」她說著，我還沒來得及反對她就掛電話。

弗雷迪走進屋子，留下一路泥印。山姆躺在廚房裡，等著人替牠清潔爪子。「過來。」

弗雷迪說。他手捶著大腿，不知道山姆在幹什麼。山姆站起來跑向他。他們一起去了樓下的小浴室。山姆喜歡看人小便。有時弗雷迪還唱歌來配合小便入水的聲音。到處都是腳印和爪印。塔克在客廳裡尖聲大笑。「……他說，他跟別人說：『親愛的，你玩過轉瓶子嗎？』」法蘭克和塔克的笑聲淹沒了弗雷迪在廁所小便的聲音。我打開廚房水槽水龍頭，水聲淹沒了所有噪音。我開始洗碗。我關上龍頭時，塔克又講起一個故事：「……以為那是歐納西斯[5]在鐵砧酒吧，他執著於這說法。他們告訴他，歐納西斯已經死了，他覺得他們是想讓他認為自己瘋了。只能隨他去，沒別的辦法，可是上帝啊——他想挑釁這個可憐的老玻璃，為斯塔維洛斯・尼阿科斯打一架。你知道的——歐納西斯的對手。他以為那是歐納西斯。在鐵砧酒吧。」玻璃杯碎了的聲音。法蘭克或是塔克放了一張約翰・柯川[6]在西雅圖現場演唱的唱片，把音量調低。廁所的門開了，山姆奔進廚房，在碗裡大口喝水。弗雷迪從襯衣口袋裡拿出小銀盒和捲菸紙。他把一片紙放在廚房的飯桌上，正準備往上面撒菸草，但及時意識到紙浸水了。他用拇指把紙撚成團，彈到地板上，在桌上乾的地方又放下一張捲菸紙，撒下一撮菸草。「你抽這個。」他跟我說，「我來洗碗。」

「一起抽。我來洗吧，你擦盤子。」

「我忘了告訴他們，我把菸灰撒到醬汁裡了。」他說。

「我不會打斷你的。」

「至少他付給法蘭克的錢是其他畫廊會計的十倍。」弗雷迪說。塔克正邊說邊用手捶打沙發扶手，還跺著腳。「……所以他想試探他，看看這個染了頭髮的老傢伙是否知道瑪麗亞・卡拉絲[7]。耶穌啊！可是他太暈了，使勁在想歌劇演員該怎麼說，他本想說歌劇女主角，卻說成了家庭女教師[8]。這時候，賴瑞・貝特維爾走到他旁邊，想叫他安靜點，他卻放聲大唱——唱起瑪麗亞・卡拉絲的著名選段。賴瑞跟他說，再不把嘴合上，他的牙就沒了，然後……」

「他不是同性戀，在同性戀酒吧裡待的時間倒挺多。」弗雷迪說。

我尖叫著從水槽邊跳開，打碎了正在水龍頭下沖洗的玻璃杯，綠色玻璃碎片到處都是。

「怎麼了？」弗雷迪說，「我的老天啊，怎麼回事？」

太晚了，我才意識自己剛看到的是什麼：J.D. 戴著一個山羊面具，那突出的粉紅色

5 歐納西斯和下文的斯塔維洛斯・尼阿科斯，均為希臘船業大亨。
6 約翰・柯川（John Coltrane，1926-1967），美國爵士樂薩克斯手、作曲家，先鋒派爵士樂的領袖人物。
7 瑪麗亞・卡拉絲（Maria Callas, 1923-1977），美籍希臘女高音家，為義大利「美聲歌劇」復興代表人物。
8 這裡家庭女教師的原文為 duenna，跟女主角（diva）一詞發音略為接近。

塑膠嘴唇貼在廚房水槽邊的窗戶上。

「對不起。」J.D. 說著從門口進來，差點撞上法蘭克，法蘭克正要跑進廚房，塔克緊跟著他。

「哦，」塔克說，假裝失望的樣子，「我以為弗雷迪親了她。」

「對不起。」J.D. 說，「我以為你知道是我。」

雨一定又下了起來，因為 J.D. 身上濕透了。他翻開面具，山羊頭從他腦後望出去。

「我迷路了。」J.D. 說。他在紐約州北部有個農舍。「我錯過轉彎，多走了好幾英里。我是不是錯過整個晚餐？」

「你怎麼弄錯的？」法蘭克問。

「我沒有左轉上58號。我也不知道為什麼沒意識到出錯，還走了好幾英里。那麼大的雨，我一小時開不到二十五英里。你的車道全是泥漿，你得幫我把車推出去。」

「你要是想吃點，還有一些烤肉和沙拉。」我說。

「拿去客廳。」法蘭克對 J.D. 說。弗雷迪把一個盤子端出來給他，J.D. 伸手去接，弗雷迪又抽回來。J.D. 再伸手，弗雷迪大麻抽多了，這次動作不夠快——J.D. 抓住盤子。

「我以為你會知道那是我。」J.D. 說，「十分抱歉。」他把沙拉撥到盤子裡。「明天早上開始，你有六個月不用看見我。」

「班機從哪出發?」弗雷迪問。

「甘酒迪機場。」

「來這裡!」塔克叫著,「我跟你講個關於佩里・德懷爾上週在鐵砧酒吧的故事,他以為他看到了亞里斯多德・歐納西斯。」

「誰是佩里・德懷爾?」J.D. 說。

「這不是故事的重點,親愛的。你到了卡西斯[9],我要你在那找一個美國畫家,行嗎?他沒有電話。好吧——我在追蹤他,我知道他現在在哪。希望你能跟他強調這點,我很有興趣在六月替他辦畫展,只他一個人。他不回我的信。」

「你的手割傷了。」J.D. 對我說。

「別管它。」我說,「去吧。」

「抱歉。」他說,「是因為我嗎?」

「對,是你。」

「別用水一直沖手指。按緊它,才能止血。」

他把盤子放在桌上。弗雷迪靠著櫥櫃,呆呆地看著血在水槽裡打轉。他抽完那根菸。

9 卡西斯(Cassis),法國南部地中海沿岸的一個小鎮,旅遊勝地,以海邊的懸崖峭壁和海灣景致著稱。

我現在能感覺到弗雷迪說的，我額前小髮捲貼在皮膚上很重。我討厭看到自己的血，我在出汗。我任由J.D. 處理；他關掉龍頭，用手握住我的食指，緊緊壓著。水流過我們的手腕。

電話響了，弗雷迪跳起來接，彷彿警報在他身後拉響般。他叫我去接電話，但是J.D. 上前攔住我，搖頭說不，然後拿出毛巾裹在我手上，才放我走。

「哎，」瑪麗蓮說，「我本來是好心，不過我的電池用光了。」

J.D. 站在我身後，手放在我的肩膀上。

「我馬上過來。」我說，「他現在不吵鬧吧？」

「不，不過他暗示得很明白了，他覺得自己無法整晚待在這。」

「好。」我說，「我很抱歉發生這些事。」

「他才六歲。」瑪麗蓮說，「等他長大了，你有的抱歉呢！」

我掛了電話。

「讓我看你的手。」J.D. 說。

「我不想看。請給我一個ＯＫ繃就好。」

他轉身上樓。我解開毛巾看著傷口。傷口挺深的，但裡面沒有玻璃碎片。我感覺挺有意思，所有東西的輪廓都開始變黃。我坐在電話旁的椅子上，山姆過來躺在我身邊，我盯著牠不停拍打的黃黑相間尾巴。我把沒事的那隻手伸下去拍牠，每拍兩下深呼吸一次。

「羅斯科[10]？」塔克在客廳裡挖苦地說道，「能出現在賀卡上的都不是偉大的作品。魏斯[11]就是那樣。《克莉絲蒂娜的世界》放在雞尾酒紙巾上會難看嗎？你知道不會的。」

電話又響起時我跳了起來。「喂？」我說，並把電話夾在肩膀和耳朵間，將手指上的毛巾裹得更緊些。

「告訴他們是神經病打的電話。隨便編點什麼。」強尼說，「我想你。你的星期六之夜過得好嗎？」

「好。」我說。我屏住呼吸。

「這裡也一切都好。是真的。烤羊排。妮可那個明天要去基韋斯特[12]的朋友喝多了，他以為那裡在下雨，所以很鬱悶。我就說我去書房打個電話給國家氣象服務。喂，氣象服務，你好嗎？」

10 馬克・羅斯科（Mark Rothko，1903-1970），拉脫維亞猶太裔美國畫家，美國現代抽象畫派的大師。

11 安德魯・魏斯（Andrew Wyeth，1917-2009），美國超級寫實主義繪畫的代表人物。《克莉絲蒂娜的世界》是他的代表作，此畫已成為美國的經典畫作之一。

12 基韋斯特（Key West），美國佛羅里達群島最南端的島嶼和城市，著名的旅遊勝地。

J.D. 拿著兩個 OK 繃從樓上下來，他站在我旁邊，撕開一個。我想對強尼說：「我受傷了。我在流血。不是開玩笑。」

在 J.D. 面前講話沒關係，但我不知道還有誰會聽到。

「我得說他們是今天下午四點左右送來的。」我說。

「這是教堂，這是尖塔。打開大門，看到所有的人。[13]」強尼說，「你好好照顧自己。我要掛電話了，去看看基韋斯特是不是在下雨。」

「下午晚些時候。」我說，「一切都好。」

「一切都糟。」強尼說，「好好照顧自己。」他掛了電話。我放下電話，意識到自己的眼神無法聚焦了，看到有傷口的手指讓我頭暈。J.D. 解開毛巾，給我的手指貼上 OK 繃時，我再也不想看到它。

「這怎麼回事？」法蘭克說，他走進餐廳。

「手指劃破了。」我說，「沒事。」

「是嗎？」他說。他看起來暈乎乎的——有點醉了。「是誰一直打電話來？」

「是瑪麗蓮。馬克改主意了，不想在那過夜。她本想送他回來，但她電力用盡。你得去接他，或者我去。」

「第二通電話是誰打來的？」他說。

「石油公司。他們想知道我們今天收到貨了沒。」

他點點頭。「我去接他吧，如果你願意。」他又壓低聲音，「塔克可能會發一場酒瘋作為加演曲目。」他說著朝客廳點點頭。「我帶上他一起去。」

「你要我去接他嗎？」J.D. 說。

「我不介意呼吸點新鮮空氣。」法蘭克說，「還是要謝謝你。幹嘛不去客廳吃飯？」

「你原諒我嗎？」J.D. 說。

「當然。」我說，「不是你的錯。你的面具從哪弄來？」

「我在曼徹斯特一個『好願』二手店捐獻箱上發現的。還有一個漂亮的舊鳥籠——純黃銅的。」電話又響了。我接起來。「要是我能跟你一起去基韋斯特該有多好啊！」強尼說。他發出一個像在吻我的聲音，然後掛了電話。

「打錯了。」我說。

法蘭克在褲子口袋裡摸車鑰匙。

J.D. 知道強尼的事。在教師休息室，我註冊選課以後，J.D. 和我在那裡喝咖啡，他

13 這是一首家喻戶曉的美國兒歌的前半段，詞句略有出入。

介紹我們認識。離開將近兩年，J.D. 還是收到寄到系裡的郵件——他說他反正要去拿郵件，可以開車帶我去學校，為我指引報名處。現在他什麼也不做。J.D. 很高興我又回到學校學習藝術。他希望我為自己著想，不要時時刻刻總想著馬克。他說的就好像我可以用一根繩牽著馬克讓他飛起來，從我頭頂上飛走。J.D. 的妻子和小孩在一場車禍中喪生。他的兒子正是馬克的年紀。「我毫無準備。」那天我們開車過去的時候 J.D. 說。他每次說起這事都要說這句話。「你怎麼可能對這樣的事有準備呢？」我問他。「現在我準備好了。」他說。然後他意識到自己顯得無情，又開起自己的玩笑。「來，」他說，「打我肚子一拳，使出你最大的力氣打我。」我們都知道他什麼心理準備也沒有。那天他找不到停車位，手緊緊地握著方向盤，指關節都泛白了。

強尼進來的時候我們正在喝咖啡。J.D. 在看他的垃圾郵件——出版社想讓他預訂文學選集，這樣可以得到免費的詞典。

「你能擺脫這些實在幸運。」強尼用這句話招呼他，「你花了兩個星期講《哈姆雷特》，學生卻寫了哈姆雷特的好朋友何瑞丘[14]，你能怎麼辦？」

他把一本藍色的書扔到 J.D. 腿上。J.D. 又扔回去。

「強尼。」他說，「這是艾咪。」

「你好，艾咪。」強尼說。

「你還記得在這讀過研究所的法蘭克・韋恩嗎？艾咪是他妻子。」

「你好，艾咪。」強尼說。

J.D. 告訴我，強尼走進房間的那一刻他就知道了——那一刻他知道他應該介紹我已為人妻。他從強尼看我的眼神就能猜到一切。

很久以來 J.D. 都得意於他早已知道下一步會發生什麼——強尼和我最終會在一起。是我打擾了他的沾沾自喜——我，上個月在電話裡神經質地哭泣，不知道該怎麼辦，下一步該怎麼做。

「這一段時間什麼也不要做，這大概是我的建議。」J.D. 說，「不過也許你不應該聽我的。我自己能做的就是逃走，藏起來。我不是個博學的教授。你知道我相信什麼，我相信所有那些邪惡的童話裡的胡說八道：心會破碎，房子會起火。」

今晚 J.D. 來，是因為他的農場裡沒有車庫，他去法國這段時間，會把車停在我們家的雙車庫。我望向窗外，看到他的老薩博在月光中閃閃發光。J.D. 帶了他最喜歡的書《靈

14 原文為 Horchow，即 Horation，何瑞修，哈姆雷特的好友。這裡強尼故意說成何瑞丘，紐約一家家具裝飾店的名字，以表現學生的懶怠糊塗。

視》[15]在飛機上讀。他說他的行李箱裡只有一條替換的牛仔褲、香菸和內衣。他打算在法國的一家商店買件皮夾克，兩年前他差點在那裡買下一件。

我們臥室裡有二十個左右的小玻璃稜鏡，用釣魚線掛在一根裸露的橫樑上，我們盯著它們，就像一隻貓盯著頭上方掛的貓薄荷。剛才是凌晨兩點。六點三十分，它們將布滿令人目眩的色彩。四點或五點的時候，馬克會來臥室，上床跟我們一起睡。山姆會醒來，舒展四肢，抖抖身子，牠項圈上的牌子會叮噹響，牠會打呵欠，再抖一抖，下樓，喝一口碗裡的水。在那，J.D. 在他睡袋裡睡著，塔克在沙發上睡。馬克到我們的臥室裡睡已有一年多了。他爬上一個腳凳，再上床。我第一次看到法蘭克的母親送的這項禮物時嚇壞了，腳凳上繡著「今天是你餘生的第一天」的字樣。我把它擱在壁櫥裡好些年，後來想到馬克可以用這個爬上床，這樣他就不用跳上來，有時還擦破腿上的皮。現在馬克來到臥室的時候不會驚動我們，只是他又恢復吮拇指的習慣。有時他躺在床上，冷冰冰的腳貼著我的腿。有時他打呼，雖然他還這麼小。

樓下有人在放唱片。是地下絲絨[16]——路・瑞德似在夢中，又似在呻吟，唱著〈星期天早上〉。我幾乎聽不到唱片的沙沙聲。我能跟上旋律只是因為這張唱片我聽了有一百次。

我躺在床上，等法蘭克從浴室裡出來。我受傷的手指抽痛著。雖然我已經上床了，但房子裡還有動靜：水在流，唱片在播放。山姆還在樓下，所以一定還有事。

這個房子裡的每個人我都認識很多年，隨著時間的流逝，我對他們的了解越來越少。J.D. 過去在大學裡是法蘭克的指導教授。法蘭克是他最出色的學生，他們在課後也開始碰頭。他們一起玩手球，J.D. 和家人來吃晚飯。我們去他那。那個夏天——就是法蘭克決定讀商學院研究所而不是英語學院的那個夏天——在那場車禍中，J.D. 的妻子和孩子以一種最慘烈的方式離開他。J.D. 辭職，去了拉斯維加斯、科羅拉多、紐奧良、洛杉磯，去了兩次巴黎；他在客廳的牆上貼滿明信片。很多時候，週末他帶著他的睡袋出現在我家。有時他帶著一個女孩。最近沒有。塔克是法蘭克多年前在紐約參加的治療小組裡的一員，後來他雇用法蘭克為他畫廊的會計。塔克當時在那個治療小組是因為他對外國人著迷。現在他對同性戀著迷。他舉辦時尚派對，邀請很多外國人和同性戀。派對開始前

15 《靈視》（A Vision），愛爾蘭詩人葉慈的一部神祕主義作品。

16 地下絲絨（The Velvet Underground）是成立於紐約的一支美國著名搖滾樂隊，活躍於一九六四年至一九七三年，樂隊成員有主唱兼吉他手路・瑞德（Lou Reed）和約翰・凱爾（John Cale），安迪・沃霍爾（Andy Warhol）曾任樂隊經理。地下絲絨在商業上並不成功，卻對後來的搖滾樂團和歌手產生了深遠的影響。

他打坐、做瑜伽，派對中他服用鎮靜劑，練習靜力鍛鍊法[17]。我第一次見他的時候是夏天，他住在他姊姊位於佛蒙特的房子裡，他姊姊去了歐洲，有天晚上他打電話給在紐約的我們，驚恐萬分，說到處都是黃蜂。牠們在「孵化」，他說——到處都是昏昏欲睡的大黃蜂。我們說我們過去。我們開了一整晚的車去伯瑞特鎮。是真的：盤子下，花裡，窗簾的褶皺裡都是黃蜂。塔克煩惱極了，待在房子後面。寒冷的佛蒙特早晨，他像個印第安人般裹著毯子，裡面只穿了睡衣。他坐在一把草坪椅上，躲在一叢灌木後，等著我們來。

弗雷迪——「狐狸雷迪」，法蘭克疼愛他的時候這麼叫他。我們剛認識時，我教他滑冰，他教我跳華爾滋；夏天在大西洋城，他曾跟我一起坐雲霄飛車，高高地在波浪上方翻騰。是我——而不是法蘭克——半夜起床，去一家通宵熟食店跟他碰面，我的手臂繞在他肩上，就像坐雲霄飛車時他的手臂繞在我肩上一樣。我跟他輕聲交談，直到他最近一陣的焦慮平息。現在他在考驗我，這個他搭上的男人，這個男人搭上他，你不記得這人名字，但你手插在他牛仔褲後口袋，而你甚至回家的路都還沒走完一半。我畏縮了。狐狸雷迪——讚賞我的新紅色絲質襯衫，用指尖輕撫正面，而我的眼睛睜得斗大，因為能感覺到他的手指在我胸前，雖然我是用一個衣架把襯衫支在前面供他欣賞。所有那些時刻，還有其間的含義就是我自欺欺人地以為因為我知道這些細微的小事，這些私人的時刻，所以我了解這些人。

弗雷迪總是比我更醺醺然，因為他跟我一起抽大麻覺得很放鬆，這也總是提醒我，他比我迷失得更厲害。塔克知道他可以來我們家，成為關注的焦點；他可以講他知道的所有故事，而我們永遠不會講我們知道的他像一條嚇壞的狗般地躲在灌木叢中。J.D. 旅行回來帶了滿滿一盒子明信片，我全都看了，好像在看他拍的照片。我明白，他也明白，他喜歡明信片是因為它們的單調乏味——它們不真實，他所作所為不真實。

去年夏天，我讀了《變形記》，對 J.D. 說：「為什麼格里戈・薩姆沙一覺醒來變成了蟑螂？」他的回答（他一直跟學生有如此戲言）是：「因為人們對他有這種期待。」

他們使非邏輯變得有邏輯。我什麼也不做，因為我在等待，我是在等候聆聽（J.D.）；我總是抽得恍惚因為我知道最好置身事外（弗雷迪）；我喜歡藝術因為我自己就是一件藝術品（塔克）。

法蘭克則更難理解。差不多一星期以前，我以為我們真的琴瑟和鳴了，可以憑心靈感應交流，而當我躺在床上正要這麼說的時候，我意識到真的有振動：是他，在打呼嚕。

現在他進了臥室，我再次試著說些什麼。或發問。或做點什麼。

「慶幸你不在基韋斯特。」

17 靜力鍛鍊法，又稱等長鍛鍊法，指應用等長度的肌肉收縮來增強肌肉的一種鍛鍊法。

他說著爬上床。我單肘支撐著自己，盯著他。

「颶風要襲擊那裡。」他說。

「什麼？」我說，「你從哪聽到的？」

「狐狸雷迪和我收拾盤子的時候。我們開著收音機。」他把枕頭折起來，墊在脖子後。「轟的一聲什麼都沒了。」他說，「砰。嘩。呼。」他看著我，「你看起來很吃驚。」他閉上眼睛。又過了一兩分鐘，他嘟噥著說：「颶風的消息讓你不安？那我想點好的事。」

他安靜了很久，我以為他睡著了。然後他說：「水上行駛的汽車。漫山遍野的鮮花，無與倫比。一顆流星劃過，速度減慢讓你足以看清。你可以重新來過的生活。」他一直在我耳邊低語，他的嘴移開的時候我顫抖著。他滑進床，準備睡了。「我跟你說件真的驚人的事。」他說，「塔克告訴我，他上週去了公園大道的一家旅行社，詢問去哪裡可以淘到金子，她告訴了他。」

「她跟他說去哪裡？」

「我記得是說祕魯的某地。祕魯哪條河的岸邊。」

「你決定馬克生日以後你要幹什麼嗎？」我說。

他沒回答我。最後，我碰了碰他一側的身體。

「凌晨兩點了。找個別的時間說吧。」

「法蘭克，房子你挑的。樓下那些是你朋友。我過去一直是你想要我成為的那樣。」

「他們也是你朋友。」他說，「別那麼偏執。」

「我想知道你打算留下還是離開。」

他深吸一口氣，然後吐氣，還是一動不動地躺著。

「你所做的一切都值得誇獎。」他說，「你回學校是對的。你也試著糾正為自己所以找到一個瑪麗蓮這樣正常的朋友。但是你這一輩子犯了一個錯誤——你讓身邊圍繞著男人。我來告訴你。所有男人——如果他們像塔克，瘋狂；像狐狸雷迪，五月皇后[18]一樣快活；甚至就算他們只有六歲——我要告訴你一個關於他們的事實。男人覺得自己是蜘蛛人，是巴克．羅傑斯[19]，是超人。你知道什麼是我們都感受到但你卻沒有嗎？就是我們都要到星星上。」

他握住我的手。「我正從太空中俯瞰著這一切。」他低聲說，「而我已經不在這裡。」

（一九七九年六月十一日）

18 五朔節節日活動中被選為女王的人。

19 巴克．羅傑斯（Buck Rogers），美國科幻漫畫、小說和電影中的太空英雄人物。

等待

「真美。」女人說，「你是怎麼弄到的？」她把手指伸進老鼠洞裡扭動著。這是一個真的老鼠洞：十八世紀的某個時候，一隻老鼠鑽洞鑽到碗櫥裡，穿過裡面的雙層架，通到底板。

「我們在維吉尼亞的一家古董店買的。」我說。

「維吉尼亞哪裡？」

「拉克斯維爾。在夏律第鎮外面。」

「那是一片美麗的鄉間。」她說，「我知道拉克斯維爾在哪。我有個叔叔以前住在凱斯威克。」

「凱斯威克很好。」我說，「那兒的農場。」

「哦。」她說，「你是說所得稅減免？那些前院有羊吃草的大宅？」

她摩挲著木頭，輕拂表面，怕哪裡有根木刺。雖然已經這麼長時間，但也不一定所有地方都磨光了。她垂下眼睛。「八百你賣嗎？」她說。
「我想賣一千。」我說，「我一千三買的，十年前。」
「真美啊。」她說，「我其實應該跟你說它有些毛病，可是我從來沒見過這樣的東西。太美了。我丈夫甚至不願我開價超過六百，但是我明白它能值八百。」她的食指搭在門閂上。「我今晚能跟丈夫一起來看看嗎？」
「可以。」
「你要搬走了？」她說。
「最終會的。」我說。
「那傢伙運送起來可得費點勁。」她搖搖頭，「回南方？」
「也許。」我說。
「你可能覺得我說帶丈夫回來是說著玩的。」她突然說。她又垂下眼睛。「有其他人想要嗎？」
「剛有個人打電話來，某個會在週六訂貨的人。」我笑了，「我其實應該說有很多人想要。」
「我要了。」女人說，「一千塊。你可能賣更高的價錢，而我也許轉手也能賣更高價。我就這麼跟我丈夫說。」

她拿起壁角櫥邊地上的繡花單肩包。她坐在八角形窗邊的橡木桌前，摸索著支票本。

「我在想，要是我忘了把支票本從家裡帶出該怎麼辦？不過我沒忘。」她拿出裝在紅色塑膠套裡的支票本。「我在凱斯威克的叔叔曾是個所謂的鄉紳。」她說，「他一直活到八十六歲，這輩子過得不錯。他不管做什麼都講究分寸，但關鍵在於他所做的事。」她審視著自己的簽名。「某個電影女演員剛買下科伯漢姆商店對面的農場。」她說，「一個女孩。我從沒在電影裡見過她。你知道我說的是誰嗎？」

「嗯，亞特・葛芬柯以前曾在那置產。」我說。

「她買的可能是他的地。」女人把支票推到桌子中央，微微傾斜插滿繡球花的花瓶，把支票一角壓在下面。「好了。」她說，「謝謝你。我們週末會開我兄弟的卡車過來。週六怎麼樣？」

「可以的。」我說。

「你真的大搬家呢！」她說著，四處看看其他家具，「我三十年沒搬家，也不想動了。」

狗穿過房間。

「你的狗教養真好。」她說。

「牠叫雨果。雨果這十三年來搬了好幾個地方。維吉尼亞，華盛頓特區，波士頓。

還有這裡。」

「可憐的雨果。」她說。

雨果現在到客廳裡了，咚的一聲坐下，呼出一口氣。

「謝謝你。」她說著伸出手。我伸手，但是我倆的手沒有碰到，她握住我的手腕。「週六下午。或者週六晚上。要說定一個時間嗎？」

「任何時間都行。」

「我能不能從你的草坪上倒車？」

「當然。你看到那些輪胎印了嗎？我總是這麼倒車。」

「哦，」她說，「那些倒車進行車道的人。我不知道。我總是對他們按喇叭。」我走到紗門那揮手。她開了黃色賓士，是輛舊車，重新上漆，車牌上寫著：「RAVE-I」。車熄火了。她重新發動後對我揮揮手，我又跟她揮手。

她離開以後，我從後門離開，沿著車道走。一朵雛菊從約一英寸寬的水泥裂縫中長出。有人丟了一罐啤酒罐在車道上，我把它撿起來，驚訝地發現好輕。我在對街的信箱

1 亞特・葛芬柯（Art Garfunkel，1941-），美國二十世紀六〇年代最成功的民謠組合賽門和葛芬柯（Simon & Garfunkel）的成員。

裡取信，看信時，路上車來車往。有輛車朝我鳴笛警告，即使我沒有移動，只是在翻檢信件。有一封康乃狄克州電力公司的帳單，幾封垃圾郵件，一張亨利從洛杉磯寄來的明信片，還有我丈夫寄來的信，他終於到了加州。加州，柏克萊，四天前寄出的。很多年前，我去看一個在柏克萊的朋友，我們去了小公園，有個人牽著兩隻狗和一隻山羊溜達。是一隻非洲矮羊。那個女人說，牠被訓練過，會在野外撒尿，要是發生另一種情況，她就會撿那些羊屎蛋。

我進屋，看著廚房裡數位鐘上移動的紅針。鐘後面是個舊咖啡罐，上面畫了一對相擁的男女，男的手臂鏽蝕得幾乎看不出，女的頭髮也磨損，但是還有一個色彩完好的咖啡豆圓環，在他們之間升起一道弧線。也許我應該把這個咖啡罐也登在廣告上，但是我喜歡聽早上打開它拿出咖啡瓶時、金屬蓋摩擦所發出的聲響。但要是不賣咖啡罐，我也許應該賣了錫質麵包盒。

約翰和我喜歡搜羅古董。他喜歡那種幾乎修不好的東西——那種你得再買一本二十塊錢的書來弄明白怎麼修補的東西。我們玩古董那時，價錢比現在便宜多了。我們買古董那時，還有耐心在拍賣處涼棚下的折疊椅上坐上一整天。我們計畫好，前一天先去仔細看貨。第二天我們早早到那等著。維吉尼亞那一帶，多數賣家都很好。有個叫壞理查[2]的賣家，總是十指交握，拍賣時把關節捏得咯咯響。他的真名叫威斯特。他主持較高級的拍賣會時，有一份小冊子，上面列著他的名字：威斯特。不過在大多數普通的拍賣會上，他總是跟人介紹自己叫壞理查。

我切下一小塊乳酪，從盒子裡拿出一些餅乾。我把吃的放在盤子裡，拿進餐廳，為要跟大碗櫥分手而有點難過。它突然顯得更古老了，也更大了——要放棄的是一個這麼大的東西。

電話鈴響了。一個女人想知道我廣告上提到的冰箱有多大。我跟她說了。

「是白色的嗎？」她問。

廣告上寫了是白色的。

「是。」我對她說。

「是你的冰箱嗎？」她說。

「其中一台。」我說，「我要搬家了。」

「哦。」她說，「你不該跟別人說這個。現在有人專讀這些廣告，琢磨誰要搬家，可能不在附近，他們就去搶劫。你們社區去年夏天就有很多劫匪。」

冰箱對她來說太小了。我們掛了電話。

---

2 原詞為 Wicked Richard，這個人本名 Wisted Richard，故意介紹自己為「壞理查」以使人印象更深刻。

電話鈴又響，我讓它繼續響。我坐下來，看著壁角櫥。我在餅乾上放了一片乳酪並且吃下。我又起身去客廳，餵雨果一片乳酪。牠聞了聞，從我手上輕輕叼走乳酪。今天稍早時，是早上，我去普特南公園遛狗。和往常一樣，我幾乎無法趕上牠。十三歲對一隻狗來說還不算太老。牠嚇唬鴨子，嚇得牠們逃進水塘。牠衝著一個男人牽的短腿小獵犬吼叫，還使勁拽繩子，拽得自己快窒息了。牠的力氣還像幾個夏天以前那麼大。空氣讓牠的毛變得蓬鬆。現在牠很快活，慢慢舔著自己的嘴，準備午睡。

約翰本想帶著雨果一起橫穿大陸，但最後我們的決定是：儘管雨果很喜歡恐嚇沿途遇到的那些狗，但這個七月會很熱，牠還是待在家裡比較好。我們很理性地討論這事。沒有狂熱——不像以前在某些拍賣會上，我們昏了頭，對自己不想要的東西出價，只因有很多人都為之瘋狂。一個關於雨果的理性討論，即使是在最後一分鐘：雨果已經在車裡把頭伸出窗外，吠叫著說再見。「對牠來說太熱了。」我說。我穿著睡衣站在外面。「已經差不多七月了。要是營地不收牠，或者你得把車停在太陽下，事情會很麻煩。」於是雨果站到我旁邊，在約翰把車倒出車道時，尖聲吠叫著說再見。他忘記帶的有大燈籠（裝電池的）和開瓶器。他記住的有帳篷、裝滿冰的冷卻器（他走的時候還決定不了該儲備啤酒還是可樂）、相機、行李箱、小提琴，還有班卓琴。他還忘了駕照。我從來不明白他為什麼不把駕照放在錢包裡，但好像總有什麼原因讓他拿了出來，然後就不見了。昨天我發現它斜靠在藥櫃裡的一個瓶子上。

巴比打電話來。他假裝成英國口音，想知道我是否要賣掉一台酪梨色的冰箱。我說沒有，他問我認不認識替冰箱上漆的人。

「當然不認識。」我告訴他。

「那是我五年來聽你說過的最堅決的話。」巴比用他平常的聲音說，「你怎麼樣，莎莉？」

「天啊。」我說，「如果是你整個上午都在這接電話，就不會覺得這有多好玩。你在哪？」

「紐約。你以為我在哪？現在是午餐時間。我去威尼斯牛排驛站[3]灌飽肚子。來點麵包奶油[4]，灌下幾瓶威士忌。」

「威尼斯牛排驛站，」我說，「嗯。」

「別嫉妒我。」他說著又開始模仿穆罕默德・阿里[5]，「踩了我的腳，我就把你踢

3 威尼斯牛排驛站（Le Relais de Venise L'Entrecôte）是紐約市萊辛頓大道上一家法國個性餐廳，菜單上只有一道菜：沙拉、牛排和薯條。

4 原文為法語，le pain et le beurre。

5 穆罕默德・阿里（Muhammad Ali，1942-2016），即拳王阿里。

上月球。和我熱烈握手，我會像瘋子一樣搖晃你。」巴比清了清嗓子。「我今天給公司二十個大單。」他說，「二十個一千塊。」

「恭喜你。午餐吃好點。要是你願意開車，過來吃晚餐吧。」

「我車子沒油了，我也受不了火車。」他又在咳嗽。「我戒菸了。」他說。「怎麼還咳嗽？」他移開話筒，大聲咳嗽。

「你在辦公室裡抽大麻？」我說。

「這次沒有。」他喘著氣，「我他媽的要死在什麼上。」停頓了一下。「你昨天做什麼了？」

「我在城裡。你知道我做了什麼會笑我的。」

「你去看煙火。」

「是啊。我不會猶豫跟你說這個的。」

「那你做什麼了？」他說。

「我跟安迪和湯姆在廣場酒店碰頭，然後喝香檳。他們沒喝，我喝了。後來我們去看煙火。」

「莎莉去了廣場酒店？」他笑起來，「他們在城裡幹什麼？」

「湯姆有點公事。安迪是來看煙火的。」

「下雨了，是不是？」

「只下了一點，還好。煙火很漂亮。」

「煙火。」巴比說，「我沒放過煙火。」

「你要誤餐了，巴比。」我說。

「我的天啊。」他說，「是的。那再見。」

我從大寫字桌下面抽出一張唱片，唱片放在連接桌腿的紅木寬板上。很巧，我抽出的那張是邁爾士・戴維斯的《廣場爵士會》[6]。七月四日國慶日的「棕櫚庭」[7]裡，一個小提琴手在演奏〈吉普賽歌，吉普賽舞〉和〈奧克拉荷馬！〉，努力回憶還有哪樣情景，但想不起來。

「你覺得如何，雨果？」我對狗說，「再來一片乳酪，還是想午睡？」

牠知道「乳酪」這個詞，像牠名字一樣熟悉。我喜歡看牠聽到某些詞時，眼睛發亮、耳朵豎起來的樣子。巴比告訴我，跟人說話可以胡說一氣，百分之九十的人都可以聽明白，只要你不時給出一些關鍵字。我跟雨果講話也是這樣：「乳酪。」「追。」「出去。」

6 《廣場爵士會》（Jazz at the Plaza）是爵士音樂家邁爾士・戴維斯的現場演奏專輯。

7 棕櫚庭（The Palm Court）是紐約第五大道上一家久負盛名的豪華餐廳，位於廣場酒店內。這家餐廳在紐約文化史上意義非凡，曾出現在多部小說和電影中，其中最著名的是費茲傑羅的小說《大亨小傳》。

沒有反應。雨果躺在牠一直躺著的地方，右側身體著地，挨著音響。牠的鼻子離窗戶下的一籃植物只有幾分之一英寸的距離。植物的枝葉在地上鋪開。牠非常安靜。

「乳酪？」我低聲說，「雨果？」我聲音揚到最大聲。

沒有反應。我上前一步，卻又停住。我放下唱片，盯著牠看。

沒什麼變化。我走出門來到後院。太陽從頭頂直射下來，照在車庫的深藍色大門上，顏色褪成最淺的藍。車庫邊的那棵桃樹有根樹枝枯死。桃樹上的風鈴叮咚作響。一隻鳥在樹下的鳶尾花旁跳來跳去。空中成群的蚊蚋，在我眼前聚成一團。我癱坐在草地上，摘了一片葉子，用指甲慢慢把它撕開。我數著自己吸氣吐氣的次數。睜開眼睛時，強烈的日光照在藍色大門上。

過了一會兒——也許十分鐘，也許二十分鐘——一輛卡車開上車道。一向來這裡遞送包裹的男人跳下聯邦快遞的卡車。他人很好，二十五歲左右，長髮在耳後繫成一束，眼神善良。

卡車開進車道的時候雨果沒有吼叫。

「你好。」他說，「天氣真好啊。這個給你。」

他拿出寫字夾板和筆。

「四十二。」他說，指著需要我簽名的極小數字欄。他手臂下夾著一個信封。

「又一本書。」他說，把包裹遞給我。

我伸手去接。上面有個寫著我名字和位址的藍色標籤。

他雙手在身後合攏，又抬起手臂，彎腰。「你看到了嗎？」他做完瑜伽伸展，直起身說道。他指著信封，「這是什麼玩笑？」他說。

寄件人地址寫著「約翰・F・甘迺迪」。

「噢。」我說，「一個在出版社的朋友。」我抬頭看他，意識到這並未解答他的疑問。「我們上週在電話裡說了這事。他是——人們一直都在談論當他被射中時自己正身處何處，我認識這朋友快十年了，我們還從來沒提過這。」

聯邦快遞員用手帕擦去額頭上的汗。他把手帕塞進口袋。

「他不是開玩笑。」我說，「他敬佩甘迺迪。」

聯邦快遞員蹲下去，手滑過草地。他往車庫方向看去。他又看我。「你沒事吧？」他說。

「嗯——」我說。

他還注視著我。

「嗯。」我說，努力調整呼吸，「我們來看看是什麼東西。」

我打開信封，注意不要被釘書針劃到。一本大開本的平裝書，書名是《如果大山死去》（*If Mountains Die*）。是彩色攝影，普韋布洛河峽谷上方的天空湛藍無比。我拿給快遞員看。

「我停車那時你還好吧？」他說，「你坐著的樣子有點怪。」

我還是這麼坐著。我注意到自己雙臂交叉抱在胸前，身體前傾。我鬆開手，向後靠在雙肘上。「沒事。」我說，「謝謝你。」

又有一輛車開進車道，繞過卡車，停在草坪上。是雷的車。雷下車，微笑著，手伸進開著的車窗去關卡帶。雷是我最好的朋友，也是我丈夫最好的朋友。

「你來這幹嘛？」我對雷說。

「你好。」快遞員對雷說。「那麼，我得走了。」他看著我，「回頭見。」他說。

「再見。」我說，「謝謝。」

「我來這幹嘛？」雷說著敲敲手錶，「午餐時間。我出來吃商業午餐。大生意，重要談判。我想開車去雷丁超市買幾個三明治。你吃過了嗎？」

「你一路開到這來吃午飯？」

「重要的商業午餐。客戶很難搞。要花些時間爭取客戶。要哄他們，很花時間。」

雷聳聳肩。

「他們不在乎嗎？」

雷吐出舌頭，發個怪聲，然後坐在我身邊，手臂環住我的肩膀，輕輕地來回搖晃我。「看看陽光。」他說，「總算出來了。我還以為雨再也不會停了。」他摟一摟我的肩膀，移開手臂。「我心情也不好。」他說。「我不喜歡我一直說沒人在乎的那語氣。」雷嘆著氣。他伸手去拿菸。「沒人在乎。」他說，「兩個，或四個、五個小時的午餐。」

我們靜靜地坐著。他拿起那本書，一頁一頁翻著。「漂亮。」他說，「你吃了嗎？」

我看看身後的紗門。雨果不在那。汽車開進車道，卡車離開時，牠也沒有動靜。

「吃了。」我說，「不過家裡還有些乳酪。平常那些吃的。或者你也可以去超市。」

「我可能會去。」他說，「需要什麼東西嗎？」

「雷。」我說著抬起手，「別去超市了。」

「怎麼了？」他說。他蹲下來握住我的手，深深地望著我。

「你要不——家裡還有乳酪。」我說。

他有些困惑。然後他看到我們手下，草地上那一疊信。「噢，」他說，「約翰的信。」他拿起來看有沒有拆開。「這樣啊。」他說，「那我又不懂了。只是因為他寫信給你？他已經到了柏克萊？算了，他剛過了一個糟糕的冬天。我們都過了一個糟糕的冬天。會好起來的。他還沒打電話？你不知道他有沒有跟那個樂隊一起混？」

我搖搖頭表示沒有。

「我昨天打過電話給你。」他說，「你不在家。」

「我去紐約了。」

「然後呢？」

「我出去跟幾個朋友喝一杯。我們去看了煙火。」

「我也是。」雷說，「你們在哪？」

「七十六街。」

「我在九十八街。我想有可能在看煙火的地方碰到你，我知道這麼想很瘋狂。」

一隻紅雀飛進桃樹中。

「我是上星期碰到巴比的。」他說，「當然，一點在威尼斯牛排驛站並不算偶然碰到。」

「巴比好嗎？」

「你也沒他的消息？」

「他今天打電話了，但沒說他怎麼樣。我想是我沒問。」

「他挺好的。氣色不錯。幾乎看不出他眉毛上方被縫過針的那道疤。我想再過幾星期，疤痕沒了，你就完全注意不到了。」

「你覺得是發生在哈林區嗎？」

「我可不確定。你知道，這事哪裡都有可能發生。如今人們到處被搶。」

我聽到電話在響，但沒有起身。雷又按按我的肩膀。「好。」他說，「我去把吃的拿出來。」

「要是有什麼東西放在不該放的地方，幫我收拾一下好嗎？」

「什麼？」他說。

「我是說——要是有什麼東西不對勁，弄好它。」

他微笑。「你別說，那次你把一間屋子刷成你以為好看的柔和色彩，出來卻成了亮粉。還是椅子？——你不會又替它們重新裝了罩子吧？」雷回到我坐的地方。「哦，我的天啊。」他說，「我那天晚上還在想，你是怎麼把你在麥迪森大道買的那個恐怖印花棉布套在椅子上的，我跟約翰回去的時候，你都不敢讓他進門。天啊——那種難看的條紋布。記得約翰站在椅子後面，下巴支在椅背上，尖叫著：『我是清白的！』記得他那樣嗎？」雷的眼睛濕潤了，像那天一樣，約翰那麼做的時候他笑得太厲害，眼淚都出來了。「差不多是一年前的這個月。」他說。

我點頭肯定。

「好啦。」雷說，「一切都會好的。我這麼說不只是因為我情願相信有好事。巴比也這麼想。我們都同意這點。我不是一直這麼說的嗎？我常來看你，彷彿是因為你瘋了還是怎麼的。你不願聽我說教。」雷打開紗門。「誰都可以去旅行。」他說。

我瞪著他。

「我去拿午餐。」他說。他用腳抵著門，移開腳進入屋裡。門在他身後砰的一聲關上。

「嗨。」他在裡面叫，「要喝冰茶什麼的嗎？」

電話又響起來。

「要我接嗎？」他說。

「不要，讓它響。」

「讓它響？」他叫道。

紅雀從桃樹上飛出來，飛到一棵高大冷杉的彎枝上。冷杉長在草坪邊——那麼多樹緊緊地挨在一起，從另一面都看不到房子。一點火紅的鳥影，倏忽消失不見。

「嗨，美女！」雷叫道，「你的野狗呢？」

電話鈴聲外，我能聽見他在廚房裡敲擊。卡住的抽屜拉開的聲音。

「你真的不想讓我接電話？」他叫道。

我看著身後的房子。雷端著一個盤子，用一隻手打開門，雨果在他身邊——不是像以往出門那樣衝出來，而是放輕腳步，抖抖身體讓自己清醒。牠過來在我身邊躺下，因為不適應陽光而眨眨眼睛。

雷也坐下，拿著一盤餅乾、乳酪，還有一罐啤酒。他看著我的眼淚順著臉頰往下流，往我身邊靠。他喝了一大口酒，把啤酒放在草地上。他把盤子推到啤酒旁。

「哎。」雷說，「一切都好，沒事吧？沒有對錯。人們該做什麼就做什麼。我是中立的旁觀者，是你們倆的朋友。雷一直給你這麼簡單的建議。保證我們是慎重的。」他輕輕地把頭髮從我的濕臉頰上拂開。「沒事的。」他柔聲說，轉過身把手搭在我的額頭上，「只要告訴我你做了什麼。」

（一九七九年六月二十日）

格林威治時間

「我在想青蛙的事。」湯姆在電話裡跟他祕書說，「告訴他們，等我想出青蛙問題的正經方案後就過去。」

「我不懂你在說什麼。」她說。

「沒關係。我是出主意的人，你是傳遞者。多幸運。」

「你才幸運呢。」他祕書說，「我今天下午得去拔兩顆智齒。」

「太糟了。」他說，「抱歉。」

「抱歉到陪我去一趟？」

「我得想青蛙的方案。」他說，「告訴梅特卡夫我要請一天假來考慮這個，如果他問起的話。」

「這兒的醫療保險不包括牙科。」她說。

湯姆在麥迪遜大道上的一家廣告公司上班。這一週他在努力思考青蛙形狀香皂的行銷手法——香皀是從法國進口的。他還有別的心事。他掛了電話，轉身面對在他後面等著用電話的人。

「你聽到了嗎？」湯姆說。

「聽到什麼？」那個人說。

「哎呀。」湯姆說，「青蛙香皀耶。」

他走開，出去找地方坐下，對街是他最喜歡的那家披薩店。他讀了報紙上的星座運勢（不好不壞），看著咖啡館窗外，等那家餐廳開門。十一點四十五分，他穿過大街，在那裡點了一份加了所有配料的西西里披薩。他跟櫃檯後的人說話時，臉部表情一定很可笑，因為那個人笑著說：「你確定嗎？所有配料？你自己看著都很訝異。」

「我早上開始工作，現在也沒幹完。」湯姆說，「我吞下這塊披薩後要去問我前妻，兒子能不能回來跟我住。」

那個人避開他的目光，從櫃檯下面抽出一個餐盤。湯姆意識到自己讓人感到緊張，於是坐了下來。披薩好了，他去櫃檯前取餐，又要了一大杯牛奶。他發現櫃檯後的男人又在看他——不巧那一刻他喝得太快，牛奶正順著下巴往下流。他用紙巾擦下巴，即使做這個動作，他也滿腹心事，想著他這一天剩下的時間。他要去亞曼達家，她住在格林威治村。像往常一樣，他覺得又寬慰（她跟別的男人結婚了，但還給了他一把後門的鑰匙），又焦慮（謝爾比，她丈夫，對他挺禮貌，但明顯不願意常看見他）。

離開餐廳後，他本打算從車庫把車開出來，然後馬上開到她家，對她說他想要班——說他不知怎麼在混亂中失去班，現在想要回他。可是他發現自己卻在紐約街頭晃悠，這樣才能平靜下來，以便發出更加理性的請求。約一小時後，他意識到自己像遊客般地對這座城市產生興趣——高大的建築物；那些服裝模特兒骨盆前伸，幾乎挨到商店的玻璃櫥窗；書店裡堆成金字塔狀的書籍。他經過一家寵物店，櫥窗裡滿是碎報紙和鋸末。他往裡看，正好有個十幾歲的女孩把手伸過櫥窗裡的隔板，一手托著兩隻棕色小狗放在鋸末裡。有那麼一秒，她的目光和他的相遇，她微笑著把一隻狗朝著他的方向扔過來。有那麼一秒，小狗的視線也和他的視線相遇。狗不再看他，鑽進一堆報紙，女孩轉身回去工作。幾秒前他和那個女孩對視的時候，想起這一週早些時候的一幕，他正走過喜來登中心，有個非常迷人的妓女走近他。她跟他說話的時候他有些猶豫，不過只是因為她的眼睛很亮——雙眼分得很開，眉毛被濃密的金色瀏海遮住了。他說不，她眨一下眼，眼裡的亮光消失了。他簡直無法想像這種事怎麼可能真的發生，即使是一條魚死了，眼睛也不會那麼快就蒙上一層霧。可是那個妓女的眼睛就在他說不的那一秒，變得黯淡無光。

他現在繞道去看電影《萬花嬉春》（*Singin' in the Rain*）。看到黛比・雷諾、金・

凱利和唐納・歐康諾跳上沙發起舞，弄翻了沙發那一幕時，他離開了。他走進一個酒吧，臉上還掛著微笑。酒吧裡人開始多起來，他看看錶，覺得很驚訝，人們已經下班了。喝醉的他盼望下雨，因為下雨會比較好玩。他走回公寓，沖了澡，然後去停車場。停車場旁邊有個電影院，還沒等他回過神來，他已經坐在裡面看起了《天外魔花》[1]。長著人頭的大狗嚇到他，倒不是因為形象恐怖，而是因為讓他想起之前見過的那隻棕色小狗。像是一個預兆——一隻狗沒人要的時候會變成什麼，電影是噩夢版。

早上六點：康乃狄克州，格林威治。亞曼達的母親死後，房子歸她。湯姆前岳母的骨灰放在餐廳壁爐架上的一個錫盒裡，盒子用蠟封著。她去世已一年了，那一年亞曼達搬出他們在紐約的公寓，然後飛快離婚，又再婚，搬進了格林威治的房子。她現在擁有另一個人生，湯姆覺得他涉足其間應該謹慎些。他把她給的鑰匙插進門鎖，輕輕把門打開，輕得彷彿是在拆卸一顆炸彈。她的貓洛基出現了，看著他。洛基有時跟他一起在房子裡悄悄走動。不過現在，牠輕輕跳上窗台，像一片羽毛落在沙子上那麼不為人注意。

湯姆四處打量著。她把客廳的牆刷成白色，把樓下的洗手間刷成深紅色。餐廳的大

---

1 《天外魔花》（Invasion of the Body Snatchers），又譯《變體人》，美國經典科幻影片。

樑裸露在外，湯姆碰過木匠一次——一個緊張的小個子義大利人，他一定很奇怪為什麼人們想把房子結構暴露出來。前廳裡，亞曼達掛了一組鳥翼的照片。

湯姆開車去亞曼達家的途中撞壞了車。車還能開，不過他在後車箱裡找到一根卸胎棒，用它撬開擋泥板左前部緊貼輪胎的金屬後，輪子才能轉。他開出大路的那一秒（他一定打了一會兒瞌睡），腦中閃過一個念頭：亞曼達會以此為理由，認為把班交給他不可靠。他用卸胎棒時，有個男人停車，下車給了他一些醉醺醺的建議。「絕不要買摩托車。」他說，「它們騎太快就會失控。你也跟著一起失控——徹底沒救。」湯姆點點頭。「你知道道格的兒子嗎？」男人問。湯姆沒吭聲。男人難過地搖搖頭，回去打開後車箱。湯姆注視他從裡面拿出一些照明燈，點亮，放在路面上。男人手裡還剩下幾個，他拿著走過來，表情困惑，不明白自己怎麼會有這麼多。然後他點亮多餘的那些，一個接一個，把它們在車前，就是湯姆修車的那個位置擺成一個半圓。湯姆覺得自己像在神龕中的聖徒。

修好輪胎，他驅車前往亞曼達家。車輪打滑，又撞到鄰居的信箱，他罵了自己一句。終於駛進院裡，結果碰到後院的地燈。他進廚房替自己煮了咖啡，然後出來查看損壞的情況。

在城裡，他出發前最後停留的地方是通宵熟食店，他在那裡吃了雞蛋和貝果，現在還覺得牙齒嚼得發疼。嘴裡的熱咖啡味道不錯。清早陽光微弱，他移開椅子，但還算是坐在桌旁，太陽幾乎照不到那個位置，但陽光照在肩膀上的感覺真好。牙齒不太疼了，他才發現嘴裡毫無感覺。太陽照耀著，他能感覺到羊毛衫正如它應當發揮的效果般溫暖，哪怕陽光並沒有直射它。那件羊毛衫是他兒子送的聖誕禮物，當然，是她挑的包裝：盒子包著閃亮的白紙，班用蠟筆簽下B・E・N，字母寫得很大。塗鴉的筆跡像是鳥兒的翅膀。

亞曼達、謝爾比和班在樓上。在走廊那邊，他能看到隔壁放在壁爐架上的電子時鐘，另一邊是那盒骨灰。七點，鬧鐘會響，謝爾比會下樓來，他的白頭髮映著明亮的晨光，好像海邊人們賣的那種廉價的鮑魚燈飾。他會跌跌撞撞，低頭看褲子拉鍊是否拉上；他手裡會捧著亞曼達母親的骨瓷杯喝咖啡。他的手那麼大，你得仔細看才能看到他捧著一個杯子，而他也不是像你從小溪裡喝水那樣從雙手中吞下咖啡。

有一次，當謝爾比在八點出門開車去紐約，亞曼達在餐桌旁抬起頭——他們仨剛在那裡吃完早餐，湯姆認為那是段友好正常的時光——而她對謝爾比說：「請別把我一個人留下來跟他待著。」她站起來跟他走進廚房，謝爾比顯得迷惑而尷尬。「寶貝，是誰給他鑰匙？」謝爾比低聲說。湯姆看著走道那一頭。謝爾比的手低低地搭在她的臀部——部分是有性暗示的玩笑姿勢，部分隱含著占有的意味。「你可別告訴我有什麼事讓你害怕。」

班睡啊睡啊，他常常睡到十點或十一點。樓上臥室裡，陽光滿滿地照在他身上。

湯姆又看了一眼壁爐架上的骨灰盒。假如有來生，萬一哪裡出了錯，他轉世變成一隻駱駝，而班變成一朵雲，他們倆無法在一起該怎麼辦？他想要班。他現在就想要他。

鬧鐘響了，聲音大得像一百萬個瘋子在敲打鐵皮罐。謝爾比的腳著地。太陽在屋子中間投下一片長方形的光影。謝爾比將會走過那片光影，彷彿走過鋪在教堂走道上那塊地毯般。六個月或七個月以前，湯姆參加了亞曼達和謝爾比的婚禮。

謝爾比渾身赤裸，看到湯姆吃了一驚。他腳踉蹌，抓過搭在肩膀上的棕色睡袍，穿在身上，一邊問湯姆有何貴幹，一邊說早安。「家裡這些該死的鐘不是慢兩分鐘，就是快五分鐘。」謝爾比說。他在廚房冰冷的瓷磚地板上跳來跳去，燒上開水，把睡袍裹得更緊。「我以為這地板在夏天會暖和點。」謝爾比說著嘆一口氣。他把身體重心從一邊挪到另一邊，像拳擊手在熱身般搓著他的大手。

亞曼達下樓。她穿一條褲邊捲到腳踝的牛仔褲，一雙黑色高跟涼鞋，一件黑色絲綢襯衫。她也像謝爾比一樣腳步不穩。她看到湯姆有點不高興。她看了看，沒開口。

「我想跟你談談。」湯姆說。他聽起來很無力。如同一隻掉進陷阱的動物，眼神試圖保持鎮定。

「我要去紐約。」她說，「克勞蒂亞要進行囊腫切除手術。糟透了。我九點要跟她在那碰面。我現在不想談。我們晚上再說吧。晚上再來，或者今天留在這。」她手伸進赤褐色的頭髮裡。她坐在椅子上，接過謝爾比遞來的咖啡。

「還要嗎？」謝爾比對湯姆說，「你再來點嗎？」

亞曼達隔著咖啡杯裡升起的熱氣看湯姆。「我想我們大家把這種局面都處理得不錯，」她說，「我不後悔給了你鑰匙。謝爾比和我商量過，我們倆都覺得你應該能進這房子。只是在我心裡，我想當然地認為你會在——我覺得是……更緊急的情況下使用鑰匙。」

「昨晚我睡得不好。」謝爾比說，「我希望今天早上不至於鬧出什麼事來。」

亞曼達嘆了口氣。謝爾比也像湯姆一樣讓她心神不寧。「如果我能說句話，別來怪我，」她對謝爾比說，「因為是的，你告訴過我不要買寶獅（peugeot），現在這死傢伙不動了——湯姆，既然你今天在這，能送伊內茲去趟商場就好了。」

「我們昨天看到七隻鹿穿過樹林。」謝爾比說。

「哦，別說了，謝爾比。」亞曼達說。

「我是在幫忙處理你的問題，亞曼達。」謝爾比說，「你不覺得說話該客氣一點嗎？」

伊內茲髮間插了一朵繡球花，走路時一副自我感覺良好模樣。湯姆第一次看到伊內茲時，她在她姊姊家的花園裡工作——實際上她赤著腳站在花園裡，長長的棉布裙拂掃著地面。她手裡拿著一個籃子，裡面的鳶尾和雛菊堆得高高的。她十九歲，剛到美國。那一年她跟她姊姊、姊夫梅特卡夫住在一起，梅特卡夫——他的朋友梅特卡夫，廣告公司裡最瘋狂的傢伙。梅特卡夫開始學習攝影，只是為了替伊內茲拍照。終於他老婆嫉妒了，叫伊內茲離開。她找不到工作，亞曼達對她又愛又憐，就說服湯姆讓她來跟他們住，那時她已經生下班。伊內茲來了，帶著幾盒她自己的照片，一個行李箱，還有一隻寵物沙鼠，來的第一晚就死了。第二天伊內茲哭了整整一天，亞曼達摟著她。伊內茲從一開始就像是家裡的一員。

湯姆和伊內茲一起散步的池塘邊有隻黑狗在喘氣，牠眼睛朝上盯住一個飛盤。狗主人舉起飛盤，狗盯著它，就像被來自天堂的一束光定住般。飛盤飛出去，劃出弧線，狗在它落下時叼到。

「我要問亞曼達，班能不能跟我住。」湯姆對伊內茲說。

「她絕不會答應。」伊內茲說。

「你覺得要是我綁架班，亞曼達會怎麼想？」湯姆說。

「班正在適應這裡。」她說，「那不是個好主意。」
「你以為我在騙你嗎？我會綁架你和他。」
「她不是壞人。」伊內茲說，「你總是想惹她不高興。她也有她的問題。」
「你什麼時候開始為你的虛偽雇主辯護了？」
他兒子撿起一根棍子。遠處的那隻狗盯著他。狗的主人喊著：「山姆！」狗飛快地回頭。牠跳過草地，抬起頭，盯著飛盤。
「我應該去上大學。」伊內茲說。
「大學？」湯姆說。那隻狗不停地跑。「你會學什麼呢？」
伊內茲突然在班身後猛地把他抱起來，緊緊抱住。他掙扎起來，似乎想被放下，但當伊內茲彎下腰時，他又緊緊抱住她。他們走到湯姆停車的地方，伊內茲把班放下。
「記得在商場停一下。」伊內茲說，「我得買點東西做晚飯。」
「她會滿肚子壽司和氣泡水。我敢說他們不需要吃晚飯。」
「你要。」她說，「我還是買一點。」
他開車到商場。車子停好後，班跟伊內茲一起去了商店，沒有跟他去隔壁的酒水店。湯姆買了一瓶干邑白蘭地，把零錢裝進口袋。店員反覆挑眉又放鬆，就像格魯喬・馬克思[2]般；他把廣告塞進袋子，袋子上畫著一個香檳酒杯，裡面盛滿藍綠色的酒。

「伊內茲和我有個祕密。」班在他們回家的途中說。他從後座站起來，抱住她的脖子。

班累了，他累的時候就會煩人。亞曼達認為不該遷就班的喜好：她和他一起閱讀連恩[3]，而不是童話；她讓他吃法國菜，只允許他把醬汁分開放在一邊。亞曼達拒絕送他上幼稚園。湯姆相信如果她送他去，如果他和同齡的孩子一起，也許能改掉一些煩人的習慣。

「比如說，」伊內茲說，「我可能要結婚了。」

「跟誰？」他震驚不已，握著方向盤的手變得冰涼。

「一個住在鎮上的男人。你不認識。」

「你在談戀愛？」他說。

他急踩油門開上車道，車道很滑，沾滿草坪噴水器沖下來的泥。他用力開車，等待他能感覺到車子停穩的那一刻。車子滑動了一下，然後又直行。他們抵達最高處。他把車停在草坪上，後門附近，留空位讓謝爾比和亞曼達可開車入庫。

「如果我考慮跟人結婚，先跟他談戀愛不是合情合理嗎？」伊內茲說。

伊內茲在五年前班出生後就跟他們一起住，現在她一些手勢和表情都像亞曼達——

亞曼達那種似笑非笑的耐心表情讓他明白，他如此不通世故既吸引她，又讓她困惑。亞曼達跟他離婚那陣子，她回來的時候，他去甘迺迪機場接機，她從舷梯上下來，懷裡抱滿鳳梨。他看著她，自己也是這種似笑非笑的耐心表情。

八點鐘，他們沒回來，伊內茲有點著急。九點，他們還是沒回來。「她昨天提到某個戲劇。」伊內茲輕聲對湯姆說。班在另一間房間玩一個智力玩具。是他上床的時間了——已經超過時間——他的專注力好像愛因斯坦。伊內茲又進入房間，湯姆聽到她在跟班講道理。她比亞曼達平靜，她會達到目的。湯姆讀起超市的報紙，這報紙一星期出一次，都是些鹿衝過馬路，做蠟染的女藝術家要在圖書館現場表演之類的消息。他聽到班跑上樓梯，伊內茲在後面追。

水龍頭打開了。他聽到班的笑聲壓過水聲。他很高興看到班適應得這麼好。他自己五歲的時候，絕不可能讓女人跟他一起進浴室。現在他快四十歲了，他多希望代替班在浴缸裡——而伊內茲用肥皂替他擦背，她的手指滑過他的皮膚。

---

2 格魯喬・馬克思（Groucho Marx，1890-1977），美國喜劇演員，電影明星。

3 指R・D・連恩（Ronald David Laing，1927-1989），蘇格蘭精神病學家。

有很長一段時間，他一直惦記著水，想著去旅行，可以看到海，在沙灘上散步。在紐約每過一年，他就越發煩躁。晚上他常常在自己的公寓裡醒來，聽著空調呼呼的噪音和樓上的女人穿緞面拖鞋打發失眠的腳步聲。（她讓他看過，解釋說他睡不著覺不可能是因為她在走動。）他失眠的晚上，就把眼睛瞇成一條縫，像他兒時會做的那樣，把家具想像成別的東西。他斜著眼把高高的紅木櫥看成是棕櫚的樹幹；他飛快地眨眼，夜燈一閃一滅像是浮萍在水中起伏，漸漸他試圖把床想像成一艘船，他在船上掛帆，就像多年前他和亞曼達在緬因州那水域擴大的伯金斯灣，波濤滾滾的墨藍色海洋。

樓上的水龍頭關了。很安靜。沉默了很久。伊內茲的笑聲。樓梯上傳來沉重的一跳，貓輕輕上樓時有塊地板嘎吱作響。亞曼達不會讓他帶走班的。他現在很確定。幾分鐘後，他聽到伊內茲在笑，她高舉爽身粉罐，讓粉末撒落在班身上，像下雪般。

湯姆決定至少好好度過這一夜，他脫了鞋上樓，不必打擾房子的寧靜。謝爾比和亞曼達臥室的門開著。班和伊內茲蜷在床上，她就著昏暗的燈光開始讀故事讓他聽。她挨著他躺在床上的藍色大被子上，背對著門，一隻手臂緩緩劃過空中：「士兵在村子門口站住……」

班看到他，裝作沒有看見。班愛伊內茲勝過其他人。湯姆走開了，讓她不至於看到他而停下。

他走進謝爾比作為書房的那間房間。他打開燈。有個調暗光線的開關，燈光非常暗淡。他就這樣不動。

他仔細審視一張鳥喙的照片。旁邊有張鳥翼的照片。他湊近照片，臉頰貼近玻璃。他有些擔心。這不像亞曼達，她知道他在等她，卻不回來。他感到玻璃的涼意擴散到全身。亞曼達不可能是死了，這麼想沒道理。謝爾比開車時會像個老人，蠕動得很慢。

他走進浴室，往臉上潑了點水，用他以為是亞曼達的毛巾擦乾。他回到書房，仰躺在沙發床上，旁邊是打開的窗戶，等著車子回來。他在一張陌生的床上一動也不動地躺著，在一座他和亞曼達結婚的時候每年來兩三次的房子裡——在亞曼達生日時，這座房子總是點綴著鮮花，在耶誕節時能聞到新砍的松樹味，桌面上細長的義大利天使面擺成鳥窩的形狀，裡面小小的聖誕彩球閃著光，好像色彩奇異的蛋。亞曼達的母親去世了。他和亞曼達離婚了。亞曼達跟謝爾比結婚了。這些事很不真實，而真實的是過去的時光，是多年前的亞曼達——他腦海中無法忘卻的亞曼達的形象，他始終記著的情景。那是在他沒有料到會發現任何問題的一天發生的；他那時正感覺生活適意，心情輕鬆，這感覺日後也不會再有。某種程度上，這事讓他痛苦；以致於後來亞曼達離開他，去找謝爾比，所帶給他的痛苦反而顯得沒那麼深。亞曼達——她穿著漂亮的內褲，站在他們紐約公寓的臥室裡，在窗戶旁邊——雙手交叉，掩住自己的胸部，對班說：「沒有了，奶沒有了。」

班穿著T恤，兜著尿布，躺在床上向上看著她。床頭櫃上放著要給他喝的一杯牛奶——他會像哈姆雷特從毒酒杯中喝酒那樣堅定地喝下牛奶。班的小手在杯子上，她的胸部又在眼前顯現，她的手蓋住他的手，杯子傾斜，吞下第一口。那個晚上，湯姆的頭從自己的枕頭上移到她的，在床上往下滑，直到自己的臉頰貼上她的乳房。他早就知道自己睡不著，他驚訝於她能以如此隨便的方式完成一件這麼大的事。「寶貝——」他開口，而她說：「我不是你的寶貝。」她從他身邊，從班身邊移開。誰會猜到她需要的是另一個男人呢——她會在一張巨大的藍色海洋般的緞面被子上，在一張和海洋般寬闊的大床上跟這個男人共枕。他第一次來格林威治的時候，看到那張床。在她目光的注視下，他手圍成圈，靠在眉毛，遠遠地往房間那頭張望，好像能看到中國。

離婚以後他第一次去格林威治拜訪的時候，班和謝爾比不在家。伊內茲倒是在家，亞曼達堅持帶他參觀房子，她也跟著一起。湯姆知道伊內茲不想跟他們一起看房子，這麼做是因為亞曼達叫她，她這麼做是因為她覺得這樣他就不那麼尷尬。湯姆會永遠為此愛伊內茲，那跟他愛亞曼達的方式不同，但也是一種真實的愛。

這會兒伊內茲進入書房，眼睛適應黑暗的時候猶豫了一刻。「你醒著嗎？」她輕聲說，「你沒事吧？」她慢慢走到床邊，坐下。他的眼睛閉著，他確定自己能一直睡下去。

她的手放在他手上，他微笑著，意識開始游離，進入夢鄉。一隻鳥展開翅膀，像展開一把摺扇那麼優雅；士兵（los soldados）在山頂停留。關於伊內茲，他會永遠記住這一幕：星期一她來上班的時候，也就是亞曼達跟他說起謝爾比並提出離婚的那個週末之後，伊內茲在廚房裡低聲對他說：「我還是你的朋友。」伊內茲湊近他低語時，就像一個羞怯的情人輕輕湊過來說「我愛你」那樣。她說了她是他的朋友，他告訴她，他永遠不會懷疑這點。那一刻他們就那麼站著，靜靜的，一動不動，好像四周的牆都是群山，而他們的話語會在山上撞擊。

（一九七九年十月二十九日）

重力

我最愛的夾克來自L.L.Bean[1]專賣店。它從緬因州到亞特蘭大，我前男友在那裡的一家二手店發現了，便買下來當作我的生日禮物。對他而言有點緊，但他看到我的時候就穿在身上。他說要是我沒誇他穿這件夾克好看，他就自己留下。我在口袋裡發現一顆亞硝酸戊脂[2]，還有一塊好時巧克力。巧克力是故意放進去的。

在我穿它的八年裡，扣子掉得只剩一顆——我永遠不會扣的那顆，因為沒人會扣領子下的鈕扣。四顆扣子都掉了，可是我只記得倒數第二顆是怎麼消失的：我看到它在晃蕩，卻還是覺得它不會掉。後來，我蹲在中央咖啡館的地上，說著「正是因為我一直沒挪動這個凳子，它肯定就在這個地方」，醉眼矇矓地瞪著我坐的凳子下的地板。

尼克，現在正和我同行的男人，穿進這件夾克的可能性一點也沒有。他巴不得我也穿不進去。他討厭這件夾克。當我告訴他我想買條冬天的圍巾時，他提議禿馬尾可能跟夾克比較搭。他總是在商店櫥窗前停下，提議買件毛衣或大衣給我。沒有一件我喜歡。

「我要瘋了。」尼克對我說，「你就因為弄丟扣子不開心。」我們繼續走。他從一邊戳我。「扣子也可以作彈珠。」他說。

「你玩過彈珠嗎？」

「玩彈珠？」他說，「那不是只能看的嗎？」

「不是。我記得有一種遊戲是用彈珠來玩的。」

「我小時候有個雪茄盒，裡面裝滿了彈珠。很棒吧？我有彈珠、郵票、硬幣，還有《花花公子》的剪報。」

「同時擁有這一切嗎？」

「什麼意思？」

「郵票不是在《花花公子》剪報之前出現的？」

「是同時。我用放大鏡看圖片，不看郵票。」我夾克的左半邊疊在右半邊上，雙臂在胸前緊緊交叉，把夾克拉上。尼克注意到了，說了句「沒那麼冷」，一隻手臂搭在我肩膀上。

1　L.L.Bean 是美國著名的戶外用品品牌。

2　亞硝酸戊脂是一種治療心絞痛的藥。

他沒錯。不冷。上週五下午，醫生告訴我週三，就是後天，需要去醫院做一項檢查，看看是不是輸卵管阻塞引起身體左邊疼痛，而我是個膽小鬼。我從來沒相信過《瓶中美人》裡的東西，除了愛瑟・格林伍德的偏執多疑：你覺得痛的時候是無意識的，之後就會忘了你曾經覺得痛。

他手抽回。我一手抓緊夾克，另一隻手握住他手腕，這樣他就得從口袋裡抽出手。

「手給我。」我說。我們一路這樣走著。

其他的扣子好像還沒看到它們鬆動就掉了。去年冬天掉的。那時候我剛剛愛上尼克，其他什麼事情都不重要。那會兒我還想到夏天縫上新扣子。現在是十月，冷了。我們走上第五大道，離我要做檢查的醫院只有幾個街區。當他意識到這點，就會拐進一條小街。

「你不會死的。」他說。

「我明白。」我說，「只要不會死，為任何情況憂慮都很傻，是不是？」

「別遷怒我。」他說，帶我拐進九十六街。

今天晚上沒有星星，所以尼克談論星星。他問我有沒有想像過，當第一個天文學家把高倍望遠鏡移向土星，看到的不僅是星球本身，還有光環——青煙般的光環，那時他心裡在想什麼。尼克停下腳步點菸。

公園大道中間種的菊花在黑暗中只是模糊一片。我想到黑姆[3]的花：貼近他的一幅畫，你能看到蜷在枝條上的蝸牛，葉子邊緣爬著的小蟲。有時是這樣：當你將花園裡的花拿進來，看到的是一隻蝸牛在莖上爬，看起來、摸起來像一團膿。

上週五尼克說：「你不會死的。」他下床，將花瓶從我前面挪開。那天我去看醫生，後來我們去賈斯汀那裡過週末。（十年前尼克跟芭芭拉開始同居，賈斯汀是他們在西十六街上的鄰居。）一切都很美妙，賈斯汀在鄉間的房子一向如此。臥室裡有個花瓶插滿了繡球花和雛菊，我走去聞花，看到蝸牛，牠看起來像團膿。我不覺得噁心——只是不喜歡牠在那，我還好奇地摸了一下。

「賈斯汀不要知道你為何哭泣。賈斯汀不該知道。」尼克低聲說。

蝸牛被人摸的時候並沒有收縮。但也沒有繼續爬動。

基本情況：她的名字叫芭芭拉。她是博爾德水壩[4]。她個子小，很美。因為她先出現，她一直能左右他，雖然他們從未結婚。她是博爾德水壩。

3 黑姆（Jan Davidsz. de Heem，1606-1684），荷蘭最偉大的靜物畫家之一，以魚類、果物、花草為主要題材。

4 博爾德水壩（Boulder Dam）是胡佛水壩的舊稱，建在美國西南部柯洛拉多河下游，是美國最大的水壩。

去年我們在賈斯汀家過聖誕。賈斯汀想把我們仨當一家人看看——尼克、賈斯汀和我。他真正的家人是住在紐西蘭的姨媽。在他還小時，她為他做厚厚的餅乾，但從來沒烤熟過。賈斯汀的想法比我還浪漫，他認為尼克應該忘掉芭芭拉，然後跟我一起搬進隔壁那幢待售的房子。賈斯汀穿著保暖拖鞋、白色睡袍和及膝條紋長襪，在廚房裡煮睡前茶，他跟我說：「舉出一個比著涼的同志更慘的例子。」

芭芭拉打電話來，我們盡量不去注意。賈斯汀和我在聖誕晚餐後吃下冰冷的柳丁。賈斯汀倒了香檳。尼克在電話上跟芭芭拉聊天。賈斯汀吹滅蠟燭，我們倆坐在黑暗中，尼克站在電話旁，回頭看著突然變暗的角落，疑惑地皺起眉頭。

那晚稍晚時，尼克站在廚房裡，說：「賈斯汀，告訴她實話。告訴她你到了聖誕就抑鬱，所以你要喝醉。告訴她並不是因為一個你從沒喜歡過的女人那通短短的來電。」

賈斯汀又在煮茶，讓自己清醒點。他的手在爐灶上方，往下貼近一寸，又貼近半寸……

「跟他比膽量。」他輕聲對我說，「你可別當那個會燒傷自己的人。」

一名女士走過我們身邊，她戴著一頂插滿羽毛的藍帽，上面的羽毛看起來像瘋狂的印第安人射在帽沿上的箭。她笑得很甜。「蛇從地獄裡爬出來了。」她說。

在萊辛頓大道的一家酒吧，尼克說：「告訴我你為什麼這麼愛我。」未作停頓，他又說：「別打比方。」

當他迷失的時候——當他迷路的時候——他有一半是迷失在她那裡。像是他在森林裡越行越深，而我卻冒著危險他可能會停下來聞一朵令人迷醉的花，或是發現一個池塘，像納西瑟斯[5]一樣為之著迷。從他告訴我的有關芭芭拉的事裡，我知道她深邃而冰涼。

躺在醫生那鋪著冰冷白紙的體檢檯上，我盡量不去注意他做的事，而是仔細看天花板上的一根螺釘，它固定住扁平的白色頂燈四角中的一角。

我還是孩子的時候，有一次在樹林裡迷路。我手裡有朵蒲公英，我徒勞地把它當作手電筒，黃色的花心是我想像中的光柱。本應該來救我的父母，在一個後院派對上喝醉了，我一再走錯路，離我原本可能看到的房子越來越遠。我害怕了，越走越慢。

尼克就此大做文章。他認為我迷失在自己的人生中。「好吧。」我在他用手肘輕推讓我走快點時說，「一切都是象徵。」

「你凡事都做比喻，這樣怎麼能挖苦我呢？」

5 納西瑟斯，希臘神話中的美少年。他深愛自己水中的倒影，最終撲向水中擁抱倒影，化為一株水仙。

「我沒有。」我說，「你講話的樣子讓我想伸出自己的指節被打。你像老師般地苛責。」

走到盡頭了。他甚至做了我想讓他做的：走三十個街區去她的公寓，而不是搭計程車，如果她很著急，可從窗口往下看，會看到他和我直接走到門口，而她就能看到一切——包括接吻。

他驚訝於在同一段時間，芭芭拉的事也發生在我身上。她剪頭髮的那一天，我把頭髮修齊了。我去看牙醫，他說我的牙齦略微萎縮，我希望她能長出尖牙來超越我。但實際情況是我身體一側開始疼，而她的疼痛更劇烈。現在她做完脊椎融合手術回到家裡，正慢慢好轉，而他又跟她在一起了。

一九七九年的秋天。人行道上，我們看到一對情侶在親吻，三個人在遛狗，一對夫婦在吵嘴，一個計程車司機把車停在藥局前，脫下牛仔夾克換上黑色皮衣。他戴上一頂皮帽，把夾克扔到後座，驅車離開，在公園大道調頭，往城裡開去。一個男人看著我，好像他剛發現我站在接吻亭[6]的櫃檯後面。一個女人對尼克拋出如此挑逗的眼神，還沒等她離開聽力所及的範圍，他忍不住地笑出聲來。

「我受不了了。」尼克說。

他不是在說紐約的瘋狂。

他吻了我以後，用鑰匙打開門，有那麼一分鐘我們被夾在上鎖的門之間。我稱之為監獄。一口棺材。兩個綁著繩索的太空人在往月球的途中。我曾站在那，不止一次地感到一個人未被重力定在原地時的失重感，但是我的失重是因為悲傷和恐懼。

芭芭拉在樓上等著，尼克不知道該說什麼。我也不知道。最後為了打破沉默，他把我拉到身邊。他告訴我早先我向他要求伸手時，說的是「手」。

他的右手伸過來，手指觸到我乳房之間的骨頭。我低頭看，像外科醫生那般地有一刻懷疑，或者片刻自信，看著半透明、緊貼皮膚的橡膠手套：他的手，又不是他的手，將要做出重要的事，或無關緊要的事。

「任何人都會說『你的手』，」尼克說，「而你那麼說的時候，聽起來好像我的手脫離了身體。」他輕撫我的夾克，「你已經有了你的安撫毯，讓我也把各個部分歸攏起來吧，至少從外表上。」

6　接吻亭通常是嘉年華舞會或其他場合設置的攤位，攤主親吻遊人並收取費用，通常是為慈善組織籌款。

脫離了軀體，那隻手就像馬格利特[7]畫上的一個象徵：岩石上的一座城堡在海上漂浮；一顆從樹枝上脫落的青蘋果。

獨自一人，我不論在哪裡都知道會是這樣。

（一九八〇年六月二日）

7 雷內・馬格利特（René Magritt，1898-1967），比利時超現實主義畫家，畫風帶有明顯的符號語言。

奔跑的夢

巴恩斯拿著橄欖球在跑。陽光照在他的白褲上，褲子像綢緞般閃亮。狗跑在他身邊，就在巴恩斯的腳踝邊，把秋天的落葉弄得四處都是。他們從操場的另一頭回到奧黛莉和我坐著的地方時，狗跑在前面，三次想絆倒他，但巴恩斯還是把橄欖球給牠。巴恩斯突然停住腳步，把橄欖球遞出去，像女主人遞出小咖啡杯那麼小心，然後鬆手。狗叫布魯諾，牠一口咬住橄欖球——是一個海綿塑膠做的球，一個玩具——然後咬著球跑掉。巴恩斯還在喘氣，他坐在奧黛莉的躺椅邊上，抬起她的腳，隔著襪子替她按摩腳趾。

「我忘了告訴你，早上你劈柴的時候，你的會計來電。」她說，「他打來告訴你，那個替他鄰居搞了游泳池的包工工頭的名字。我不知道你還認識會計呢。」

「我認識他的鄰居。」巴恩斯說，「他們現在不是鄰居了。我認識的那家人是馬特・卡特賴特和賽拉・卡特賴特。賽拉之前總是打電話來跟我要利眠寧。他們搬到肯塔基。會計還跟他們保持聯繫。」

「你人生中有那麼多我不知道的事。」奧黛莉說。她拉下襪子，腳移到他手裡。她的腳指甲染成紅色，大腳趾指甲呈現完美的橢圓形。腳後跟像嬰兒那樣柔軟圓潤，這在我看來簡直是個奇蹟，因為我知道她之前在紐約時每天要穿高跟鞋上班。另一點讓我驚奇的是，夏天過去了，還有人塗著指甲油。

正如我們所料，布魯諾要把球埋起來。有一次我看到布魯諾在挖洞，要埋一個內胎。所以埋個橄欖球只是一兩分鐘的事。初夏時節，有天晚上巴恩斯很晚回家——他是外科醫生——把他的黑色包拿給狗。若不是有不像我們其他人醉得那麼厲害的奧黛莉出手救下，那個包也會被狗埋掉。

「我們幹麼非得修游泳池？」奧黛莉說，「施工噪音多可怕呀。要是有小孩溺水呢？我會每天早上醒來，走到窗邊，準備看到一具小屍體——」

「你嫁給我的時候就知道我有多物欲吧。你知道我在鄉下買了一幢房子，之後就會建泳池，對不對？」巴恩斯親吻她的膝蓋。「琳恩，奧黛莉不會游泳。」他對我說，「奧黛莉不喜歡學新東西。」

我們早就知道她不會游泳。她是馬丁的妹妹，我認識她七年了。馬丁和我住一起——或者該說幾個月前我們還住一起，直到我搬出來為止。巴恩斯從小就認識她，他們結婚到現在有六個月了。他們是在這幢房子的客廳裡結婚的，當時房子還在興建，唱片裡貓王在唱〈只要我擁有你〉。荷莉舉著一束眼鏡蛇百合。後來我唱了〈很快會有一天〉——奧黛莉最喜歡的茱蒂・柯林斯[1]的歌。當時狗也在，還有一個做客的阿富汗人。石匠忘了那天不用來做事，儀式正開始時他到了，於是決定留下。後來發現他會跳狐步舞，我們都很高興他留下來沒走。我們喝香檳，跳舞，馬丁和我做了可麗餅。

「要是我們只把那本大衛・霍克尼[2]的書封面撕下來，」奧黛莉說，「就是一個人臉朝下漂浮在池子裡，看上去像被玻璃壓在下面的那張？我們可以用它代替風鈴，掛在那邊那棵樹上。我不想要游泳池。」

巴恩斯放下她的腳。她抬起另一隻，放在他的手裡。

「我們可以替你買個充氣筏，你在上面漂，我來替你按摩腳。」他說。

「你從不在家，你總是在工作。」奧黛莉說。

「來修池子的時候，你可以舉著那張大衛・霍克尼的畫來讓他們覺得作嘔。」

「要是他們不解其意呢，巴恩斯？我能想像那只會讓人困惑。」

「那你就輸了。」他說，「如果你給他們看了畫，他們還是不管，仍繼續修泳池，要麼它不是一個真正的十字架，不然就是他們不是真正的吸血鬼。」他拍拍她的腳踝。

1 茱蒂・柯林斯（Judy Collins，1939-），美國六〇年代著名民謠歌手。

2 大衛・霍克尼（David Hockney，1937-），英國畫家、攝影家，英國二十世紀最重要的藝術家之一。

「但跟他們解釋就不合適了。」他說，「必須像玩字謎遊戲一樣認真。」

馬丁跟我說了巴恩斯告訴他的一些事。最開始，馬丁不想讓他妹妹嫁給巴恩斯，但他又是他最好的朋友，馬丁不想背叛巴恩斯對他的信任，所以他問我的想法。跟我講比跟她講少些麻煩，而且很早以前我保守祕密的能力就讓他印象深刻。他去義大利的那個夏天，他母親進行乳房切除手術，我沒有告訴他。兩年後她去世了他才知道，而且還是無意中知道的。「她不想讓你知道。」我說。「你怎麼能守住這個祕密？」他說。這類事情讓他對我又愛又恨。他愛我是因為我是那種人們會主動找上門的人。那是一種他希望擁有的特點，因為他是個老師。他在私立學校教歷史。有一次我倆在深夜裡走過切爾西區，一個衣著考究的老太太從大門後向我湊過來，遞給我一罐菜豆和一個開罐器，說：「請嘗嘗。」在地鐵上，一個男人遞給我一封信，說：「你什麼也不用說，只請你讀一讀這段話。我只希望撕了信以前別人能看到它。」這類事很多跟愛有關，以某種奇特的方式。菜豆那個跟愛無關。

馬丁和我在樹林裡散步。毒藤葉子紅得豔麗，秋意十足，所以很好辨認。我們走到林子深處，看到一棟樹屋，梯子是以四塊木板釘在樹幹上。樹下有些空的啤酒瓶，但是我忽略了最顯眼的一個東西，是馬克指給我看的：樹屋的高處嵌著一個白色氣球，卡在一處細枝分叉的地方。他扔了幾塊石頭，終於把一塊投到氣球上，但是氣球沒破，也沒有飛走。「也許我可以引誘它下來。」他說。他撿起一個空的百威啤酒瓶，拿到嘴邊，用手指輕擊玻璃，然後在瓶嘴上方緩緩地吹出一股氣流，就像在吹號角。一種詭異而空洞的聲音，我很高興後來他不吹了，並扔掉瓶子。他總能讓我吃驚，就像我對他一樣。我們住在一起多年了。一個月前，他在深夜時來到我跟人合租的公寓，兩個星期前他上班時不接我電話，回到家就把電話線拔掉——他就這麼過來，按響蜂鳴器，我從窗戶裡往外看的時候他站在那裡微笑。他走上四樓，進門時還在微笑，說：「我要做一件你肯定會喜歡的事。」要是他想摸我的話，我準備打他一拳，可是他輕輕握住我的手腕，讓我知道這是我身上他唯一會摸的一處地方，然後他坐下來，把我也拉進椅子，開始用口哨吹〈她很可愛〉[3]中那段豎琴間奏。他完美地吹出那段悠長而複雜的間奏，然後坐在那，一語不發，溫熱的嘴唇吻上我的頭頂。

馬丁撥開一根低垂的樹枝，讓我走過去。「你知道巴恩斯今天早上告訴我什麼嗎？」他說，「他每個星期一早上去固定的心理醫生那裡，可是幾星期以前他開始每星期二去

3 〈她很可愛〉（Isn't She Lovely）是美國著名流行樂手、作曲家史蒂夫・汪達（Stevie Wonder）演唱的一首歌曲。

看另一個年輕的女心理醫生，而且決不跟其中一個說起另一個。接著他又說他在考慮兩個醫生都不看了，再買一台相機。」

「我不明白。」

「他就是那樣——開始說一件事，然後又說點毫無關係的。我不知道他是想讓我問他，還是只聽他說。」

「問問他。」

「換你也不會問。」

「我可能會問。」我說。

我們走在落葉上，穿過翠綠的蕨類植物。現在離得很遠了，他又扔了塊石頭，但沒有打中樹枝，離氣球就更遠了。

「你知道是怎麼回事嗎？」馬丁說，「他一向不會曖昧不清，或是隨便說說。他在醫學院是以全班第一的成績畢業。整個夏天，那傢伙只要拿起棒球棒，每一次都能來個全壘打。他講話有種迷人的自謙味——就像他談論游泳池時那樣。所以他看似跟我推心置腹，但要是我問他去看兩個心理醫生卻又同時放棄兩人，與買一台相機間到底什麼關係，就顯得我不通世故了。」

「也許他告訴你是因為你不問問題。」

馬丁把一顆橡實拋向空中。之後他把它裝進口袋，捏捏我的手。

「我昨晚想跟你做愛。」他說，「但是我知道她整晚都會在客廳裡走。」

她的確如此。每隔幾個小時，她起床，躡手躡腳走過折疊床，到浴室裡，在那一直無聲地坐著，時間久得我又睡著了，不知道她出來，直到我聽到她又走進去。奧黛莉和巴恩斯在一起的這一年已經流產兩次。奧黛莉發誓永遠不會離開紐約、永遠不要小孩，和詩人、畫家廝混，然後嫁給她約會的第一個體面的男人——也是她哥哥最好的朋友——接著懷孕，為失去第一個孩子傷心，為失去第二個傷心。

「奧黛莉會沒事的。」我說著把手指勾他手指。

「我們倆才是我擔心的。」他說。「想他們的事讓我無法談論我們。」我們走著，他手臂環住我。我們流汗——穿了太多衣服。我們踩踏著那些蕨類植物，我一個人走時會避開。他頭靠在我肩上，說：「我需要的是你來跟我說話。我跟不上你們。我不知道你在想什麼，我想你一定在恨我。」

「我幾個月前跟你說過我的想法。你說你需要時間來思考。我除了搬走讓你有時間思考外，還能做點什麼？」

他站在我面前，摸著他那件被我當成夾克的羊毛襯衫上的鈕扣，又把我的頭髮拂到肩後。

「你就那麼走了。」他說，「你都不告訴我你過得如何。」

他臉轉向我，我以為他要吻我，但他只是閉上眼睛，額頭貼上我額頭。「你知道我所有祕密。」他低聲說，「我們分開的時候，我覺得它們都在你身上死去了。」

晚餐時，我們都喝得太多。我隔著桌子研究馬丁的臉，好奇他腦海裡有什麼祕密。他害怕開車過橋？害怕煤氣爐？還是他分不出波爾多葡萄酒和勃艮地？

巴恩斯剛在紙巾上畫了一幅圖，解釋心臟三處迂迴手術是如何進行。奧黛莉不小心碰翻巴恩斯的酒杯，心臟圖浸水開始模糊。馬丁說：「那是一個陰莖，醫生。」然後他在我的紙巾上塗了幾筆，在上面滴了幾滴水後說：「這也是陰莖。」他假裝在做羅夏克墨漬測驗[4]。

巴恩斯從餐桌中間的紙堆裡又抽出一張紙巾，畫了一個陰莖。「這是什麼？」他問馬丁。

「是蘑菇。」馬丁說。

「你挺狡猾的。」巴恩斯說，「我看你度過這次危機後該去學醫。」

馬丁將一張紙巾揉成團，朝從巴恩斯的紙巾沿著桌子流過來的那攤水扔去。「你這一生中曾遇到緊急關頭嗎？」他擦著水漬問他。

「沒被你看出來。上醫學院的時候曾有幾個星期，我以為我要成班級第二名了。」

「成為黑馬就不覺得尷尬嗎？」馬丁說著驚訝地搖頭。

「我從不三心二意。大家對我有這種期望。我高中的時候，成績若不是A都會被我老爸抽皮帶。」

「真的嗎？」奧黛莉說，「你爸爸打你？」

「是真的。」巴恩斯說，「我有很多事你不知道。」他又替自己倒了些酒。「我無法忍受疼痛。」他說，「那是我去學醫的部分原因。反正我隨時都在想這些，我每天做手術時都很感激那是別人的痛苦。我是住院醫師時，去看術後病人，出了病房我就吐。護士有時會吐。你很少會看到一個醫生嘔吐。」

「你那時要人安慰你嗎？」奧黛莉說，「你現在不要任何人的安慰。」

「我不知道是否真的如此。」巴恩斯說。他喝了一口酒，舉起酒杯時那麼鎮定，如果他不是一邊喝酒一邊往高腳杯裡看，我還以為他沒有醉。他把杯子放回桌上。「我跟男人談話容易一些。」他說，「男人總歸有個限度，女人安慰起人來太投入了。我總是

4 羅夏克墨漬測驗，是一種利用墨跡圖片來測驗人的個性特質的心理測驗，由瑞士精神科醫生、精神分析學家羅夏克（Hermann Rorschach）創立。

想著，哪天我開始放鬆了，可能會永遠失去力氣。天天待在這裡，在游泳池裡浮著。讀書，喝酒，停滯不前。」

「巴恩斯，」奧黛莉說，「這太可怕了。」她一隻手將瀏海往後撥。

「我的天啊。」巴恩斯說著靠過去，從她臉上抓下她的手，「我聽起來像D・H・勞倫斯小說裡的某個角色。我不知道我在說些什麼。」他站起來。「我去拿烤箱裡的另一塊披薩。」

往廚房的途中，他的腿碰到咖啡桌。玻璃桌面上的空心石球格格作響。桌上放著一個編織籃，裡面有藍色石頭，磨光的紫水晶，小溪裡撿來的墨黑鵝卵石，恍若鎖進煙霧的雲紋大理石。房子裡滿是想讓人觸摸的東西——絲質的花讓你非得伸手去摸摸看是不是真的，會忍不住晃動水晶球，奧黛莉的塔羅牌。奧黛莉現在以迷惑的神情看著馬丁，那神情和她每次擺開塔羅牌仔細研究時一樣。馬丁握住她的手。巴恩斯回來的時候，他還握著她的手，直到巴恩斯把披薩餅放到桌子中央的時候才鬆開。

「對不起。」巴恩斯說，「這不是談我的問題的時候，對不對？」

「怎麼不是？」馬丁說，「大家整個週末都在做那個幽默聰明的自己。可以說點嚴肅的話題了。」

「嗯，我不想再糊塗了。」巴恩斯說著，把披薩切成幾塊，「你怎麼不說說跟琳恩生活了那麼多年，她突然出名了，你是什麼感覺？」巴恩斯把一塊披薩放在我盤裡。他分給馬丁一塊。奧黛莉用手擋在盤子上方。有那麼一刻，酒醉的我沒意識到她在表示自己不想吃了——她的手指輕輕晃動，就像她拿起一張塔羅牌時那樣。

「上星期有個晚上我熬夜工作。」巴恩斯對我說，「瑪蒂・克萊恩跟我一起。後來我們的車正經過公園大道，電台裡放了你的歌。我們倆都驚奇不已，不是因為我們剛進行了五個小時的手術，而是因為我們坐在一輛計程車的後座，太陽升起來，而你在電台裡唱歌。我習慣的依然是你和奧黛莉在一刻鐘前在廚房唱歌的那種感覺——那種你唱她和的樣子。後來在計程車裡我意識到，唱歌對你來說不再是私人行為。」他又喝了一口紅酒。「我意思說得夠清楚了吧？」他說。

「意思很明白。」馬丁說，「試著跟她解釋一下吧。」

「那不是私人的。」我說，「其他事是私人的，但這只不過是我唱了首歌。」

巴恩斯把椅子從桌旁拉開。「我來告訴你什麼是讓我永遠無法克服的。」他說，「就是我每次從別人的身體裡抽出我的手，洗手，進計程車，回家，然後等不及地要跟奧黛莉上床，摸她，因為那是如此神祕。雖然我做手術，我什麼都沒有發現。」

「下一步是要再次說到你不知道我為什麼流產兩次嗎？」奧黛莉說。

「不，我根本沒有想到。」巴恩斯說。

「我來告訴你我是怎麼想的。」馬丁說，「我以為巴恩斯想讓我告訴所有人，為什麼我被琳恩的名氣嚇壞了。我這會兒退出似乎……時機不太合適。」

「我什麼時候說過我想要的就是成名？」我說。

「我可不行。」奧黛莉說，「假裝關心別人講的事對我來說太難了，我現在能想到的只有流產。」

她是第一個開始哭泣的人，不過我們幾個也隨時有可能。

布魯諾，這隻狗的忠誠會轉移。因為馬丁晚飯後扔了橄欖球給牠，牠就睡在我們置於客廳裡的床。牠睡得很沉，但不安穩：爪子在動，呼吸粗重，有一次呼氣時還發出一聲尖細的叫聲。馬丁說牠在做奔跑的夢。我閉上眼試圖想像布魯諾的夢境，結果卻想到牠可能不會夢到的一切：藍色的天空；或是田野在地面變冷時的乾硬。或者是，如果牠注意到那些，它們不會顯得傷悲。

「如果我愛上別人，事情會好辦一點嗎？」馬丁說。

「你有嗎？」我說。

「沒有。不過我想過那算是一條出路。那樣你就會認為我讓你看走眼。」

「每個人都轉變得這麼突然。」我說，「你意識到了嗎？巴恩斯突然對我們敞開心扉，而你想一個人待著，奧黛莉想忘掉她在紐約的生活，到安靜的地方，養孩子。」

「那你呢？」他說。

「我不再哭泣也不再驚慌，因為我愛上別人了，這樣說你能接受嗎？」

「我打賭那是真的。」他說。我感覺到他在撫摸狗。他這麼做除了讓自己鎮定，也為了不弄醒狗——他用腳溫柔地按著牠一側的身體。「是真的嗎？」他說。

「不是。只是我想讓它成真，來傷你的心。」

他去搆床腳疊著的被單，把它拉在毯子上。

「這不像你。」他說。

他不再摸狗了，轉身對著我。「我感覺自己被鎖住了。」他說，「我覺得我們每週末都得出來。我覺得總是必須有一個『我們』。我心情不好，這點我很內疚，因為巴恩斯的父親揍他，我妹妹失去了兩個寶寶，而你把一切都押上了，我覺得自己無法跟上你的步伐。你比我精力更充沛。」

「馬丁——巴恩斯醉得要命，奧黛莉在哭，趁還沒到午夜，我得說我已經筋疲力盡，我得睡覺。」

「這不是我的意思。」他說，「你不懂我的意思。」

我們沉默了，我能聽見房子在風中顫動。巴恩斯還沒有裝上防風窗。冷空氣從窗縫裡漏進來。我讓馬丁摟著我取暖，自己身子往下滑，讓被單和毯子裹住肩膀。

「我是說我沒有資格。」馬丁說，「他在醫院經歷了那些事，他有資格星期六晚上醉一場。她也有一百個理由哭泣。而你腦子裡總是充滿音樂，即使你不寫歌也不演奏，那還是會讓你疲憊。」他低聲說著，聲音甚至更輕：「你怎麼想？他說他爸爸打他的那一段？」

「我沒你們倆聽到的多。你了解我，你知道我一直在找一個理由，來解釋我父親在我五歲時就去世這事沒什麼大不了。我想也許他活下來會變得糟糕。也許我還會為了別的事恨他。」

馬丁把頭貼得更近。「讓我走吧。」他說，「我會像那個樹上的氣球一樣不可動搖。」

布魯諾在睡夢中嗚咽，馬丁用腳一上一下地在牠身上輕按，部分為了安撫自己的情緒，部分為了安撫狗。

我那時不明白我父親要死了。我知道有什麼事不對勁，但我不明白死亡意味著什麼。我一直只知道做簡單的事：怎麼讀一個陌生人遞給我的信，然後點頭，怎麼在別人無法擁有我的力量時幫助他們。我記得我父親彎下腰來——是疼得蹲下去，我現在才明白——他像冬天一樣蒼白，雖然寒冬到來以前他就去世了。我記得跟他站在一個我當時覺得巨大的房間裡，陽光強烈得好像閃光燈泡爆炸。如果有人拍一張照片，那會是一個小女孩和她爸爸準備去散步的情景。我向他伸手，他把手套的五指緊緊貼在我每根手指上，非常耐心，假裝世上所有的時間都是他的。他說：「這樣，我們就好過冬了。」

（一九八一年二月十六日）

漂浮

安妮把一封信交給她爸爸。他們一起站在平台上，平台橫跨過草地，草地的斜坡一直延伸到湖邊。他讀信，而她望著湖水那邊。她還是小女孩的時候，會站在被推到平台前的鐵桌上，對她爸爸大聲讀信。要是他坐下了，她也坐下。後來，她越過他的肩頭讀信。現在她十六歲了，她把信給他，自己望著樹、湖水，或是在平台一端起伏的船。也許她從來都沒有想到，他讀信的時候，她不一定非得在旁邊。

親愛的傑若米：

上星期，你在安妮三歲那年掛到樹上的鳥屋的底板掉下來了。也許是被某種東西咬的，底板鬆脫。我也不清楚。我把木板放在一個插滿三色堇的大陶罐下，權充紀念吧。（我不再用鋼筆了，而是換成簽字筆。我真的不是浪漫的人。）我把我們的女兒送過去待一個月。她還留著瀏海，為了遮住那次她從鞦韆上摔下來時額頭上留下的小疤。鞦韆一直都在，直到去年夏天——我可能去年寫信告訴過你了——瑪西・史密斯和她的「朋友」漢密爾頓來玩的時候，非常喜歡鞦韆，所以我將鞦韆給他們，剩下繩子在原地晃悠。我是說我把綠色的舊鞦韆座給他們，那上面的玫瑰貼紋簡直比咱們種的雜亂的玫瑰樹還醜。叫她把瀏海往後梳，讓大家都看看她漂亮的美人尖。她現在喝氣泡酒了。她走後的頭兩個星期，我跟札克會在奧甘奎特[1]，他年紀比你小，不過沒有人能夠複製你那種舒緩的微笑。你們一起好好過個夏天。我會在出乎意料的時候想起你們（當然，是出乎我的意料）。

愛你們的，安妮塔

他把信遞給我，然後往高腳玻璃杯裡倒了蘇打水和夏布利[2]給安妮，在自己的杯裡只倒了酒。我讀信的時候他有點猶豫，我知道他擔心信的內容會讓我心煩——也不確定我是想喝蘇打水還是酒。「蘇打。」我說。傑若米和安妮塔已經離婚十年了。

安妮來家裡的頭幾天，事情有點不順。我的朋友們認為那不過是每個人的暑假故事。瑞秋的夏天都是跟她前夫一起過的，還有他再婚後生的女兒，女兒的男朋友，再加上那

1 奧甘奎特（Ogunquit），緬因州地名。
2 夏布利（Chablis），法國產的白葡萄酒。

男孩的好友。今年夏天，黃金獵犬不在了，因為去年夏天牠溺斃，沒人知道是怎麼回事。琴讓她的驗光師——以前她跟他好過一陣子——週末住她在漢普敦的房子。而她自己留在城裡，因為她愛上了一個廚師。海柔爾是個例外。她教暑期班，結業後跟她丈夫、兒子去布洛克島[3]待了兩週，住在他們一直租的那座房子裡。她丈夫參加匿名酗酒者互誡協會，一年後重新找到工作。我仔細審視她的生活，不明白她是怎麼做到的。在我這三個最好的朋友裡，她最容易臉紅，最不會打扮，最不了解時事，喜歡AM電台的搖滾樂勝過FM的古典樂。我們的共同點是：沒有一個人是在教堂結婚，領結婚證書前都擔心血液檢查結果。但也有很多不同處。提到她們的名字，我最先想到的是瑞秋聽狄倫的專輯《自畫像》時哭了，因為對她而言那意味著一切都已結束；琴在一個超市的停車場跟一個企圖強暴她的男人扭打，她現在還做著關於芝麻菜的噩夢，她那天本來要去超市買芝麻菜；海柔爾會背葉慈的〈馬戲團動物大逃亡〉，讓你聽了流淚。

我坐在平台上，試著跟安妮解釋，女人應該團結起來，但是當你尋求一種共同的聯繫時，你其實是在找一些共同特點，跟女人你卻偏偏不能這樣做。安妮放下《我的母親／我的自我》[4]，轉頭望向湖水。

傑若米和我如往常一樣過著我們的日子，只是好奇她什麼時候會想去游泳。她跟他一起騎車，看來沒有敵意。傑若米晚上洗澡時，她總是坐在床尾，跟我說些廢話，一邊搓著她的髮梢，她還在這麼做。她這個年齡，沒談戀愛倒不重要，她以前反正也談過一次。她替自己倒酒，六四比例的白葡萄酒和蘇打。安妮——那曾坐在鞦韆裡被人推著的嬰兒。鳥屋的底板掉了。安妮塔真會暗箭傷人。

這週快過結束時傑若米變得悶悶不樂，他躺在「捕鯨船」裡讓船隨水漂浮。

「你有沒有想過安妮塔在想你？」我問。

「你是說心靈感應？」他說。他的皮膚曬成好看的古銅色，肘部有塊結痂。不知怎麼把自己弄傷了。他的濕頭髮一綹一綹地捲曲著。我們到這房子避暑以來他還沒理過頭髮。

「不是。你會不會好奇她有時可能會想你？」

「我不想她。」他說。

「你讀安妮每年帶過來的信。」

3 布洛克島（Block Island），美國羅德島州南部島嶼，呈梨狀。

4 《我的母親／我的自我》一書的全名是「我的母親／我的自我：女兒對身分的探索」（*My Mother/My Self: The Daughter's Search for Identity*），作者南西・弗萊德在書中探討母女關係對於女兒成人過程中建立自我的影響。

「我好奇。」

「就好奇那麼一會兒？」

是的，他點頭。「你注意到我總是那個會拆開垃圾信件的人，對吧？」他說。

據傑若米說，他和安妮塔是漸漸疏離彼此。或者，有時他也責備自己，說是因為他娶她的時候還是個孩子。他在他二十歲生日的那一週跟她結婚。他說他的童年創傷還未癒合；安妮塔像個母親，在她面前他始終覺得要向她證明自己——任何心理醫生會替你總結的那一番說詞，現在他邊說邊用手在水裡劃出波紋。「就像人生中有一段時間你相信漿糊。」他說，「想想今天你要是去買漿糊得有多窘吧。現在都是橡膠膠水了，最起碼也是埃爾默萬能膠。我年輕那時不大明白。」

跟我第一任丈夫關係破裂的時候，我沒有一點懷疑。我們知道出了問題，準備去看心理諮詢師，因為兩人不是一聲不吭，就是喝多了無所顧忌地吵個不停，假裝我不能生育這事關係不大。早春的一個週末，丹和我去薩拉托加看朋友。到處光影斑駁。太有《美麗家居》[5]的風格了，清晨的光線透過蕾絲窗簾照進來，在牆上投下圓點光影。石砌的露台上那張紅木野餐桌在陽光下如此明亮，好像打了蠟。我們在喝冰茶，四個人一大清早便坐在外面院子裡，驚豔於如此美好的一天，花園裡植物如此茂盛，牡丹花冠那麼大。後來有一家人來了，帶著他們的小女孩——初到薩拉托加，他們還沒有什麼朋友。小女孩叫愛麗森，她喜歡上丹——毫不遲疑地向他走去，就像被嚴厲責備的小狗會馬上選擇趴在屋裡的某人身邊，或是如一隻蜜蜂會瞄準一群人中的某一個。她天真地走過去，一個孩子會天真地被某事吸引著——他的鬈髮？陽光在他杯子邊緣反射出的效果？他手臂靠在野餐桌上，露出手上的婚戒？後來我們其他人聊天，他們在玩一種尖叫遊戲，孩子從地上突然爬上他的大腿，有人低聲說話，有人在笑。然後孩子被攬住腰，舉過他頭頂，和地面平行。遊戲持續下去，伴隨著「還要」和「高點」的叫聲，直到孩子發出尖叫，他抱怨手臂麻了。有一秒我從和其他人的談話中轉頭看去，我看到她被舉到他臉的上方，衝著下面微笑，丹皺著眉頭，又忍不住發笑——他嘴角那一絲笑容——孩子的嘴角高興地咧開，金色長髮甩在前面。他一直高高地舉著她，而她希望遊戲永不結束，那一秒我明白丹和我結束了。

我們帶了一大束牡丹花回城裡，花插在玻璃瓶裡，瓶底放了點水。我把瓶子夾在兩腳間。我穿了裙子，車子開過顛簸路段時，花晃動著，腿上的感覺令人吃驚——不是癢，反而是疼痛。他停車加油時，我進入洗手間，哭了，然後洗臉，用那種香氣比任何香水味道都濃郁的棕色紙巾擦乾臉。我梳好頭，確定自己樣子正常了，就回到車裡坐下，雙

5 《美麗家居》（*House Beautiful*），著名時尚家居設計雜誌。

腳各放在瓶子一側。他把車開出加油站，然後慢慢停下。陽光依然燦爛，已是傍晚。我們坐在車裡，太陽炙烤著我們，其他車從我們車邊繞開。他說：「你真無可救藥，太感情用事。這麼完美的一天，你到底是在哭什麼？」我又流了眼淚，但什麼也沒說，他最終又接著開車了：車流並線，上高速，一路疾馳回紐約，沉默不語。已經結束了。那天我唯一記得的一件事，是在三十四街我們看到同一個男人，他上星期在那賣玫瑰花，保證花香且持久不敗。他還在那，同一個地方，玫瑰花在他身後的攤子上。

我們在游泳，慢慢游回「捕鯨船」的甲板邊緣：六隻手，指節泛白，抓著船舷邊。我滑過去，一隻手按在另一隻上，然後移動身子，讓身體從後面接觸到傑若米。我用雙臂環住他的前胸，吻他的脖子。他轉過身來微笑，吻我。然後我蹬水游開，游到安妮抓住船舷的地方，她手托腮，盯著她爸爸看。我游到跟前，把她的濕瀏海撥到一邊，吻她的額頭。她有些惱火，把頭轉開，馬上又轉過來。「我打擾你們倆在這親熱了嗎？」她說。

「你們兩人我都吻了。」我說，又到了他們中間，抓住船舷，感到自己晃動的雙腿毫無重量。

她還是瞪著我。「女的親女的好蠢啊。」她說，「好像全世界都是從甜石南學院[6]畢業的愚蠢主婦。」

傑若米默默地注視了她很久。

「我猜你媽媽不大表露情感。」他說。

「那你有嗎？」她說，「你們生下我的時候你愛安妮塔嗎？」

「那時我當然愛她。」他說，「你不知道嗎？」

「我知不知道不重要。」她說，像個孩子那樣憤怒又任性。「你怎麼不餵我鳥食呢？」她說，「你怎麼不餵信鴿？」

他沉默著，直到他明白她的意思。「那些信只是單方面的。」他說。

「你過於愛面子所以不回信，還是吐露任何事情都太冒險？」

「寶貝。」他說著壓低聲音，「我沒什麼可說的。」

「說你愛過她但現在不愛了？」她說，「那不值得說一說嗎？」

他蜷起身體，膝蓋觸到下巴。他手臂抱住膝頭，肘部的結痂顏色慘白。

「好吧，那些都是胡扯。」她說。她看著我，「我看你也是胡扯。你才不關心女人之間的聯繫。你只想纏著他。你親我的時候，一副施捨的樣子。」

眼淚出來了。諷刺的眼淚，這裡已經有這麼多水。今天她憤怒而孤單，我漂在他們

6 甜石南學院（Sweet Briar College）是美國維吉尼亞州一所私立女子文科名校。

倆之間，完全明白每個人的感受。就像丹舉過頭頂的那個小女孩愛麗森，我明白有一種欲望有時比愛情還要強烈——一種哪怕只有一會兒，也要脫離地球的欲望。

（一九八一年九月二十一日）

私房話

芭芭拉坐在躺椅上。游泳池某處有點問題——但游泳池處處都有問題——所以現在還沒注水。刷了綠漆的池底散落著黃花和天竺葵的花瓣。鄰居的貓坐在一棵小小的合歡樹下舔爪子，小合歡樹栽在泳池一角的花槽裡。

「拍張照。」芭芭拉說，她手搭在她丈夫斯萬的手腕上。他是她第四任丈夫。他們結婚兩年了。她跟他說話的方式和跟她第三任丈夫的完全一樣。「斯萬，替那隻舔爪子的小貓拍一張。」

「我沒帶相機。」他說。

「你平常總是隨身帶的。」她說。她點了一支印尼香菸——丁香菸——劃完火柴把它扔到一個滿是櫻桃核的綠色小碟子裡。她轉向我說：「要是上週五他帶了相機，就能拍下那輛撞到那叫什麼——就是高速公路中間那水泥東西——的車了。他們在清洗血跡。」

斯萬站起來。他趿著白色人字拖，踢踢踏踏走過石板路去廚房。進去後便關上了門。

「你的工作如何，奧利佛？」芭芭拉問。奧利佛是芭芭拉的兒子，不過她難得見到他。

「有空調了。」奧利佛說，「今年夏天他們終於把空調調到合適的溫度。」

「你的工作如何？」芭芭拉對我說。

我看看她，又看看奧利佛。

「你在說什麼工作，媽媽？」他說。

「哦——將柳條刷上白漆，或別的顏色。把牆刷成黃色。要是你已經做過羊膜穿刺，你就把它們刷成藍色或粉色。」

「我們準備貼牆紙。」奧利佛說，「為什麼三十歲的女人要做羊膜穿刺？」

「我討厭柳條。」我說，「柳條是拿來做復活節籃子的。」

芭芭拉伸了懶腰。「注意到是怎麼回事了吧？」她說，「我就問一個簡單的問題，他都要替你回答，好像你懷孕了就一無所用了，這樣你就有時間琢磨一個犀利的答案。」

「我看你是犀利女皇。」奧利佛對她說。

「像冰淇淋界的皇帝？」她放下手中的荷蘭偵探小說。「我從來沒搞懂過華萊士・史蒂文斯[1]，」她說，「你們有誰懂？」

斯萬帶著相機回來了，正在對焦。貓已經走開了，不過他反正也沒照貓，而是合影：芭芭拉穿著她那件白色緊身比基尼，奧利佛穿著牛仔短褲，褲腿邊參差不齊的白線垂在他古銅色的腿上，我穿著短褲和肥大的繡花上衣，鼓出的肚子緊緊貼著衣服。

「笑一笑。」斯萬說，「難道我非得說笑一笑嗎？」

這是芭芭拉六十歲生日的週末，奧利佛同母異父的哥哥克雷格也為此回家了。他提前給她禮物：一件印有「60」字樣的粉色 T 恤。奧利佛和我買了 Godivas 巧克力和一把上面黏有一朵絲綢百合的髮梳。斯萬會送她一張生日卡，一些從遙遠的不可思議的地方運來的蘭花，還有一張支票。她看到支票後會表示吃驚，然後不給任何人看上面的數目，但她會把生日卡傳遞一圈。晚飯的時候，蘭花會插在花瓶裡，斯萬會說些他從前在一些遙遠國度打獵的軼事。

克雷格出人意料地帶了兩個女人來。她們高䠷，金髮，不說話，看起來像雙胞胎，卻又不是。她們的衣服上都是大麻味。介紹她倆的時候，一個戴著索尼隨身聽，另一個戴了一枚烏龜形狀的玳瑁髮飾。

1 〈冰淇淋界的皇帝〉（The Emperor of Ice Cream）是美國現代主義詩人華萊士・史蒂文斯的一首詩歌。

天色變黑，我們都在喝汽酒。我喝了太多汽酒，覺得每個人都在看別人的光腳丫。不是雙胞胎的雙胞胎有著像嬰兒般往裡彎曲的腳趾，所以你只能看到四個腳趾上的深紅色指甲油。克雷格的腳指甲呈方形，腳後跟長繭，是打網球造成的。奧利佛古銅色的長腳在摩挲我的腿。他乾乾的腳底讓人覺得很舒服，他的腳上上下下地擦著我小腿肚上的汗，黏黏的汗水已經乾了。芭芭拉的長指甲塗成黃銅色。斯萬的大腳趾是橢圓的，沒什麼特定形狀，像是你剛開始吹氣球的時候氣球膨脹模樣。我的腳趾沒塗指甲油，因為我幾乎彎不下腰。我看著奧利佛的腳和我的腳，試圖想像一隻綜合兩人特點的嬰兒的小腳。斯萬倒酒的時候，我第一次意識到我的酒已經沒了，而我一直在嚼冰塊。

在臥室裡，奧利佛的手環繞在我硬硬的肚子上，我側躺著，臉轉向另一邊。他從頭髮下面吻著我，沿著我的脊椎慢慢吻下去，嘴唇最終停在我的髖骨上。

「我的冰水杯子剛在床頭櫃上留下一圈印。」他說。他喝了一小口水。我聽到他嘆氣，然後把杯子放回床頭櫃。

「我想結婚。」我對著枕頭含混地說，「我不想最後滿懷苦澀，像芭芭拉那樣。」

他哼了一聲。「她苦澀是因為她結個不停。前一個丈夫死的時候，幾乎把所有東西都留給了克雷格。她現在又厭倦了斯萬，因為他的照片沒人買了。」

「奧利佛。」我說，吃驚地聽到自己的聲音如此無助，「你剛才說話的口氣跟你媽一樣。起碼跟我認真一點吧。」

奧利佛的臉頰貼上我的臀部。「記得第一次你按摩我的背，我舒服得笑起來嗎？」奧利佛說，「可你不知道我在幹什麼，還生氣了？還有那次你喝醉了，隨著艾迪・費雪[2]唱〈希望你在這裡〉，唱得那麼棒，我笑得都咳嗽了。」他翻過身。「我們結婚了。」他說。他的臉頰移到我後背中間。「我來告訴你上星期跨城巴士上發生了什麼事。」他說下去，「一個信使上了車，二十歲左右，拿著一摞信封。對著他旁邊坐在女人腿上的嬰兒說起民用電台[3]那套話。那女的跟小孩在麥迪森下了車，從那到第三大道，他開始跟全車人說話。他說：『每個人都聽說過天上的餡餅。他們說天上的斯莫基。他們把員警叫斯莫基熊。但是你們知道我說什麼嗎？我說天上的熊。就像〈露西在點綴著鑽石的天空〉——ＬＳＤ[4]。ＬＳＤ就是酸。』他穿著跑鞋和牛仔褲，一件領尖扣著鈕扣的白

2 艾迪・費雪（Eddie Fisher，1928-2010），歌手，美國五〇年代的超級巨星。

3 民用電台（Citizens Band）的黃金時代開始於美國七〇年代，持續十年之久，卡車和其他機動車輛的司機用民用電台波段通訊，交流路況和其他資訊，漸漸形成一套彼此才可意會的行話，如將公路巡邏員警稱為斯莫基熊（Smokey the Bear），斯莫基熊本來是指身穿護林員服裝，警示森林防火的熊的漫畫形象。

4 披頭四這首歌〈露西在點綴著鑽石的天空〉（Lucy in the Sky with Diamonds）是約翰・藍儂看到兒子朱利安一幅名為「露西——在點綴著鑽石的天空」的畫後，產生靈感的創作，但此曲發行後不久，有人猜測標題中三個名詞的首字母ＬＳＤ（一種致幻劑）屬刻意為之。藍儂雖否認這種猜測，ＢＢＣ依然禁播這首歌。

襯衫，脖子上還繞著領帶。」

「你為什麼跟我講這個故事？」我說。

「任何人都有可能做出沒思考的事來。那個信使剛一下車，就把領帶繫好，開始發他手裡的東西。」他又側過頭去，嘆氣，「我無法在這個瘋狂的房子裡討論婚姻。我們去海灘上散步吧。」

「太晚了。」我說，「一定已過午夜。我累了，坐了一整天，喝酒，無所事事。」

「我跟你說實話吧。」他輕輕地說，「我受不了聽芭芭拉和斯萬做愛。」

我聽著，懷疑他可能在開玩笑。「那是老鼠穿牆的聲音。」我說。

星期天下午，芭芭拉和我在海灘上散步，吃完野餐午飯後我們都有點醉意。我好奇如果我告訴她她兒子沒有跟我結婚，她會怎麼想。她給人的印象是沒有經歷過的她都想像過了。而她說的大部分事情也終會成真。她說泳池會裂開；她警告克雷格那兩個女孩不可靠，果然，今天早上她們不見了，拿走了她放檸檬和萊姆的那個大銀碗、蛇形盤繞把手的銀盤，還有四把長柄銀湯勺——簡直就像是她們要為自己計畫一場詭異的茶會。他說，他會在紐約的奧登餐廳裡碰到她們的。這就是他的解釋。克雷格是我唯一認識會早上起床，刷牙，吃一顆藍色煩寧（Valium）的人。現在我們把他留給斯萬，讓他們在泳池邊玩一個叫做「公共援助」的遊戲。我十一點下樓時，奧利佛還在睡。「我會跟你結婚。」我爬下床時他軟綿綿地說，「我做了個夢，夢到我們沒結婚，後來一直不開心。」

我差點要沒頭沒腦地跟芭芭拉說出這些，告訴她奧利佛的夢讓我吃驚。那些夢像是一種情感狀態，本身不含任何象徵，或者甚至沒有時間所指。他醒過來，他的夢已經做了總結。我想跟她坦白：「我們幾年前對你撒謊了。我們說我們結婚了，其實沒有。我們吵了一架，輪胎漏了氣，又下雨了，我們就找了間旅館住下，後來一直沒有結婚。」

「我第一任丈夫，卡德比，他收集蝴蝶。」她說，「我永遠也無法理解。他會站在我們臥室的一扇小窗戶旁邊——我們在劍橋有個地下室公寓，就在戰前——他會把畫框中的蝴蝶標本朝著光看，好像光線射在牠們身上的某個角度會告訴他一些即使牠們飛過而翅膀也不會顯露的資訊。」她往遠處的海上望去。「倒不是說劍橋到處飛著蝴蝶。」她說，「我這才意識到。」

我笑了。

「根本不是你剛才在說的？」她說。

「我不知道。」我說，「最近我發現自己講話只是為了分散注意力。除了身體，沒什麼感覺是真實的，我的身子又這麼重。」

她對我微笑。她有紅棕色長髮，夾雜著銀絲，鬈髮四處飛揚，像水湧進泳池時的泡沫。

兩個兒子都是意外，她剛跟我說。「現在我太老了，生平頭一回我想再生一個。我嫉妒男人們到了晚年還可以有孩子。你知道那張畢卡索和他兒子克勞德的照片吧？羅伯特・卡帕拍的。斯萬的暗室裡有——是明信片，釘起來的。他們在海灘上，孩子被舉到前面，比他爸爸還大，揉著一隻眼睛。被畢卡索舉著，就那麼微笑著，揉著一隻眼睛。」

「我們喝的是什麼酒？」我說，大腳趾在沙子上畫出一個心形圖案。

「農莊世家白葡萄酒。」她說，「沒什麼特別。」她撿起一枚貝殼——是一個小小的貽貝，外面黑色，裡面乳白色。她把它小心地放進她那件小比基尼的一個罩杯裡。她房裡有很多蕨類植物，花籃裡，地板上，植物周圍的花土上擱著一些小小的珍寶：玻璃片，碎首飾，貝殼，金線。其中最美的是一棵文竹，枝葉披垂，蓋在插在土裡的一大圈裸露的閃光燈泡上；每個夏天我都輕輕地掀起枝條看下面，如同以前我去祖母的避暑別墅，總要打開她的衣櫥，看那些標誌她孫輩身高的淡淡鉛筆劃痕還在不在。

「你愛他嗎？」她說。

五年來，這還是我們第一次真正的談話。

是的，我點頭。

「我有過四個丈夫。我肯定你知道——這是我會永遠為此出名，或遭人恥笑的地方。第一個很年輕的時候就死了。何杰金氏症。我相信現在這種病有百分之七十的治癒率。第二個丈夫為了一個女心臟病專家離開我。你知道哈樂德。而現在你也知道斯萬。」她又把一枚貝殼放在比基尼裡，放在乳頭上。「其實我只有四分之二的機會。斯萬想有一個他能在海灘上抱在眼前的小嬰兒，可是我太老了。一個三十歲人的身體，而我太老了。」

我踢著沙，望向大海。我覺得自己太飽滿，太腫脹了，可是我又極想走動，想走快一點。

「你覺得奧利佛和克雷格哪天會喜歡上對方嗎？」我說。

她聳聳肩。「哦——我不想說他們。今天是我的生日，我想說點女人的私房話。也許我再也不會跟你這麼說話了。」

「為什麼？」我說。

「我一直都有……對事情有預感。當我說游泳池會在耶誕節的時候裂開，那時斯萬嘲笑我。我兩次懷孕的時候都知道會生男孩。我特別不想要第二個孩子，但現在我很高興我生下他。他比克雷格聰明。我死的時候，克雷格可能帶個會偷被子的女人回來。」

她彎下腰撿起一枚閃亮的石子，扔進水裡。「我不愛我的第一任丈夫。」她說。

「為什麼不愛？」

「他的心奄奄一息。在生病和去世以前他的心就奄奄一息了。」她的手按著光肚皮，「你們這個年齡的人不這麼說話，對吧？我們吵架，後來我離開他，那年代年輕女人是不會離開年輕男人。我在紐約租了一間公寓，多少個星期我還過得不錯——我母親派她認識的所有好心女士來陪我玩，不用應付那些真是輕鬆。那也是年輕男人不會哭泣的年代，而他會把頭伏在我胸前，為一些我不明白的事情哭。看我現在這個樣子，這個身體。這種諷刺讓我覺得尷尬——乾的游泳池，沒有用的身體。這明顯得都不用說。我聽起來像艾略特吧，他那種銀行小職員式的自憐，是不是？」她注視著大海。「當我以為一切按部就班的時候——我還有了個新情人呢——我有天早上要掛一幅畫：一片灌木的原野上，一隻小鹿從中走過。我定好一個合適的位置，然後把它掛在牆上，後退，但我還是不確定，因為我不能後退太多。我沒有一個丈夫來幫我把畫掛在牆上。畫掉在地上，玻璃碎了，我哭了。」她把頭髮攏到後面，用戴在手腕上的橡皮筋把頭髮束住。透過她的比基尼我能看到貝殼的輪廓。她的雙手垂在兩邊。「我們走了這麼遠。」她說，「你不累嗎？」

我們幾乎走到戴維斯家了。也就是說我們已經走了約三英里，我身子重，有點頭暈目眩。我在想：我累了，但那沒關係。結了婚也沒關係。知道怎麼說話才是重要的。我沉沉地坐在沙子上，好像一個新受洗的基督徒。芭芭拉看起來有點擔心，後來，帶著幾分醉意，我看到她的臉色變了。她認定我只是在做出回應，休息一下。一隻海鷗俯衝下去，抓到牠想要的。我們面朝海水靠著對方坐著，她平坦的棕色腹部像一面鏡子對著大海。

入夜了，我們還在外面，在游泳池旁邊。斯萬的臉上有種閃爍幽暗的神色，好像萬聖節的傑克南瓜燈。一根香茅油蠟燭在他椅子旁邊的白色金屬桌上燃燒。

「他決定不報警。」斯萬說，「我也同意。既然那兩個年輕女士很明顯不缺你的爛銀器，她們身上還背滿了所謂的海盜寶藏，而我們都知道，海盜船是要沉沒的。」

「你要等下去嗎？」芭芭拉對克雷格說，「那你怎麼把我們的銀器追回來？」

克雷格正在上下拋著一顆網球。它消失在黑暗中，又啪的一聲打在他的手上。「你知道嗎？」他說，「有一晚我會在奧登碰到她們的。事情就是這樣——沒有什麼會永遠是終點。」

「嗯，這是我的生日，我希望我們不用討論什麼終點。」芭芭拉穿著她那件似乎因下水而縮水的粉色T恤。能看到衣服下她小小的乳房。她穿著白色緊身運動中褲，踢掉她的黑色漆皮涼鞋。

「生日快樂。」斯萬說，握住她的手。

我伸手過去握住奧利佛。第一次見他家人的時候我哭了。我睡在折疊沙發上，喝香檳，看電視上播放的《貴婦失蹤案》[5]，夜裡他偷偷摸摸到樓下來抱我，我正在哭。我那時留短髮。我記得他的手攏住我的頭髮，揉捏著。現在頭髮長了，稀疏了，他輕輕地把它拂到旁邊。我不記得上一次哭是什麼時候了。我最初見到芭芭拉的時候，她讓我很吃驚，因為她說話如此刻薄。現在我明白了，是乏味的生活讓他們開始語出傷人。

我回頭看夜裡的海灘——沙子被月光洗得潔白，起沫的海浪靜靜地沖刷著海岸，四周有一種來自風中的空洞聲音，就像把海螺貼緊耳朵時的回聲。我腦中的咆哮聲全因身體的疼痛。一整天，嬰兒一直踢個不停，現在我知道了，早先感覺到的沉重，那種不安，一定是因為陣痛。幾乎早了一個月——這是伴隨著危險的陣痛。我把雙手從肚子上移開，好像它自己能夠平息。斯萬打開一瓶蘇打水，水噴到桌子上高高的玻璃水壺裡，桌子就在他和芭芭拉的椅子中間。他開始擰一瓶白葡萄酒的木塞。我身體裡的嬰兒轉身，讓我的肚子鼓動了一下。我竭力專心盯住看到的第一件東西。我盯著斯萬的手指，數數，好像我的寶貝已經生下來，現在我要尋找完美。我的寶貝有無數被愛的可能，被關懷，長大會變得像這些人裡的一個。又一陣宮縮，我伸手去抓奧利佛的手，但又及時停住，輕輕摸著，不去擠捏。

我真的是在一個人跡罕至的海邊別墅，跟一個沒娶我的男人在一起，跟一群我不愛的人在一起，在生孩子。

斯萬把檸檬汁擠進壺裡。煙霧似的水滴落進蘇打水和酒裡。我微笑著，第一個舉起我的杯子。痛苦是相對的。

（一九八一年十二月七日）

5 The Lady Vanishes，英國電影大師希區考克在一九三八年導演的黑白懸疑片。

如同玻璃

照片上，只有那個男人在看鏡頭。嬰兒坐在椅子裡，在戶外的草坪，正往另一個方向看，沒有看他的父親。他的父親拽著一隻牧羊犬——毫無疑問，他是想讓狗轉過來看鏡頭。狗看著別處，牠的鼻子和白色的邊框之間沒有相隔的空隙。我那時候總不明白，為什麼照片的邊框像是被鋸齒狀的剪刀剪過般。

那隻牧羊犬死了。上次我聽到那個將棕色鬈髮往後束、肩膀寬闊卻有點傾斜的男人的消息時，他還活著。嬰兒長大了，後來成了我的丈夫，而現在跟我不是夫妻。我試圖在照片裡追隨他的視線。很顯然，那天他對他父親或那隻狗關注得夠多了。那是一張一個嬰兒望著遠方的照片。

我對婚後發生的很多事都記得很清楚，但是近來我一直在回想兩件相似的事，儘管它們沒什麼共同點。我們住在一幢褐砂石大樓頂樓。決定分居以後，我搬了出去，保羅換了門鎖。後來我回去拿我的東西，卻無法拿到。我離開時，一直想著這事，直到自己不再生氣。那時已經是冬天，寒氣從窗戶裡滲進來。我有女兒，還有其他事情要牽掛。然而在寒冷中，穿著一件大多數人覺得厚得可以外穿的毛衣在屋裡走，或是蜷在沙發上蓋著一件舊的紅咖相間阿富汗毛毯，我又開始對我丈夫心生愛意。

一天下午——二月十三號，情人節前一天——我喝了幾杯酒，穿上我那件有個大風帽的綠色長大衣，看上去像個修士。我走到窗邊，看到人行道上的雪已經融化：這樣我就能擺脫穿厚毛襪配舒適的膠底涼鞋。於是我出門，在謝里登廣場稍作停留，買了一本《哈姆雷特》，翻書找到自己想看的部分。然後我去了我們的老房子，按賴瑞家的門鈴。他住地下室——所謂的花園公寓。他打開門，又打開高高的黑鐵大門。我丈夫以前總說賴瑞的樣子和動作像洛麗泰・楊[1]。他一向精力充沛，頭髮蓬鬆，眼角有不少皺紋，看起來好像不屬於任何一種性別。賴瑞看到我很吃驚。若我願意時，我可以十足風情，但我動作稍顯笨拙，語帶歉意，微笑，讓他知道我的請求很荒唐：我能在他的花園裡站一下，對我丈夫大聲唸一首詩嗎？我注意到賴瑞在看我的手，我的手在大衣口袋裡蠕動。從《哈姆雷特》書中撕下的那頁紙在一個口袋，書在另一個口袋。賴瑞笑了。我丈夫怎麼可能聽到呢，他問。現在是二月，房子裝了防風外窗。但他讓我進去了，我走過長而

1 洛麗泰・楊（Loretta Young，1913-2000），美國好萊塢著名女影星，曾獲奧斯卡最佳女主角獎。

狹窄的廊道，穿過他當作書房的裡屋，走到通往後花園的門口。我推開門，他那條灰色貴賓犬跑過來衝著我腳踝狂叫。牠看起來像一個外表上插著幾片楓葉的仙人掌。

我撿起一顆小石頭——賴瑞為走道鑲上一圈小石頭，一個挨著一個，像是一條鎖鏈。我把石頭扔向四樓我丈夫的臥室窗戶，打中了——咣！——第一下就中了。我隱約看到賴瑞臉上困惑的表情。我真正關心的是我丈夫的臉，他出現在窗邊，滿臉怒氣，困惑不解。我看著撕下來的那頁書，抑揚頓挫地朗誦起奧菲麗亞的歌：「明朝是聖瓦倫丁節日／大家要早起，／看我啊到你的窗口，／做你的意中人……」[2]

「你瘋了嗎？」保羅對我大叫。那真是一聲大喊，可是聲音在風中減弱了。話音飄下。

「是我幹的。」賴瑞說。他出來了，發抖，畏縮著往四樓看。「我讓她進來的。」

風吹過來，我能聞到茉莉花香。我擦了太多香水。即使他真的接受我，也會繼而退縮；他決不會再讓我做他的聖瓦倫丁情人。當他下樓來把我帶出花園，幾秒後他注意到的，當然是我呼出的威士忌酒氣。

「完全不對。」我說。他正抓住我的手走過賴瑞，他抱著那隻狂叫的貴賓犬站在廊道上。「我只喝了兩杯威士忌。」我說，「風吹時我才意識到自己聞起來像個花園。」

「當然不對。」他說著，使勁捏我的手，都快捏斷了。然後他甩掉我的手，走上樓梯，進去後把門使勁甩上。我看著一道如頭髮絲那麼細的裂紋在大門的四塊玻璃鑲板上蔓延。

另一件事發生在我們以往的美好歲月，當時我們去看我姊姊凱倫，她住在二十三街。那是我們第一次遇到跟她訂婚的男人——丹，我們還帶了一瓶香檳。我們先喝她的葡萄酒，吃她的乳酪，講故事，聽故事，還抽了一支大麻。午夜後的某個時間，我丈夫從冰箱裡拿出我們的酒——黑色瓶身的西班牙香檳。他把瓶口對著別處，我們都瞇起眼睛，無聲地看著。就在木塞彈出來的那一刻，我們當時正歡呼著「好哇！」或是「幹得漂亮！」，或什麼別的話——我們聽到玻璃嘩嘩地落下來，保羅突然蹲下去，這時我們才從他頭上望去看天窗上的洞，洞外是黑色的天空。

我剛才告訴我六歲的女兒伊麗莎這些故事。她以前喜歡那種以寓意結尾的故事，就像童話，但是現在她覺得那是小孩聽的。她還是想知道故事有什麼含義，但是現在她想讓我來告訴她。這兩個故事的含義——這個嘛，我也不知道是什麼意思——我總是這麼說。他弄碎玻璃是過失，而木塞打破玻璃是奇蹟。意思是：玻璃破了就是玻璃破了。

「那是笑話結尾。」她說，「真笨。」她皺起眉頭。

2 引自《莎士比亞悲劇四種》，卞之琳譯，人民文學出版社一九九七年版，稍有改動。

我累得無法思考，就避而不談，然後講了下半段故事來分散她的注意力：丹叔叔和凱倫阿姨告訴樓房管理員，那個洞一定是被上面掉下來的東西砸的。他知道他們在說謊──空中什麼也沒有──但他能說什麼呢？他問他們是不是以為，可能有一顆隕石縮成汽車頂燈那麼大，從紐約汙染的空氣中掉下來。他厭惡這些房客，厭惡整座城市。

她注意到我岔開話題。她伸手拿放在床頭的香水，並撩起她金色長髮，讓我朝她的脖子上噴。她拿起瓶子並噴了她的手腕，雙手互擦，然後伸出手腕讓我聞。我做出傻氣的表情並假裝被這美妙的香氣所迷惑。我撫觸她的頭髮直到她安靜，然後躡手躡腳地離開，像是我走過破碎的玻璃般地移動。

每週一次有幾個小時，我為一個名叫諾曼的失明男人讀書。我為他讀書的這一年，我們差不多成了朋友。他打招呼時，總是說「你有什麼新鮮事嗎？」這一類的話。他坐在桌子後面，我坐在桌子旁邊的一把椅子上，這是老師跟學生應該就座的方式，而我慢慢養成了讓他提問的習慣。

他站起來關窗。他的小辦公室總是很熱。他的動作有些誇張，像一隻鳥：飛快挪移的頭，無聊時抓著桌邊。他手抓著桌邊，鬆開，又抓住，好像在橫木上更迭雙腳的鸚鵡。諾曼從來沒有見過鳥。他有個八歲大的女兒，喜歡為他描述各種東西，不過他告訴我，她會惡作劇，有時故意說謊。他辦公室所在的那條街拐角有個賣搞笑玩具的店，他從那裡買東西給她。他帶回家的有讓飲料冒泡的小藥片，能藏在手心裡的蜂鳴器，可以凍在冰塊裡的塑膠小黑蒼蠅，黏著大鼻子和一叢濃密鬍鬚的塑膠眼鏡。「爸爸，現在我戴著我的大鼻子。」她說。「爸爸，我把一隻黑蒼蠅凍在你的冰塊裡了，你要是喝酒喝到了就吐出來，好嗎？」我女兒跟我去他們家吃過兩次晚餐。我女兒覺得他女兒有點古怪。上次我們做客的時候，兩個女孩在玩，諾曼在洗碗，他妻子給我看她剛貼好牆紙的廊道。我們站在那裡，印著閃光的銀色樹木圖案的牆紙襯得我們好渺小，她丈夫永遠不能看到那些樹。

我有什麼新鮮事？我離婚已成定局。

我丈夫記得拍那張照片時的情景。我說那不可能——他還是嬰兒。不，拍照的時候他已經是孩子了，他說。他看起來很小是因為他縮在椅子裡。他記得非常清楚。魯弗斯那隻狗在那，還有他父親。他微微抬頭，因為那是他母親所在的位置，她舉著相機。我驚訝於自己竟把一個這麼簡單的答案變成一個謎題。那是一張一個嬰兒望著母親的照片。他第一百萬次問我為什麼要把自己搞得那麼痛苦，為什麼在半夜打電話。

伊麗莎睡了。我坐在她的床邊。半黑的屋裡，我擺弄著一個裡面紅光閃爍的玻璃水晶球，把它拋向空中，試探命運。動作稍有閃失，她就會醒來。犯一個錯，玻璃就會碎掉。我喜歡它的光滑，它一次一次掉在我手裡的沉重。

今天我去諾曼那裡的時候，他坐在窗台上，雙臂交叉抱在胸前。他那天早上去城北開會，一個男的走過來對他說：「感激你的手杖吧，其他沒有抓住什麼東西的人都被什麼東西抓住了。」諾曼告訴我這，我們倆都沉默。他想讓我告訴他我的想法嗎？就像伊麗莎想讓我總結故事的寓意。而諾曼和我都是成人，我用另一個問題回覆了我那沉默的問題：你怎麼處置悲傷的碎片？

（一九八二年二月二十二日）

欲望

布萊斯坐在他爸爸家裡的餐桌旁，正在剪一張時代廣場的圖片。那是一本著色書裡的畫，但布萊斯對著色不感興趣，他只想把圖片剪下來，這樣他就能看到它脫離書的樣貌。這張畫畫的是人們穿過喜來登——阿斯特酒店和伍爾沃斯大廈之間的大街，也有其他建築物，但人們似乎是在這兩棟建築之間走動。圖片是圓形的，造成貌似是畫在瓶蓋上的效果。蓋子邊緣最耗費布萊斯力氣，因為剪刀尖是鈍頭的。在他家，就是位於佛蒙特的媽媽家，他有真正的剪刀，也允許他品嘗任何東西，包括酒，而他同母異父的妹妹曼蒂也比比爾・蒙蒂福特好玩多了，比爾住在他賓州爸爸家隔壁，總是沒空玩。但是他想念爸爸，是他自己打電話要求到這來過春假的。

他的爸爸 **B.B.** 正站在門口抱怨，因為布萊斯這麼沉默，悶悶不樂。「我寫了好幾封禮貌的信給你媽媽，才讓她撒開手，給你一個星期。」**B.B.** 說，「你到了這就癱作一堆。如果你必須完成一些大事，比如在滿壘兩人出局時擊球，那就麻煩大了。」

「媽媽有個新鄰居，他兒子在紅皮隊。」布萊斯說。

剪刀滑了一下。既然已經剪壞了，布萊斯就沿著對角線，把時代廣場上的人對半剪開。他看看窗外，一隻松鼠在偷鳥食筒裡的穀粒。反正那些灰鳥個頭太小，看起來什麼也不用吃。

「我們今晚要去拍賣會嗎，還是幹什麼？」布萊斯說。

「可能吧。就看蘿娜頭疼能不能好了。」

B.B. 把洗碗劑的藍白色晶體撒在洗碗機裡，關上門。他按下兩個按鈕，仔細聽著。

「現在你要記住。」他說，「拍賣會上你要是看到想要的東西，別太激動。你一舉手，那就是出價。你只有特別特別想要一個東西，詢問我以後才能舉手。可不能隨便舉手。要把自己想成趴在戰壕裡的士兵，戰鬥正在進行。」

「我才不關心什麼破拍賣。」布萊斯說。

「萬一你想要一條土耳其祈禱毯，而且還是你生平見過的最美麗最柔和的顏色呢？」B.B. 在布萊斯對面的椅子上坐下。椅子後背呈倒三角形，椅面是正三角。三角形上鋪了淺綠色塑膠。B.B. 在椅子上來回挪動。布萊斯看得出來他想要一個回答。

「要不我們來玩假裝遊戲吧。」B.B. 說，「咱們假裝有一隻獅子正朝你走過來，樹上有一隻獵豹，而你身前只有低矮的乾草。你是爬樹還是逃跑？」

「都不要。」布萊斯說。

「認真點。你只能跑走或是做點什麼。有已知的危險和未知的危險，你會怎麼做？」

「在那種情況下，人們無法決定該怎麼做。」布萊斯說。

「不能嗎？」

「什麼是獵豹？」布萊斯說，「你確定牠們上樹嗎？」

B.B. 皺起眉頭。他手裡有一杯酒。他讓冰塊沉到杯底，兩人一起看冰塊浮上來。布萊斯湊過來，手伸進酒杯，還按了一下冰塊。

「別舔那根手指。」B.B. 說。

布萊斯在他家裡穿的那件紅色羽絨背心上擦出一條濕濕的浮水印。

「這是我兒子嗎？剛說了『別舔手指』，就把手指在衣服上擦。現在看他能不能記起小學學的《知識百科》上關於獵豹的事。」

「什麼《知識百科》？」

他爸爸站起來，吻一下他頭頂。樓上的收音機還響著，然後是水流進浴池的聲音。

「她一定在準備去拍賣會。」B.B. 說。「為什麼她非得在我打開洗碗機的那一刻洗澡？洗碗機轉得很不對勁。」B.B. 嘆道。「手放在桌上別動。」他說，「這是很好的拍賣會練習。」

布萊斯把時代廣場的兩個半圓疊在一起。他雙手交叉擱在上面，看松鼠在鳥食筒邊嚇走一隻小鳥。天空是灰燼的顏色，有一小片白亮，那是太陽之前的所在。

「我跟死了一樣。」蘿娜說。

「你跟死了不一樣。」B.B. 說，「你又胖了五磅。住院的時候你輕了二十磅，一開始你就偏瘦。他們拿什麼你都不吃。你把靜脈注射針頭從手臂上拔出來。我告訴你，你當時瘋了，我也不願意跟那個長得像湯頭[1]的醫生講話，他替你做了手術，認為你需要心理醫生。水淹大壩了，進浴盆吧。」

蘿娜還抓著洗臉盆，她大笑起來。她穿著綠白條小內褲，長長的白色睡衣掛在脖子上，就像運動員在更衣室裡把毛巾搭在身上那樣。

「有什麼好笑的？」他說。

「你說：『水淹——』，你知道你說什麼。我在浴盆放水，然後——」

「是啊。」B.B. 說著蓋上馬桶蓋，坐下來。他拿起一本蝙蝠俠的漫畫，翻起書來。書被蒸氣弄濕了，他討厭那種濕乎乎的手感。

收音機放在馬桶水箱上，這會兒安德魯斯姊妹[2]正在唱〈抱緊我〉。她們的聲音像太妃糖一樣甜膩。他想把她們拉開，在完美的和聲裡聽到她們各自的嗓音。

他看著她進了浴盆。在她突出的髖骨左側，有一道蠕蟲般的暗紅色傷疤，是她進行切除闌尾手術的位置。一個醫生認為是子宮外孕，另一個十分確定是子宮開裂。第三個醫生——她的主刀醫生——堅持認為是她的闌尾，手術很及時，闌尾頂端已經穿孔。

蘿娜滑進浴盆。「要是你無法相信自己的身體不會有異，你還能相信什麼？」她說。

「大家都會生病。」他說，「並不是你的身體有意害你。精神只是一個地方，在你的頭腦裡。你看林登・詹森不是也切除闌尾嗎？記得他掀起襯衫給人們看傷疤，大家有多難過嗎？」

「他們難過是因為他拎著狗的耳朵。[3]」她說。

她有一個浴盆玩具是他買給她的。一條快樂微笑的魚。你用鑰匙替它上發條，它就會在浴盆裡一邊游著，一邊從嘴裡噴著水。

他能聽到布萊斯在樓下輕聲講話。不用說，又在打電話給曼蒂。那孩子在佛蒙特的

---

1 湯頭（Tonto），美國西部片角色獨行俠的印第安同伴。

2 安德魯絲姊妹，（Andrews Sisters），美國四〇年代美聲合唱，唱片在一九二〇到六〇年代銷售超過八千萬張，音樂影響了很多人，許多歌曲被翻唱流傳。

3 美國第三十六任總統林登・詹森曾拍過一張生活照，照片上他拎著狗的耳朵把牠提起來。照片一經發布，引起全國寵物愛好者的強烈譴責。

時候，天天對著電話，告訴B.B.他有多想他；等他到了賓州了，他又想他在佛蒙特的家。電話費該是天文數字。布萊斯總打電話給曼蒂，蘿娜的母親也常從紐約打來電話，蘿娜從不願接電話，因為如果說到一些她沒準備好的話題，最後總會吵起來，所以她讓B.B.說她在睡覺，或者在洗澡，或者舒芙蕾正做到最後一道工序。然後她整理好頭緒，再回電給她母親。

「你今晚想去拍賣會嗎？」他對蘿娜說。

「拍賣會？什麼名義？」

「我也不知道。電視沒什麼可看的，孩子從沒參加過拍賣會。」

「孩子也從沒抽過大麻。」她說著往手臂上擦香皂。

「你也不再抽了呀。幹嘛提這個？」

「你看看他那玫瑰色的臉頰，他那憂傷的小丑神情的眼睛，就知道他從來沒抽過。」

「對。」他說，把漫畫書扔到地上，「對，我的孩子不抽大麻。我說的是去拍賣會。那你也想告訴我大象不會飛嗎？」

她笑了，在浴盆裡躺得更低一些，水到了她的下巴。她的頭髮挽到頭頂，脖子上堆滿泡沫，樣子像是愛德華時代的女子。魚瘋狂地游竄，劃開肥皂水面。她動了一下肩膀，讓道給魚，側過膝蓋，又轉轉頭。

「以前他來玩的時候，家裡到處是書，書裡就有飛象。」她說，「我真高興他現在八歲了。那些荒唐的書。」

「你那時總是抽很多大麻。」他說，「看什麼都覺得可笑。」儘管當時他沒有跟她一起抽大麻，有時看到的事也很奇怪。有一天晚上，他的朋友謝爾比和查理斯戲劇化地朗讀了布萊斯的一本叫做《伯特倫和怕癢癢的犀牛》的書。那一年聖誕，蘿娜的母親送了她一個絲瓜瓤。那時絲瓜瓤還沒有滿商店都是。他模模糊糊記得六個人擠在浴室裡，看到漂浮的絲瓜瓤在水中脹大，歡呼雀躍。

「拍賣會你看怎麼樣？」他說，「你能把手放下不動嗎？那是我跟他說的重點——手放在大腿上。」

「過來。」她說，「我讓你看看我能用我的手做什麼。」

拍賣會在一個用兩口木頭爐子取暖的穀倉裡——一個在前頭，一個在後頭。走道上還放了幾個電暖器。B.B.、蘿娜和布萊斯從穀倉後門進去，一個穿著紅黑相間的伐木工夾克的人在他們身後把門關上，他呼出的香菸味朝他們迎面而來。一個女人、一個男人和兩個少年在為一個大紙箱爭吵。顯然其中一個男孩把紙箱放得離電暖器太近。另一個男孩在為他說話，男人的臉紅撲撲的，看起來好像要打女人似的。在他們爭吵的時候有人把箱子踢開了。B.B. 往裡看，裡面有六到八隻小狗，黑色的居多，牠們扭動著身體。

「爸爸，牠們也是拍賣的嗎？」布萊斯說。

「我受不了這煙。」蘿娜說，「我在車裡等你們吧。」

「別傻了，你會凍死的。」B.B. 說，他伸手過去，摸到她的髮梢。她戴了一頂紅色安哥拉羊毛帽，壓在額頭上，看起來漂亮極了，但也像只有十歲。一個孩子的帽子，沒有化妝。她的髮梢還是濕的。摸著她的頭髮，他後悔在她說了關於手的那句話後就走出浴室。

他們在靠後的位置找到三個挨著的座位。

「爸爸，我看不見。」布萊斯說。

「該死的安德魯斯姊妹。」B.B. 說，「我無法把她們古怪的聲音從腦子裡趕走。」

布萊斯站起來。B.B. 頭一次注意到他兒子坐的金屬折疊椅上用魔術記號筆寫著「帕姆愛大衛，永遠永遠」。他取下自己的圍巾，蓋在那些字上。他回頭看，確信布萊斯會在熱狗和飲料攤上。但他不在那，他還在仔細察看那些小狗。一個孩子跟他說了什麼，他兒子回答了。B.B. 馬上站起來，走過去跟他們站在一起。布萊斯在掏口袋。

「你在幹什麼？」B.B. 說。

「抱一下小狗。」布萊斯說。他說著抱起那隻動物。小狗轉頭，把嘴伸進布萊斯的胳肢窩，眼睛是閉著的。布萊斯用空出來的那隻手遞給男孩一些錢。

「你在幹什麼呢？」B.B. 說。

「一角摸一次。」男孩說。然後，他換了一種語氣，說：「再過一個星期左右，他們就開始吃東西了。」

「我從來沒聽過這種事。」B.B. 說。絲瓜從他腦海裡蹦出來，膨脹變大。他們醉醺醺的無法相信。他還是孩子的時候，有一次看到一個鄰居把一窩小貓淹死在浴盆裡。那件事發生的時候他肯定比布萊斯還小。還有葬禮：B.B. 和鄰居兒子，以及一個國際交換生一起參加溺死的小貓的葬禮。那家男人的妻子從房子裡走出來，一隻手臂抱著母貓，從口袋裡掏出插在牙籤上的小國旗，遞給每一個男孩，然後回屋裡。她丈夫挖了一個坑，又往裡鏟土。他先是把小貓放在一個鞋盒棺材裡，把棺材小心地放進他在一叢六道木旁邊挖的洞。然後他再把土填回去。B.B. 現在不記得那個人的兒子的名字，也不記得那個東方交換生的名字了。小國旗是那種以前在銀行旁邊的霜淇淋店通常插在聖代裡的那種。

「兩角五分讓你可以抱到拍賣會結束。」男孩對布萊斯說。

「你得把狗還回去。」B.B. 對他兒子說。布萊斯看起來似乎要哭了。如果他堅持想要一隻小狗，B.B. 也不知道該怎麼辦。這本該由羅賓，他前妻來應付的，但她很可能把狗送到動物收容所。

「放下。」他低聲說，語氣盡量平靜。房子裡現在很吵，他懷疑那個十來歲的少年是否會聽到。他認為要是沒有第三方在場，他很有可能說服布萊斯離開小狗。

令他吃驚的是，布萊斯把狗遞過去，那個少年把牠放回到箱子裡。一個三四歲的小女孩走到紙箱邊上，往下看。

「我敢說你沒有一角，是吧，小可愛？」男孩對小女孩說。

B.B. 把手伸進口袋，掏出一美元紙幣，折好，放在男孩蹲著的位置前方的水泥地上。他握住布萊斯的手，他們走回座位，沒有回頭。

「只是一堆破爛。」蘿娜說，「要是不好玩我們可以走嗎？」

他們在拍賣會上買了一個檯燈。一個很好看的燈座，只要再找到一個燈罩，放在床頭櫃上就正合適。現在它有一個卡紙燈罩，印在上面的花束有了裂紋，開始褪色。

「你怎麼了？」蘿娜說。他們回到臥室裡。

「其實，」B.B. 說著抓住窗台，「我覺得非常失控。」

「什麼意思？」

她把《茱莉雅・查爾德的廚房》（*Julia Child's Kitchen*）放在床頭櫃上，拿起梳子，抓起一團頭髮。她梳著糾結的髮梢，慢慢的。

「你看他在這開心嗎？」他說。

「當然。他自己要求來的，不是嗎？你看他的臉就知道他喜歡拍賣會。」

「也許他只是照別人說的做而已。」

「你怎麼了？」她說，「到這來。」

他坐在床上。他脫得只剩短褲，身上滿是雞皮疙瘩。隻鳥在外面聒噪，尖叫的聲音彷彿正被宰殺。牠突然停下。雞皮疙瘩慢慢消失。每次他打開暖氣，都知道自己到凌晨五點後會一直後悔著，因為屋裡變得太熱，他又累得不想起床去把暖氣調低。她說那就是他們頭疼的原因。他越過她去拿偏頭痛藥。他把藥瓶放回烹飪書上，乾嚥下兩片藥。

「他在幹什麼？」他對她說，「我聽不到他的動靜。」

「你要是像其他父親那樣叫他上床，你就知道他會在床上。然後你又得擔心他是否在被窩下開手電筒看書或——」

「別說那個。」他說。

「我沒要說那個。」

「那你要說什麼？」

「我要說他可能又吃了幾顆我母親送我的 Godivas 巧克力。我吃了兩顆。他吃了一整排。」

「他在那一排裡留下了一顆薄荷味和一顆奶油味的，我吃了。」B.B. 說。

他起床，套上一件保暖襯衣。他往窗外看，看到樹枝搖晃。《老農年鑒》（*The Old Farmer's Almanac*）預測這週末下雪。他希望那時不要下，那樣開車送布萊斯回佛蒙特會很麻煩。到羅賓家有兩英里，掃雪機是不經過的。

他下樓。布萊斯坐在餐廳轉角處的一張橢圓形桌子旁。窗台座位是圍繞著桌子打造的。他倆租下這棟房子的時候，這是裡面唯一一件兩人都不反感的家具，就留下來了。布萊斯坐在一把橡木椅子裡，額頭枕著手臂。他前面是那本著色書，一盒蠟筆，一個玻璃花瓶，裡面插著各種顏色的氈尖筆，歪歪斜斜的，像一束花。還有一疊白紙，剪刀。B.B. 以為布萊斯睡著了直到他走到距離幾英尺處。然後布萊斯抬起頭。

「你在幹什麼？」B.B. 說。

「我把盤子從洗碗機裡拿出來，它運轉正常。」布萊斯說，「我把盤子放檯子上了。」

「你真不錯。看來我對洗碗機的糾結已經感染到家裡每個人了。」

「它以前出過什麼問題？」布萊斯說。

布萊斯眼睛下方有黑眼圈。B.B. 有次曾讀到那是腎病的跡象。如果容易擦傷，則是白血病。或者，當然，你也可以只是走錯一步，就摔壞了腿。那次洗碗機的水管堵住，早上B.B. 打開門時，髒水一湧而出——水比油膩膩的盤子髒得多。

「糟透了。」B.B. 籠統地說，「那是幅畫嗎？」

部分是畫，部分是信，B.B. 見布萊斯用手緊緊按住那張紙的中間，意識到這點。

「你不用給我看。」

「為什麼？」布萊斯說。

「我不讀別人的信。」

「你在伯靈頓的時候看了。」布萊斯說。

「布萊斯──那是你媽媽拋下我們一走了之的時候。那是一封寫給她妹妹的信。她跟她商量讓她來陪我們，但她妹妹跟羅賓一樣昏頭。你媽媽走了兩天，員警在找她。我發現那封信的時候還能怎麼辦？」

羅賓寫給她妹妹的信上說，她不愛 B.B. 了。還有，她也不愛布萊斯，因為他長得像他爸爸。她是這麼說的：「讓一模一樣的人彼此相對吧。」她跟一個天然食品餐廳的廚師跑了。給她妹妹的那封短信──她分明也打過電話給她──就寫在一張餐廳宣傳單背面，宣傳單上列出廚師走後一週的菜單。淚水順著他的臉頰往下流，他站在空空的臥室裡──是什麼讓他進屋去的？──讀起甜點的名稱：「豆腐蜜桃糊！」「格蘭諾拉燕麥覆盆子派！」「澳洲堅果棒！」

「反正是假的。」他兒子說，把那張紙揉成一團。B.B. 看到上面出現了一朵大向日葵，下方有一棵冷杉。

「喔。」他說，一時衝動伸手。他展開那張紙，盡可能攤平。波紋狀的樹幾乎筆直向上，有褶皺的鳥兒飛過天空。B.B. 讀起來：

等我到 B.B. 的年齡，我就可以永遠跟你在一起。我們可以住在一個像佛蒙特的家的房子裡，只是不在佛蒙特，不下雪。我們可以結婚，養一隻狗。

「這給誰寫的？」B.B. 說，對著信紙皺起眉頭。

「曼蒂。」布萊斯說。

B.B. 第一次意識到自己腳下的木板多麼冰冷。空氣也是冰冷的。去年冬天他黏緊了窗戶縫，今年還沒有。現在他把一根手指抵在餐廳窗戶的一塊玻璃上。玻璃本該是個冰塊，他的手指如此迅速地變僵了。

「曼蒂是你的妹妹。」B.B. 說，「你永遠也不能跟曼蒂結婚。」

他的兒子瞪著他看。

「你明白嗎？」B.B. 說。布萊斯把椅子往後推。「曼蒂不會再把頭髮剪短了。」他說。

他在哭。「她會是瑪德琳[4]，而我就是要跟她一起生活，還要養一百隻狗。」

B.B. 伸手擦乾他兒子的眼淚，或者至少是摸一摸，但布萊斯跳了起來。她錯了：羅賓大錯特錯！布萊斯是她的翻版——而不是他的——是羅賓說「讓我一個人待著」時的翻版。

他上樓。其實是，他到了樓梯前，開始往上爬，想著在臥室裡躺在床上的蘿娜，還沒爬到樓一半的某個位置時，腎上腺素開始在他全身湧動。眼前一切都失焦了，然後開始跳動。他及時抓住扶手，讓自己站穩。過了幾秒，第一波糟糕的感覺過去了，他繼續爬，假裝讓自己相信，像他這一生一直假裝相信的——這種衝動跟欲望是一回事。

（一九八二年六月十四日）

4　瑪德琳是電影《古靈精怪瑪德琳》（Madeline）裡的人物，一個經常製造麻煩但也善於解決問題的女孩。

流動的水

我哥的妻子，考奇，坐在我臥室裡的籐椅上用鑷子拔眉毛，我的放大鏡離她的鼻尖有一英寸。我初次見到考奇的時候，她還是亨特[1]的學生；穿著印第安式長裙，高跟鞋，長髮。而現在她穿球鞋和寬鬆的褲子，一頭西瓜皮頭，以她的暱稱代替本名夏洛特。拔眉毛和懷孕是她新自我提升計畫中的兩項，再加上駕駛課。她從莫里斯敦到紐約來過週末，阿奇——她的新丈夫，我哥——出差了。她現在坐在電話旁，等著產科醫生回電。阿奇昨晚在電話裡堅持要考奇去問醫生，她是否應該繼續上有氧舞蹈課。談話結尾是她一長串抗議，抗議他因為懷孕而把她搞得神經質。她把電話給我，叫我跟他講道理，但我不想蹚這渾水。我們討論起紫藤。後花園的紫藤新葉萌發，爬過四樓來到我的屋頂，枝葉如瀑布般垂下蓋過一處低矮的磚石欄杆，藤條一直爬過天窗。早上，我發現枯皺的葉子和紫色小花灑落在我的被子上。

我躺在床上，以印刷體寫信給我祖母。我祖母無法辨認我的筆跡，但是如果我打字，她會覺得不受尊重。她稱我打字的信「商務信函」。我在信紙下面墊了一張橫格紙，這樣就會記得把字寫得夠大。信越寫越長，那些字看起來好像被擠入漏斗。我重讀最後一句：「紫藤一開花，上千隻小螞蟻就爬上來，從紗窗裡爬進來。」用這樣的大、黑體的寫出來，讓人不僅憂心，還覺得驚悚。

電話響了，考奇一把抓起來。

「我覺得說這個很傻，但是我丈夫……哦，那個護士……但是我一點血也沒流！……因為你覺得我老嗎？」

我塗掉最後一句話，又寫下：「這難道不奇妙嗎？一棵巨大的紫藤蘿就在這裡，在紐約城裡茁壯生長。」

我到客廳，長窗外的景致是下一條街上的住宅。在下面，後邊，是高牆隔開的花園。隔壁一家，兩個男演員各站在他們花園的一頭，兩人大聲朗誦同一本書。

「萬一它將殿下您引到海裡，或者將殿下引到可怕的懸崖頂峰……」

「再來！」花園遠處那一頭的演員喊道。

「萬一它將殿下您……」

1 亨特學院，紐約市立大學下屬學院。

「嗯，好的。『它還在招手。走吧，我就跟你去。』」

我看著他們，企圖以此抵擋考奇越演越烈的歇斯底里，這時我看到一個大約十歲的孩子，他費勁地爬上來，好讓自己越過圍牆看到隔壁的花園。他扔了一個東西——石頭或是瓶蓋——尖叫道：「回到你所屬之地，娘砲！」然後落地，朝他家後門跑去。接著，我聽到一輛霜淇淋車開上大街，放著旋轉木馬的音樂。正像我祖母最近寫給我的信（用自來水筆，無可挑剔的帕爾默書法[2]）：「珊蒂親愛的，紐約城裡每個人都總是激動不已。」

「好吧，我按照你的方法來。」我回臥室坐在床上的時候，考奇說。她聽起來像二十世紀四〇年代某部電影裡勇敢的女演員，顫抖的下唇更加強了這種印象。

凌晨兩點，除了我的老友懷亞特，考奇和我是餐廳裡最後兩個客人。他剛剛在鍋裡炒了一些蔬菜，把它端上桌來，外加一瓶胡椒味伏特加。一輛卡車喀嚓喀嚓開過。考奇和我分了最後一片檸檬蛋白派。懷亞特的鑰匙圈放在桌上：四把餐廳的鑰匙，這樣他走之前可以設置警報器。

「這地方可真要命。」他說著夾起一片豌豆。「我以為沒有什麼比教五年級文法更糟，可是記住自動電唱機放的每一首歌恐怕比教文法還糟。」他從襯衫口袋裡拿出一根大麻。「你們知道昨晚發生什麼事嗎？我父親的會計跟一個傢伙來這。他們穿的T恤上有粉紅色、藍色和綠色漩渦——倒是適合幫一籃復活節彩蛋染色。那個會計看到我差點沒死過去。然後，星期二晚上，我以前在哈肯薩克的老情人，多莉・維斯科來了，我看到她坐在吧台旁。她全身繫滿帶子。她穿一件那種前面繫很多帶子的襯衫，還有那種鞋帶纏在腳踝上的鞋子。跟她一起的那個男人真夠傻。多莉・維斯科和我同時認出對方，我擁抱她的時候那個男的說：『這是安排好的嗎？』」他大笑起來。「懷亞特和貓。」他說著用腳摩蹭剛躥到桌子下面的一隻橘黃色貓。「她在這的時間比我還久。比所有人都久。貓不會設置警報，懷亞特會。」

我們在傑森過去最喜歡的這家餐廳。我以前跟傑森一起生活，現在分手了。不過懷亞特在這裡當服務生以後，傑森就不來了。「寶貝，這感覺太怪了。」傑森有晚對我說，「我對省略符號的正確用法一有疑問就打電話問的那傢伙，現在為我們上菜，這讓我不舒服。」

我們出門的時候，懷亞特把車鑰匙遞給考奇。我打開後門，嘟囔著這主意有多離譜，

2 帕爾默書法是奧斯丁・帕爾默於十九世紀末二十世紀初設計並推廣的一種英文書法，很快就成為美國最流行的書法體系。

因為她至今為止只上過三次駕駛課。她剛從路邊把車開走，一輛警車就跟了上來，跟我們並排停在路口等待紅燈變綠燈。我與一個員警的視線對上，就移開視線。我們的車以奇怪的角度停在兩條車道之間。我們身後和周圍都沒有車。然後，一個員警跟考奇打了個照面；「你知道嗎？」他衝我們叫道，「如果你們是一輛有六個人的紅色豐田，那我們就找到要找的車了。」駕駛座上的員警也湊過來叫道：「現在他會告訴你們，如果你們眨眼睛，你們就是北極星，我們就能跟著你們不迷路了。」

燈變了，警車以一小時六十英里左右的速度揚長而去，沒響警報。

「我們後面還是沒車。」懷亞特說著拍拍考奇的腿，「開車的第一條原則：有很多危險的人跟你同時在開車，你開的時候一定要保護好自己。」

「你覺得你當時會跟傑森結婚嗎？」考奇說。

我上大學時沒有住過宿舍，但考奇住過。對她來說，熄燈依然是開始聊天的信號。

「我們差點就結了。」我說，「我跟你說過的，他在加里森買房的那個夏天。我們跟所有要分手的人一樣蠢。我們一直在找兩個人都感興趣的事做，好假裝對彼此還感興趣。」

「你跟懷亞特是怎麼回事？」

「我一直以為他愛的是別人。很多年前我們深談過一次，他說我錯了。但是，他也從沒提過多莉‧維斯科，直到今天晚上。」

「阿奇在我們舉行婚禮的一星期前，告訴我他以前訂過兩次婚。」她點燃一根香菸，「把他的信用卡沖下馬桶的是哪個？」

「莎莉。」

「桑德拉是那個吞戒指的？」

「鑲鑽的黃水晶。我們的祖母留下的。阿奇帶她去急診室的時候，她填完表，說她吞了一根骨頭。」

「她有多傻呀，跟急診室的人還不說實話。」考奇說。

我翻過身，在半黑的屋裡看考奇的臉。她在臥室地板上把沙發床打開，變成一個床墊，今晚她就睡那。

「你知道後來的故事了，對吧？」我說，「第二天，他買了一本訓練小狗的書。他把書帶回家，給她看如果小狗吞了石頭，除非噎住，否則不必擔心。一個玩笑而已，但是後來他們去做情感諮詢的時候，她一直提到那本狗的書。」

現在回想起來，我能意識到傑森喜歡操縱我的生活。他想要什麼東西的時候，總以自己是南部的男孩為由。他把自己想買的那棟房子說成是我們「過種植園生活」的機會。還在我們去加里森看那棟房子前，他就計畫好我們那個下午要在那裡打槌球。他說，我們會打槌球，喝薄荷茱莉酒。傑森真想要什麼東西的時候，他會把它變成某種幻想——越誇張越離譜越好。他說這樣比較容易應付之後產生的任何問題。我們在紐約同居了一年多，他很焦慮，想在鄉下買房子。於是他買下加里森哈德遜河上游的黃色大房子，然後請假，那個秋天花一個月時間把它漆成白色。我擦亮玻璃，幫他打磨地板，等到房子開始像樣的時候，我比他還要喜歡。早晨，我喝咖啡，看麻雀和松鼠在掛在廚房外的鳥食筒上搶奪穀粒。傍晚，我開始等待，等待天空的顏色變得暗淡，太陽下山。傑森變得喜歡晚睡，看雜誌和夜間新聞。他回到紐約他工作的律師事務所上班，我留下來。懷亞特來做客。傑森打電話說他有幾個週末不能回來，因為手頭有太多案子要處理。之後一個週末，考奇和我哥哥開車來了，就在他們離開之前，她在車道上拉住我的手臂，把我帶到他們的車後面。「我要說，要是你想留住傑森，你就該回到城裡。」她說。但是那個時候，我仍願意相信傑森說的他買房子時的想法：紐約城是一場戰鬥，能逃回一個你不必時刻防備的地方有多麼重要，能記得那是一個綠色的天地有多麼重要。十一月下旬，我終於離開那棟房子，坐火車回到紐約。我走進我們的公寓，覺得自己是個陌生人。他人還在辦公室。我走了一圈，有些驚訝，我的東西還在那兒——我的一雙涼鞋在臥室的椅子下，我一向在那裡踢掉鞋子。在臥室裡走了走，驗證了我在加里森不願意承認的事：我們之間真的完了。看到我的東西在那沒有讓我覺得是在家裡，而是讓我意識到，那裡一直是傑森的公寓。他把他父母聖誕節送的奧杜邦[3]的畫掛起來了，而我從來沒喜歡過——它們像是某個鄉村酒吧牆上的掛畫——而現在就在這裡，堂而皇之地掛著。它們掛在朝北的牆上，以前他總堅持那面牆空著，因為畫會破壞石磚的美。傑森下班回來的時候，我們倒了酒，到屋頂聊天。顯然我們不會在一起了，但是他表現得好像這是個意料中的結果。我走到他站著的欄杆邊，驚訝地看到他眼裡有淚。

「你為什麼難過？」我說，「不是你的錯。我們倆都有這種感覺。」

「你什麼時候能不這麼隨隨便便對待一切？」他說，「好像你無所謂似的。你是我認識的最好的人，可你卻做了一個很糟糕的選擇，很久以前，你選了我。我很內疚，我跟你生活在一起，讓你以為我愛你。」

「你是愛過我的。」我說。

「寶貝，我在跟你說真話。」他悲哀地說，「別忘了我有南方人的禮貌。你過去總拿這個開玩笑。我想要愛你。我表現得好像我愛你。」

3 奧杜邦（John James Audubon，1785-1851），美國鳥類學家、畫家，他繪製的《美洲鳥類》被譽為「美國國寶」。

我離開他，走到餐廳，坐在吧台邊，等著懷亞特下班。那些星期六的晚上傑森不願出門，只想待在家裡聽著凱斯．傑瑞[4]的〈一顆星的哀悼〉做愛時，他不愛我？我為他朗讀菲爾班克[5]的《腳下的花朵》（*The Flower Beneath the Foot*）時他笑得用手捂住臉，用手掌擦掉眼淚時，他不愛我？感恩節我們一起洗碗，他一直用手臂環住我的腰，讓我沾滿皂液的手從水裡移開，帶我跳著華爾滋一路跳出廚房時，他不愛我？

那晚之後我又見過傑森一次——我搬走以後，在二月的一個星期天下午去他那。我還想跟他做朋友。我爬到四樓，心裡第一百萬次地確信，那個古老的樓梯將會坍塌。我坐在一把帆布導演椅裡，讓他為我從美樂家咖啡壺裡倒了一杯咖啡。那是我的壺，我忘了把它裝箱。傑森也沒有主動提出歸還。他跟我提到加里森的那棟房子，他已經登出吉屋出售的廣告，一個電視製片人和他的妻子開了價。他們正在談價錢。我們說話的時候，我無意中看到那本桃紅色書背的菲爾班克放在房間那頭書架的最高一層。也許他正暗自不滿。可能我也曾不小心把他的東西帶回家。他拿了所有凱斯．傑瑞的唱片。我的羽絨背心。菲爾班克。我搬走前，他幫我把我們倆的書和唱片分開，把我的放進紙箱。我好幾個星期都沒拆箱，所以過了一陣子才意識到有多少東西不見了。如果他是故意的，他做的另外一件事真把我搞糊塗了：在一箱書的底部，他放進他那件灰色的燈芯絨襯衫，以前我在寒冷的冬日早晨常把它披在我睡衣外。

這個週末，考奇在臥室裡跟我說，自從傑森和我分手以後，我就把自己跟所有人隔絕——她說她想幫我，我卻連自己的憤怒或是悲傷都不願提及。我告訴她我想了很多——人們不在戀愛的時候，有很多時間思考；這就是為什麼不會有太多驚喜，或者說那些驚喜不如你在戀愛時感覺那麼強烈。比如說前一天我一直等她來我家的時候發生的事：一隻蜜蜂飛進臥室，撞到天窗上，嗡嗡地叫。我立刻放棄了其他兩種選擇：一整天躲在被子裡；或是把《時代週刊》捲成筒並打死牠。我決定什麼也不做。牠飛得低了，從天窗下來，最後做了一件我本該料到的事——牠呈一條直線地從紗窗一條一英寸寬的縫隙飛出去，那條縫幾乎被覆蓋了樓面的濃密藤條填滿。然後牠消失在枝葉間。我等著看牠一反常態再飛回來，但沒有。後來我起來把紗窗外的枝葉扯掉，在紗窗和窗框之間的縫上貼上紙膠帶。

人人都想戀愛，這合情合理。於是，有那麼一段時光，生活不再充斥著思考一切，談論一切的乏味。能夠注意到小小的細節或是微妙的時刻，將它們指出來，讓人熱切聲

---

4 凱斯・傑瑞（Keith Jarrett，1945-），美國爵士樂與古典鋼琴家，作曲家。

5 羅納德・菲爾班克（Ronald Firbank，1886-1926），英國小說家，以其諷刺小說而著名。

稱它們外表下隱藏更多含義，這很美妙。傑森擅長此道——擅長說服我，只因我們在一起，因此不知怎麼的，我們的所見都具有超出其本身的價值。去年秋天我們還在一起的時候，某個下午開車去冷泉村。我們開到離鐵軌較遠的一端，開過涼亭，開到鋪砌路面的邊緣，汽車可以停在哈德遜河邊。他後來怎麼可能試圖讓我相信他沒愛過我？我們那時是年輕的情侶，走下車，扔麵包給河裡的黑鴨。我們坐在長椅上，望著河對面的高崖，一邊想像著要抵達那裡、攀到峰頂的旅程——這是我猜的——一邊將彼此抱得更緊。或者我們抱得更緊是因為我們在這個地方更安全些：沒有船，也不可能游泳，反正沒有理由如此費力。那是十月，風那麼大，差點把我們從長椅上颳跑；我眼裡有淚，早在傑森跟我低語之前：看，這麼大的風——讓河水看起來好像是被颳到下游去的，而不是流過去。

（一九八二年十一月八日）

康尼島[1]

德魯坐在餐桌旁，這是他的朋友賈斯特在阿靈頓的家。一個大晴天，陽光透過廚房裡小雞圖案的窗簾，讓小雞具備了一種在現實中無法獲得的優勢——背後有光，它們閃閃發亮。美極了。

德魯在賈斯特家已經待了幾個小時。時近傍晚，光線耀眼。他們之間，桌上那瓶傑克丹尼爾[2]，已經空了一半。賈斯特替自己杯裡又倒了一公分高的酒，用拇指擦乾瓶頸，再舔舔拇指。他把瓶蓋擰回去，就像人們倒出一杯葡萄酒以後要把木塞放回去般。賈斯特喜歡葡萄酒，是他妻子荷莉改變了他的品味；但他非常清楚，招待德魯有比紅酒更好的東西。荷莉現在在醫院，晚上會住一夜；他的不孕檢查結果是否定的，醫生現在要為荷莉進行小手術檢查。就算今天德魯不來，他可能也會喝醉。

1 康尼島（Coney Island），紐約市布魯克林區南端的半島，是美國著名的休閒娛樂地區。
2 傑克丹尼爾（Jack Daniel's），一種田納西威士忌品牌，世界最暢銷的一款美國威士忌。

德魯一起搖晃著鹽瓶和胡椒瓶。佐料瓶是企鵝形狀。瞧他這兩個朋友切斯[3]和荷莉可真有幽默感！一隻就是企鵝本來的樣子，另一隻穿著西裝背心戴著高頂黑色禮帽。大概是故意做得這麼滑稽。

賈斯特的收音機得換電池了。他右手拿著收音機，用過去搖晃雞尾酒調製器的動作搖著它。之前他想過調一些曼哈頓[4]，但是德魯說他更喜歡純的波本威士忌。

今天，德魯從韋恩斯伯勒開車穿越群山，到阿靈頓來參加他姪子的洗禮儀式。之後的派對在他母親家裡舉行。派對舉行前他修剪灌木叢，稍微修理地下室的門，讓它不再卡住。後來，大家都走了，他母親在浴室，他就打電話給從前的女友夏洛特。這是意料之外的事，他自己都沒料到。一個月前，夏洛特嫁給一個男人，他在阿靈頓郊外的某個大商城經營一家潮流五金店。德魯的母親從報紙上剪下他們的結婚告示，寄到他上班的地方，信封上寫著「私人」。現在他跟夏洛特若有私情，祕書就會知道。老闆收到一封標註「私人」的信件，祕書還能怎麼想？

再過不到一小時，德魯就要跟夏洛特碰面喝酒。夏洛特・庫爾，現在是夏洛特・雷比爾。就德魯所知：是夏洛特・庫爾・雷比爾。賈斯特答應一起去，這樣即使被人看到，至少也會以為只是幾個朋友喝酒敘舊。每個人都知道別人的事。德魯的表哥霍華德在紐約的時候，跟一個已婚女人有過很長一段時間的私情，持續了四年。他們總是約在中央車站碰面。幾年來，人們在他們身邊匆匆來去。孩子從他們身邊被拖走。宗教狂熱分子在散發宣傳單。很有可能看到某個他或她認識的人，當然，他們從來沒有，而且據他們所知，也從沒有人看到他們。他們在「世界之窗」[5]喝酒。誰會在那找到他們？霍華德講起這些事能讓人大笑——他倆在芒特基斯科鎮的大門旁擁抱，吻到兩個人的嘴唇發燙；然後去城裡，坐在落地長窗旁邊俯瞰艾利斯島，自由女神像。德魯還是小孩時，跟家人來紐約玩，他們爬上雕像。這麼多年他依然相信他父親說的——他爬進拇指。霍華德的情人跟她丈夫離婚了，卻嫁給別人。霍華德很痛苦，把氣撒在大家身上。有一次他對德魯和賈斯特說，他們一無所成，他們從來沒有花一點工夫審視自己人生的任何一件事。霍華德又知道什麼，德魯想。霍華德過去常常看向高窗外，結果還是進了另一個摩天高樓，一個心理醫生的辦公室，而百葉窗是拉上的。

德魯說：「夏洛特的手肘很尖，像個硬檸檬。我以前跟她做愛的時候就抓著她的手肘。什麼跟什麼啊，坐在這兒回憶這些。」

3 切斯是賈斯特的昵稱。
4 曼哈頓，用威士忌、甜味苦艾酒和苦味酒調製的一種雞尾酒。
5 世界之窗（Windows on the World），原紐約世貿中心雙子大樓北樓 106 層的一家餐廳。

「德魯，她只是來和你喝一杯而已。」賈斯特難過地說，「她不會離開她丈夫的。」

賈斯特輕輕拍著桌上的收音機，像他從菸盒裡彈出一支菸那樣。德魯和賈斯特不抽菸，他們大學畢業以後就不抽了。德魯大學二年級的時候認識了夏洛特，愛上了她。「她是個孩子。」以前霍華德說過一次，在男生聯誼會之家深夜臥談的時候。霍華德的語氣總帶點父性的慈愛，雖然他只比他們高兩屆。「我們打電話給霍華德吧。」德魯說，「問問他怎麼看荷莉的事。」霍華德現在是西雅圖的外科醫生。有時他們打電話到醫院找他，或是三更半夜在他的答錄機留言。有幾次他們喝醉了，改變聲音混亂驚慌胡說一通，讓霍華德以為有人得了心臟病或闌尾穿孔。

「我見了荷莉的那個醫生。」賈斯特說。他指著天花板：「要是那個萬能的上帝和她那個萬能上帝的婦科醫生認為她沒有理由生不了小孩，我就會慢慢等著。」

「我只是想我們可以打電話問問他。」德魯說。他脫掉了鞋子。

「打這通電話沒什麼意義。」賈斯特說。賈斯特又為自己倒了杯酒。他把額前的頭髮往後一撥，感覺挺好。他又撥了一下，然後又是一下。

「打電話到醫院看看她怎麼樣了。」德魯說。

「我是她丈夫，你以為我不在那裡嗎？我看到她。他們把她推出來，她說她要是永遠無法懷孕也無所謂——但她受不了身上冷得像冰。就是那個，你知道吧……是麻醉劑。

我把她的腳放到手裡摩挲了一個小時。她睡著了，護士讓我回家。早上，高高在上的萬能醫生出現了，我猜我們有消息了。你怎麼這麼多建議？」

「我沒有建議。我說打電話給她。」德魯說。

德魯拿起酒瓶在額頭上靠了一下，然後把它放回桌上。「我餓了，」他說，「我見夏洛特前應該把事情都做完，是不是？吃了飯再去，這樣就有時間說話。喝了酒，清醒一點。都提前搞定。」

「你為什麼今天決定打電話給夏洛特？」賈斯特說。

「我姪子——」

「我問為什麼打電話給夏洛特？為什麼打給她？」

這一回，德魯撥弄著收音機，一個頻道有聲音了，很模糊。他們倆驚奇地聽著。這才十月，那個男人已經說起耶誕節前所剩的購物天數。德魯轉動旋鈕，頻道沒了，他找不回來了。他把收音機推到桌子另一頭，一隻企鵝倒了，它臥在那裡，尖尖的臉挨著收音機。

「我要再喝一杯，然後放她鴿子[6]。」德魯說。

6 放她鴿子，原文是 stand her up，賈斯特按字面意思理解，以為德魯說的是把倒了的企鵝調料瓶扶起來，而德魯的意思是對夏洛特爽約。

「哦，我可以幫你。」賈斯特說，把企鵝扶起來。

「天啊，你真是太搞笑了。」德魯說，「是夏洛特——不是企鵝。夏洛特，夏洛特——不會離開她丈夫的夏洛特。這樣她的名字在我們的談話中出現得夠多了吧？」

「我不想跟你一起去了。」賈斯特說，「我覺得沒什麼意義。」他又用手抹過額頭。他把一隻手覆在眼睛上，然後什麼也沒說。

德魯用手蓋住杯口，一個拒絕續杯的手勢，但是沒有人給他倒酒。他看著自己的手。

賈斯特在襯衫口袋裡摸索著。要是洗衣店收據不在口袋裡或者錢包裡，那它到哪了？總得在某處，在哪個口袋裡。他用食指勾住瓶頸，輕輕搖晃。企鵝倒下的地方有一小撮鹽。賈斯特把鹽攏成一條線，假裝手裡拿著一根吸管，用想像中的吸管觸到那一英寸長的鹽，堵住一個鼻孔，在吸管劃過鹽線的時候用另一個吸氣。他的笑容更舒展了些。

「你該慶幸你沒有問題。」德魯說。

「我是慶幸。」賈斯特說，「我跟你說，我也慶幸自己甚至不記得小時候摘除扁桃體時打過麻藥。荷莉身上那麼冷，睡得那麼沉。但睡得不香——更像是被人打了。」

「她沒事的。」德魯說。

「你怎麼知道？」賈斯特說。他吃驚於自己的聲音聽起來如此刺耳。他微微一笑。

「偷偷溜過去看她，就像你偷偷約會夏洛特？」他說。

「你在開玩笑吧。」德魯說，「這說得多難聽啊。」

「我是在開玩笑。」

「不管我現在說什麼，都贏不了你了，不是嗎？如果我表現得好像我瘋狂地對荷莉感興趣，你就會覺得受到冒犯，對不對？」

「我不想說這些。」賈斯特說，「你去看夏洛特吧，我就在這喝酒。你要我去幹嘛？」

「我告訴她你會來。」德魯說。他抿了一小口酒。「我在回想我們去康尼島那次。」他說。

「你跟我說過。」賈斯特說，「你是說很多年前的那次，是吧？」

「我跟你說過射擊嗎？」

「康尼島。」賈斯特嘆了一口氣，「在『南森家』吃熱狗，坐那個叫龍捲風還是什麼的東西，開幾槍替你的妞兒贏了獎品……」

「我跟你說過？」

「繼續，跟我講講。」賈斯特說。

賈斯特倒了兩杯酒。給德魯倒了以後，德魯又把手蓋過杯口。

「順便告訴你，你還有五分鐘講故事，不然你就真的要放她鴿子了。」賈斯特說。

「也許她會放我鴿子。」

「她不會放你鴿子的。」

「好吧。」德魯說，「夏洛特和我去了康尼島。坐了那個讓你四處搖晃的東西，還有那個一邊有玻璃、升到柱子高處可以看風景的叫什麼——」

「我從來沒去過康尼島。」賈斯特說。

「我向她展現我的風度。」德魯說，「最好的部分在後頭。射擊館的那個傢伙把上面有顆星的卡紙板釘在繩子上，把它送到線的另一頭，我就開始射擊。射了三四次，上面總是剩下一點藍色的紙。星星一角的那個尖。靶子中心就是這顆藍色的星。我槍法很好，我想把星星打掉，贏得比賽，結果那傢伙最後跟我說：『老兄，你要是想把那顆星打掉，就該往它邊上打，星星就會掉下來。』」德魯透過他拇指和食指圈成圈地看了一眼賈斯特，手又放回桌上。「你應該從邊上打，就像把一把刀插進蛋糕烤盤邊上，把蛋糕取出來。」德魯呷了一小口酒。他說：「我父親什麼也沒教過我。」

賈斯特站起來，喝光了最後的波本，把杯子放進水槽。他在廚房裡四處打量，似乎很陌生。一度，它確實如此。荷莉在他上班的時候把廚房塗成粉藍色。現在是珍珠白。

他們把她推出恢復室時，她的臉就是廚房牆面的顏色。他不知怎麼地就把手放在她腳上，那時她還無法說話，告訴他她冷。有時冬天他們在床上，他伸手過去握住她的腳，把腳塞在他腿下方。德魯十五年前就認識荷莉了，比他還早。他跟她約會過一次，都沒有吻她。現在他大約一個月來吃一次晚飯，來的時候和離時吻她額頭。「我在說服她。」德魯有時在離開時說——或者類似的話，「十五年了，我還在給她各種機會。」荷莉總是臉紅。她喜歡德魯。她認為他酒喝得太多了，不過誰也不完美。荷莉的思維模式已經滲透在賈斯特的話裡了。一分鐘前，他不是還在談論全能的上帝嗎？荷莉對全能的上帝堅信不疑。

在廚房水槽邊，德魯跟賈斯特站在一起，把水往他臉上灑。他膚色偏褐，氣色很好。頭髮有點蓬亂，兩鬢有些白髮。他用洗碗巾擦了臉，用水漱口，吐掉。他倒了一杯水，喝了幾口。那個五分鐘早在十分鐘前就到了。他們走出客廳，拿了桌上的鑰匙，鑰匙在一條美洲豹的鑰匙鏈上。賈斯特的車是一輛一九六八年的龐蒂克。

「誰騎印第安重機？」賈斯特說。

德魯伸手拿過鑰匙。在電梯裡，他看到有樓層的按鈕周圍有圈光環，又把鑰匙扔回給賈斯特。賈斯特差點沒接住，因為他心思在別處。他得記得洗杯子，他跟荷莉保證過會修好漏水的水龍頭。他在酒吧喝一杯，跟夏洛特打個招呼，之後再做家事。電梯慢得令人心煩。如果他們能有孩子，如果是女孩，荷莉想要用花名取名字：羅絲、莉莉，或是瑪姬[7]——那是她想出來的嗎？瑪麗戈爾德的簡稱？

德魯想著他能跟夏洛特說點什麼。他們在一起兩年，他們之間有一整個世界。共用一個世界的人們該怎麼說應酬話？而如果你說真心話，又總是顯得突兀。他有那麼多事想知道，問題可能會像砲彈一樣射出去。她真心愛他，卻跟別人結婚？她厭倦了向他證明她是愛他的？她在什麼雜誌裡讀到像他這樣童年不幸的人，會一輩子不幸？他記得他爸爸：除了帶他走遍博物館，看各種雕塑，在光線暗淡的小酒館裡用錫盤吃東西，他還應該來點實用的，比如教他射擊。只要把你的手臂環在孩子手臂外側，把他的手指移到應該在的位置，舉起步槍，向他示範怎麼瞄準，要是那還不夠明確，告訴他怎麼保持槍身平穩。

德魯蹭進車裡，關門時膝蓋磕在門上。一秒後，賈斯特打開駕駛座旁的門，坐進座位。但是他沒有發動。

「你明白，一切只是為了友誼，是不是？」賈斯特說著緊緊抓住德魯的肩膀。

德魯轉過去看他，賈斯特顯得悲傷。德魯想他是不是在擔心荷莉。或者他只是醉了？但是還得再等一下。德魯剛剛意識到他一整天的驚慌其實是興奮。跟夏洛特喝一杯——過了這麼久，他又要見到她了。他想對賈斯特說的話如此難以出口，他不敢直視他的眼睛。

「切斯。」德魯說，看著擋風玻璃，手在嘴上抹了一下，然後支起下巴，「切斯——你曾經愛過嗎？」

（一九八三年一月二十四日）

7　三個人名都是花名，分別是玫瑰、百合和金盞花（Rose，Lily，Marigold），其中 Marigold 被縮略為 Margi。

電視

比利這星期早早打了電話給我，說他發現週五是亞特利的生日。亞特利原本是比利的律師，後來比利把他推薦給我。我洗車時車掉進一個洞，然後打電話給比利，亞特利就成了我的律師。亞特利在辦公室裡給我免費的五分鐘諮詢，讓我明白小額索賠法庭是最好的選擇。比利提到我們應該在亞特利生日這天請他吃午餐。我跟他說：「我們跟亞特利用午餐時要做點什麼呢？」他說我們會有想法的。我一心想找個失業的芭蕾舞女演員拿著聚酯薄膜氣球衝進餐廳，比利卻說不用，我們會有想法的。他挑了一家餐廳，週五我們三個在那碰面，坐下的時候我倆還在考慮。因為大家都有點拘謹，我們想到的第一件事，當然，就是喝點酒。接著亞特利講了他表弟的故事，他表弟中獎得到一條金魚，放在喝白蘭地的大肚酒杯裡；因為他太喜歡牠了，就出門買了一個魚缸，可是後來他又覺得金魚在魚缸裡不大快樂。亞特利告訴他表弟，是白蘭地酒杯把金魚放大了，所以牠看起來很開心，但他表弟不信，於是那天晚上他喝了幾杯酒，決定把白蘭地酒杯沉進魚缸。他挖開幾顆卵石，把它們堆在酒杯底座上，穩住酒杯。魚兒終於在沉沒的酒杯上方一圈一圈地游起來，心滿意足的樣子，跟泡在露天熱水浴盆裡的人如出一轍，挨著噴水口、握著手坐在裡面。

服務生過來介紹特色菜，比利和我開始微笑，目光移向別處，因為我們知道是亞特利的生日，很快就必須做點什麼了。如果我們早點知道金魚的故事，就可以買一條金魚作為搞笑禮物。服務生可能以為我們在笑他，為此懷恨在心；他不得不站在那裡說「多種做法小牛排」，或是其他什麼特色菜，而他真正想要的是成為《週末夜狂熱》裡的約翰．屈伏塔。他也有適合跳舞的骨盆。

比利吃蝦的時候說：「上次我去看父母，他們正在開新年前夜晚會，有個女人喝醉了，把我父親的鞋襪脫掉，為他塗了腳指甲。」聽到這我笑出聲來，服務生正撤掉我的盤子，他看著我，好像我也可以被撤換似的。「還沒完，笑點不在這！」比利說。亞特利以警察指揮交通的姿勢將手豎起，比利握拳，擊中他的手。然後他說：「好笑的是，一週以後我父親吃早飯讀著報紙，我母親說：『我去找點指甲油，幫你弄弄指甲？』我父親說：『不要。』她真怕幹這事！」

「我有個如此幸福的童年。」我說，「我們夏天總是租一棟海邊別墅，我父母各拿我們——我姊姊跟我——的其中一隻嬰兒鞋曬成深色。我父母經常在客廳裡跳舞。我父親說只有一種情況下他會去買電視，就是把它當成一個大收音機，結果他們終於買了一台，他看著電視，我母親進屋，他就站起來把她摟進懷中，然後開始哼歌跳舞。他們跳舞的時候，電視上的凱特・史密斯[1]在說話，或者別的什麼，或是蓋爾・斯托姆[2]正發出她那個『我的小瑪姬』的怪聲。」

亞特利瞇起眼睛，緊靠餐桌。「好啦，好啦，好啦——兩個有錢人每天做點什麼？」他輕聲說。就在那時比利吻了我，搞得我們好像一整天都在做愛似的，這跟事實差了十萬八里。我覺得這可能是比利故作姿態的一部分，因為他已經想好慶祝生日的點子。服務生在開一瓶香檳，我猜是比利要的。關於比利的前妻我知道得很少，一是她極愛喝香檳，二是她曾參加酒癮者家屬互助會。她父親是個大酒鬼，有一次他把她母親扔出窗戶。她回到他身邊，但那是她把他送上法庭以後的事。

「我跟你們說，」亞特利說，「我們一個暑期實習生被我嚇壞了。我在辦公室把他拉到一旁，告訴他：『你知道律師算什麼嗎？木頭上的藤壺。整個司法體系像一根又大又重的木頭，順流而下，你什麼也做不了。記住，每一次法官舉起一個小木槌，那只是一根帶把的木頭。』」

瓶塞飛到餐廳那一頭。我們都在看。它落在糕點車附近。服務生說：「它從我手裡飛出去了。」他看著他的手，驚奇得好像是他隨意數數有幾根指頭，卻發現有七根般。

我們都覺得內疚，因為他嚇了一大跳。他久久注視著手，我們移開視線。比利又吻了我，我想那可能是為了打破沉默。

服務生先把香檳倒進亞特利的杯子；他倒得很快，手抖得厲害，泡沫迅速上浮。亞特利舉手示意他不必倒了。比利又捶了一下亞特利的手。

「你這傢伙！」比利說，「你以為我們不知道今天是你的生日嗎？你以為我們不知道？」

亞特利臉有點紅。「你們怎麼知道的？」他說。

比利舉起酒杯，我們越過胡椒研磨罐，舉杯相碰。

亞特利臉很紅。

「你這傢伙。」比利說。我也在微笑。服務生看過來，看到我們都喝光了酒，又是一臉驚奇。他馬上過來倒香檳，但比利比他動作還快。幾分鐘後，服務生回來了，把三杯漾著一汪白蘭地的白蘭地酒杯放在桌上。我們的表情一定很迷惑，服務生也是。「那

1 凱特・史密斯（Kate Smith，1907-1986），美國流行歌手，以一曲〈天佑美國〉出名。

2 蓋爾・斯托姆（Gale Storm，1922-2009），美國女演員、歌手。二十世紀五〇年代曾出演過一部流行的電視劇《我的小瑪姬》（My Little Margie）。

邊那位先生請的。」服務生說。我們環顧四周。比利和我誰也不認得，但有一個男人咧嘴笑得很激動。他拿起盤中的龍蝦，指一指亞特利。亞特利笑了，說：「謝謝你。」

「世界上最棒的細胞學家之一。」亞特利說，「一位客戶。」

我移開視線，那個男人還拿著龍蝦動來動去，看起來牠好像在空中游動。

「那位先生叫我把白蘭地端上來的。」服務生說著走開了。

「你覺得要是告訴他我們會給他一大筆小費，是不是有點俗氣？」比利說。

「我們要給嗎？」我說。

「哦，我來給，我來給。」亞特利說。

似乎總是在我們桌子附近的服務生，聽到了「小費」那個詞，看上去又有點吃驚。比利發現了，衝他微笑。「我們哪兒也不去。」他說。

可是我們吃飯的速度快得讓人奇怪。沒一會兒，因為我們誰也沒點咖啡，服務生就拿來帳單。帳單放在那種夾子裡——一個皮製夾子，正面有餐廳名字印花。這讓我想起瓊姨媽收藏的金屬托架，而我說出口。瓊姨媽認識一個澆鑄金屬托架的人，可以應她的特殊要求定制。她做過一個有姓名首字母的，做過一個勞斯萊斯的——那種經典的R字體。大家聽了笑起來。我是唯一沒動白蘭地的人。比利把信用卡插在帳單夾的一條小縫裡，這時亞特利說：「謝謝你。」我也說了，比利把手蓋在我的手上，又吻了我一下。

他吻了我那麼多次，讓我有點不好意思，為了掩飾，他吻了我以後我跟他碰了一下額頭，這樣亞特利就會以為是我倆之間的一個慣例。或者這麼想，或者心裡說：「你們在幹什麼？」

亞特利想讓他的司機載我們一程，但到了街上，比利拉住我的手，說我們想走一走。「這種好天氣不會持續太久。」他說。亞特利和我同時注意到轎車後座上有兩個年輕女郎。

「她們是誰？」亞特利問司機。

司機一直把門開著，我們能看到那兩個女孩盡可能貼緊後座，好像人們緊貼著牆，希望不會受到傷害。

「我能怎麼辦？」司機說，「她倆喝多了，躥了進來。我正要趕她們下去。」

「多了？」亞特利說。

「醉了。」司機說。

「你怎麼不繼續趕？」亞特利說。

「好了，女孩們。」司機說，「你們現在下車。你們聽到他的話了。」

一個下車了，穿得更少的另一個，動作慢一些，她跟司機眉來眼去。

「去吧。」司機說，把手肘伸出，但是她不理他，自己爬出去了。她們倆走開以後，都回頭看了看。

「我為何要忍受這個？」亞特利對司機說。他的臉又紅了。我不想讓亞特利難過，毀了他生日午餐的好心情，就在他臉頰上啄了一下，又笑了。肯定是這樣，如果女人來統治這個國家，她們決不會把兒子們送上戰場。亞特利猶豫了一下，也回吻了我，然後微笑。比利吻了我，有那麼一秒我糊塗了，以為他打算把我跟亞特利一起送走。後來他跟亞特利握手，我們倆都說：「生日快樂。」亞特利彎身進入轎車後座。司機關上門的時候，看不到裡面的亞特利，因為車窗有顏色。司機坐上前座的時候，後門開了，亞特利往外靠了靠。

「我可以告訴你們一件事。我非常訝異有人記得我生日。」他說，「你知道我剛才正好想到你說你父母跟著電視音樂跳舞？我在想有時候你沿著同一條路走了太久，幾乎忘記一點不同的小插曲會改變一切呢。」他衝比利咧嘴笑。「她年紀太小，不記得那些電台節目。」他說。「《安逸生活》[3]，還有其他的。」他看著我。「當他們想讓你知道時間正在流逝，就會放幾小節音樂，然後開始說別的事。」亞特利的一隻腳上穿著黑襪子和擦亮的黑色牛津鞋，從車門晃了出來。司機把自己的門拉上，亞特利也關上他的門，轎車開走了。可是還沒等我們轉身離開，車停了，又倒回我們身邊。亞特利搖下車窗。

他伸出頭。「哦，亞特利先生。」他用尖細的假聲說，「你究竟要去哪？」他用口哨吹了一小段音樂。然後換成渾厚粗啞的聲音說：「噢，亞特利，生日驚喜午餐吃完了要回去上班？」他搖上窗戶。司機把車開走了。

比利認為這是好天氣？現在是紐約的三月，一連三天都沒出太陽了。風颳得這麼猛，我圍巾的一角都飛到臉上。比利摟住我的腰，我們看著轎車開過黃燈，轉彎避開一輛車，然後突然停下，倒進停車場。

「比利。」我說，「午飯時你為什麼不停地親我？」

「我們認識挺久的。」他說，「我今天意識到自己愛上了你。」

這話讓我如此吃驚，我抽身而出的同時，思緒也一下子回到安全穩定的童年。「做個交易吧。」我母親有次對我說，「你放棄以求獲得。我想要台電視？為什麼？噢，那我每次進房間的時候，他就會跟我跳舞。我打賭你認為女人總是跳得更好，而男人總是逃避跳舞？可你爸爸要是做得到，恨不得一星期天天晚上出去跳舞。」比利和我走在街上，我突然想到我們倆從來沒去跳過舞，真奇怪。

---

3 《安逸生活》（Life of Riley）是自二十世紀四〇年代開始在美國流行的一檔電台情景喜劇。

我母親是在客廳裡跟我說那番話的，當時電視上的李奇已經招架不住露西[4]，我父親還在上班。我立刻同情起她。我喜歡跟母親在一起，想一些以前從沒想過的嚴肅問題。但是當我獨自一人的時候——也許這只是我年紀大了以後的事——琢磨問題的答案對我沒什麼吸引力。我母親和我聊天的那房間的地毯，圖案是即如高麗菜般大的粉色玫瑰。多年以後，我會做噩夢，夢到一個巨大的花棚塌塌，消失了，我突然發現那些玫瑰，是平面的，在地上。

（一九八三年三月二十八日）

4 指一九五一年到一九五七年於哥倫比亞廣播公司播出的電視情境喜劇《我愛露西》（I Love Lucy）。二〇〇七年被《時代》雜誌評為「一百部最佳電視節目」之一。

高處

凱特只能回想起她和菲力浦住在這棟房子裡的時候，她是如何耍些小把戲。她在脫落的牆紙後面塗上少許膠水，再把牆紙按回原位；她在後門邊上那些大水缸裡塞滿破布——深到足以裝下二十磅泥土——然後再往上面倒一英尺土。三色堇，夏天的雨水把它們打入甕的深處，最終還是發芽，枝葉從邊緣紛紛披垂。

房子屬於菲力浦的舅婆碧翠絲，過去她每個月親自來收房租，不過凱特對於租房的所有擔心都是多餘的，那個女人很少仔細查看東西；事實上冬天她來訪的時候，汽車常不熄火地停在車道上，連進屋喝杯咖啡都不願意。夏天她會停留片刻，剪些玫瑰和牡丹帶回城裡。她是個高個子老太太，穿著花朵圖案的裙子，當她走回她那輛古老的凱迪拉克時，就像透過萬花筒折射的一朵會動的巨型花。

回想往事，凱特意識到這棟房子當時看上去一定非常體面。她和菲力浦剛搬進來的時候彼此相愛，他們愛上這個地方，當他們不再相愛，房子似乎也隨之衰朽。深陷的前門台階讓她感到悲哀;某晚二樓掉下一扇百葉窗,嚇得他倆抱在一起。

決定分手的時候,他倆一致同意應該繼續住到夏末租期結束,不然太傻了。菲力浦的小女兒那時正好來做客,她過得很開心。房子有三層樓高——有足夠的房間來回避對方。九月他將被公司派去德國,凱特計畫搬到紐約,這樣她可以慢慢找住處。她把報紙捲起來,準備塞進水缸裡,為下一個夏天做準備,她震驚於自己把報紙塞得多麼緊——好像把所有力氣傳入手中,就可以止住眼淚。

今天,十年後,凱特又回到這棟房子。菲力浦的女兒莫妮卡,現在十八歲了,她和一個朋友租了這裡。今天是莫妮卡的訂婚晚會。凱特坐在草坪椅上。草割得很齊整。那些醜陋的水缸不見了,一盆吊鐘花掛在後門邊的燈柱上。草坪一處伸展開一片絨絨綠地,那裡剛犁過,準備闢作花園。廚房邊上越界的大楓樹已成龐然大物,她想知道現在光線是否還能透進那個房間。

她知道楓樹裡的那根釘子還在。他們搬來的時候,釘子已經在那裡了,位置合適得出奇。她走到樹前,把手放在釘子上。它生鏽了,但高度沒變,人還是可以踩上一隻腳,直起腰就能碰到離頭頂最近的樹枝。

晚會之前,莫妮卡給凱特看菲力浦寄給她的短信,表示不屑。他說他不打算參加一個錯誤的慶典;她太年輕,還不該結婚,他不願跟這個活動有任何關連。凱特覺得他之所以缺席跟凱特和他本身有關，而不是他女兒。要麼他還愛她，要麼還在恨她。她用手握住樹上的釘子。

「爬上去吧，我可以從下面看你的裙子。」她丈夫說。

他吃驚地看到她真這麼做了。

她不顧自己直起腰時被樹皮劃傷手，站在首要高處的枝幹上，整理自己的裙子，笑著任裙子飄揚。她又小心地爬上更高的枝幹，斜著身子往下看。她側身靠在樹幹上，面對他撩起自己的裙子。

「好吧。」他說著也笑了，「小心點。」

她發現自己從來沒有俯視過他——從窗戶裡，或是任何想得到的情況。她離地面已經有十二或十五英尺高了。她又上了一根更高的枝幹。再往下看時，她看到他像磁鐵一樣飛快地移到樹旁。他顯得更小了。

「以前鳥就從那裡掛著的鳥食鈴鐺裡啄食。」她說，指著一根她丈夫幾乎能碰到的樹枝。「以前這棵樹早上都是鳥，聲音大到煎火腿的劈啪聲中也能聽到。」

「下來吧。」他說。

她看到他舉起的手那麼小，覺得有一絲恐懼。她身子有點飄，她繃緊了些。

「親愛的。」他說。

一個穿白色夾克的年輕人向她丈夫走來，拿著兩杯酒。「哇，看上面！」他叫道。她對下面微笑。一秒後，一個小女孩向這個男人跑過來。她兩歲左右，走過草地的斜坡和樹根拱出地面的地方，腳下不穩。那個男人趕快把酒遞給她丈夫，看小女孩要絆倒了，一把抱住她。凱特緊張地等著孩子哭叫，但什麼也沒有發生，她鬆了口氣。

「以前有個樹屋。」凱特說，「我們舉辦晚會時會把紙燈籠掛在那。」

「我知道。」她丈夫說。他還伸著手，一隻手拿著一杯酒。那個跟他站在一起的男人皺起眉頭。他拿回自己的酒，跟小女孩說話，開始慢慢挪動身體。她丈夫把酒放在草地上。

「看樹上！」小女孩尖叫起來。她轉過頭朝後看。

「沒錯。」男人說。「有個人在樹上。」

她丈夫腳邊的杯子翻了。

「我們沒做過那些。」凱特說，「是我編的。」

他說：「要我上來接你嗎？」他把手放在大釘子上。或者她以為他那麼做了；她不能太往前傾，所以看不到。

「你對我真好。」她說。

他後退一步，伸出手臂。

她年輕時從沒這麼大膽，現在她想堅守陣地。她覺得自己可笑，意識到這個想法有多奇怪——「堅守陣地」和在樹上保持平衡自相矛盾。以前可能是有個樹屋。除了她和菲力浦，還有誰會住在這樣的地方，卻不舉辦草坪晚會呢？她不覺得莫妮卡結婚是個錯誤；她未婚夫很可愛，傻乎乎的，精力旺盛。她自己的丈夫也很可愛——只在私下表露情感，她的胡鬧讓他如此吃驚，她一向以為他其實暗中鼓勵她胡來，因為他羨慕那些可以如此行事的人。他很老實，不像是會說「爬上去我好從下面看你裙子」。

「我要飛了。」她說。

他雙手在身體兩側垂下。「林中漫步。」他說。

草坪後方，草地延伸與樹林相接的位置，那個男人和他女兒正蹲著看草裡的東西。凱特能聽到房子裡傳來的鋼琴聲。

「去兜一圈。」她丈夫說，「我們暫時拋開晚會幾分鐘。」

她搖頭表示不去。然後她覺得肋骨像止血帶一樣繃緊了，她決定下去，趁著還沒有覺得更痛。她為自己下去時小心翼翼、毫無勇氣而難為情。她感覺到嘴唇上方的汗，也第一次注意到手的一側有一絲血跡——手指劃傷的地方已經不再流血了。她把手指放在唇邊，鹹味帶出眼裡的淚水。她腳踩上地面，面對她丈夫，然後誇張地舉起手臂，展開到像葡萄架一樣寬，保持一秒鐘，隨後抱住他。

（一九八三年八月八日）

一天

亨利二十歲，他明白自己不喜歡哥哥傑拉德也將近十五年了。他父親卡爾不在乎亨利跟傑拉德處得不好，他母親卻認為兄弟倆的感情會日漸親厚，她現在問他們出了什麼問題問得更頻繁了。每當亨利坦承自己討厭傑拉德，他母親總說：「人生短暫，沒理由不愛你哥哥。」這次亨利來看他們，他對她說他不是真的討厭傑拉德——而是不在乎。「這不是漠不關心的時候。」她說。傑拉德正在應付離婚。他跟一個叫柯拉的女人結了婚。關於她，亨利能記住的最美好的一件事，大概是有一次他幫她換輪胎後得到熱烈而真誠的讚揚。而最尷尬的事是他在遊樂場玩漂流時跟她坐一條木船，木船轉彎傾斜時，他倒在她身上，有兩次他反射性地伸手保持平衡，想抓住她的手臂，卻錯抓到她的胸。

亨利和傑拉德剛到他們父母在威爾頓的家，他們是分別抵達。傑拉德已經倒在一把躺椅上，脫了襯衫，喝著琴湯尼，曬日光浴。亨利在院子裡幹了一點活，然後，跟往常一樣，他又幹起小孩子的事：喝可樂，玩拼圖。

這是卡爾的生日。亨利送給他父親一條游泳褲，木槿、蜂鳥和像棕色香蕉的玩意兒的圖案。他母親又替他父親買了幾個砝碼，杠鈴用的。這天稍早時，商店送來兩個盒子，送貨男孩把盒子放在廚房地板上，然後甩著雙手，察看手掌。「上帝啊，幫幫我。」他說。

「亨利親愛的。」這時候，他母親維娜開口了。她從房裡出來，站在野餐桌前。他正在桌上玩拼圖，拼完以後是一個披薩。她把裝著冰茶的馬克杯放在桌上。家裡沒有玻璃杯——只有馬克杯，他從沒問為什麼。她說「亨利親愛的」，就是在宣示自己的存在，以免他想聊天。而他不想。他把兩片拼圖對在一起：一條鯷魚跟一片青椒相接。

「謝謝你修剪樹籬。」她說。

「別客氣。」他說。

「我想傑拉德表面上不在乎，其實對離婚的事很難過。你爸一個朋友今天早上找傑拉德去打高爾夫，他不願去。」

亨利點點頭。還是從維娜身邊逃開，去同情他哥哥吧。他站起來，穿過草坪，走到傑拉德旁邊，他閉著眼躺在躺椅上。傑拉爾德才二十七，可是看起來更老些。他的卡其褲腰線一帶微微隆起。亨利知道傑拉德知道他站在那。傑拉德沒有睜眼。一隻螞蟻在傑拉德的琴湯尼杯口爬動。亨利把牠拂進杯裡。

「想去高爾夫球場打上幾桿嗎？」亨利說。

「你知道我想幹什麼嗎？」傑拉德說，「我想跟一個十八歲、不會問一大堆問題的美女上床。」

「你希望是個女孩？」亨利說。

「哈，哈。」傑拉德說。

「哪樣的問題？」亨利說。

「在我跟她上床前，問我以前做過的、想過的一切，還有我下面要怎麼表現，我起身的那一刻會怎麼想。」

亨利坐在草地上，扯下一片草葉，嚼著葉梢。然後他扔掉草葉，走下草坪的斜坡，到他母親站著的地方，她正朝玫瑰葉噴殺蟲劑。

「他挺難過的。」亨利說，「不過他在思考一些問題。他說他打算星期天去教堂。」

「教堂？」他母親說。

陽光太陽透過他母親戴的綠色遮陽帽射下。她的臉是金黃色的。

亨利走回門廊，避開陽光。透過前面的紗門，他看到剛割過的草，平整的水蠟樹圍籬標誌著前院草坪的邊界。人行道前方的馬路上一片空曠。他試著想像莎莉生鏽的米色福特停在那裡。

家裡沒有一個人認可莎莉，他愛的女人。她以前是他的平面設計老師。她三十三歲，離過婚，有一個八歲的女兒叫勞麗爾，一點也不可愛。她戴著厚厚的眼鏡，總是站在她母親身後，或是跟她並排。那孩子的皮膚在太陽直射下，像沙子一樣蒼白。她身上總有疹子和蚊子包，抓得都結痂了。亨利和莎莉幾個月前開始談戀愛，最近他到她在蘇活區租的閣樓跟她同居。這星期她和勞麗爾去普羅維登斯看她姊姊，不過她們會來參加卡爾的生日聚會，第二天早上他們三人再一起開車回紐約。

亨利望著外面門廊的另一邊。傑拉德站了起來，一隻手拿著裝著琴湯尼的馬克杯，正拿著橡膠水管往玫瑰上噴水。

「不要！」維娜驚呼。她從花園裡來，繞過房子側面，一隻手提著裝著新摘蔬菜的籃子。

「你沒看到白粉嗎？是滅蚜蟲的。傑拉德，別噴——」

傑拉德把水管對準維娜。

「傑拉德！」她尖叫著。

「你為什麼叫他亨利親愛的，只叫我傑拉德？」他說，「偏心會害了孩子。」

「你瘋了！」維娜說著往門廊跑去，籃子裡的黃瓜和生菜都掉出來了。

傑拉德大笑起來。維娜跑到門口，擱下菜籃，跺著腳進了廚房。亨利想進去問她是不是還要他愛這個哥哥。傑拉德把水管對準一個又一個躺椅。然後他又瞄準玫瑰花，不再笑了。他的臉上有種士兵持槍瞄準時的僵硬。亨利看著他撂下水管，走到門廊外面的龍頭那去關水。

「你失控了，親愛的。」亨利說。

莎莉的女兒勞麗爾，害羞得不願跟其他人站在一起舉杯慶祝生日。她半個身子鑽到野餐桌下面，撫摸鄰居家的一隻貓。

「敬我！」卡爾激動地說，舉起一個斟滿香檳的保溫壺蓋。

傑拉德送他一個保溫壺作生日禮物。卡爾也穿上泳褲，齊膝高的黑襪，和黑色科多瓦[1]皮鞋。「敬四十九歲末的生日男孩，還有——」他轉向莎莉——「新朋友。」他把杯子舉得更高。「敬我買的帆船。」他說。

「什麼帆船？」維娜說。

「一艘白色的帆船。」他說。

「你要買一艘帆船？」維娜說。

「一艘白色的。」他說。

「電話！」傑拉德說。他穿過草坪跑向屋子。

「為什麼不買艘帆船？」卡爾說，「要知道這一年生意很好。沒人問我生意怎麼樣。很好，謝謝。」他舉起杯子。他一口香檳都沒喝。莎莉小口啜飲香檳。亨利的馬克杯空了。他走到桌邊，從冷藏櫃裡拿出酒瓶倒酒的時候，手肘把放著拼圖的盒蓋撞翻在地。香檳從他的馬克杯裡湧出泡沫。他把杯子拿開，然後舔起自己的手腕。

「不好意思，」莎莉對亨利輕聲說，「我去趟洗手間。」她把空杯子遞給他。低著頭，走過草坡往房子去。

卡爾這時坐在躺椅上說：「其實我想要一個高爾夫沙坑桿當生日禮物。」

維娜坐在野餐桌旁的長椅上。「也許等傑拉德接完電話，我們就可以吃蛋糕了。」她說。

「我去拿蛋糕。」亨利說著往房子走去。勞麗爾引起他的注意，在他打開前廊門時她跑到他身邊。她還抱著那隻貓。貓從她懷裡跳出來，鑽到一叢灌木下。他希望她跟別人待著；他覺得莎莉去洗手間是因為他的家人讓她不自在，他想去跟她聊聊。

「媽咪呢？」勞麗爾說。

「在洗手間。」他說著指指那裡。

1 cordovan，指馬臀皮，極為稀少且珍貴的皮革。

「不管怎樣，不管怎樣，你讓我回去就行。」傑拉德在電話裡說。「諮詢——該死，哪怕電擊都行。不管怎樣，不管怎樣。」

亨利站在走廊上，看著他哥哥。傑拉德看著他，微笑。「打錯了。」他說，然後掛了電話。

「媽咪，貓喜歡這裡。」勞麗爾說，跳到洗手間門口，「牠沒有跑回家。」

生日蛋糕在廚房桌上，放在一個有腳的蛋糕托架上，下面墊著餐巾紙——一個高高的巧克力蛋糕，一圈圈的白色糖霜寫著「生日快樂」。旁邊有一盒蠟燭、一盒火柴，萬事俱備。亨利彈出一些蠟燭，把小燭芯撚直，用拇指和食指搓緊。

「媽咪，那隻貓的尾巴特別短。」勞麗爾說。

電話鈴響了，亨利拿起來。

「傑拉德？」一個女人說。

「不是，我是亨利。」

「亨利——我是柯拉。傑拉德在嗎？」

「剛才是你打的嗎？」他說。

「是。」

「我看他是喝了幾杯。也許你可以晚點再打。」

「我早該知道。我現在在急診室，腳踝骨折，等著包紮。我從一面破石牆上掉下來。我打電話是問他有沒有帶那張有醫療保險號的卡。」

「你要我去叫他嗎？」亨利說。

「不用了。」她說，「我才想起來，就算少數幾次我能跟他溝通的時候，也根本不值得。」她掛了電話。

勞麗爾踮起腳跟走過廚房，回頭叫他：「媽咪說我可以跟貓玩。」亨利聽到門碰上的聲音。他接著整理燭芯。然後他把蠟燭插成兩個同心圓。莎莉在洗手間待得太久了。他走到洗手間門口。

「莎莉。」他說。

「幹什麼？」她說。

「我們吃完蛋糕就走，好嗎？」

「一家人就是這種結果。」她說。

「不，不是的。」他說。

「瑞克這週結婚了。跟那個我們上次在第六大道碰到的有孩子的女人。勞麗爾討厭那個小孩。她七月還得跟他們一起過暑假。」

他把手指尖搭在門上。「現在剛六月。」他說。

莎莉笑了。

「莎莉。」他說。

「我不知道在你父母身邊該怎麼做。」她說，「我怎麼做都不對勁。」

「你比我能想到的任何人做得都好。」他說。

她吸吸鼻子。她剛才一直在哭。「要是我真的是上廁所呢？你就貼著門站在那，多難為情。」

「我們之間什麼都沒改變。」他說，「只是這麼一天而已。我父親情緒不好。我哥哥瘋瘋癲癲。我跟你講過我哥哥。」

「我要尿尿。」她說，「請你從門口走開。」

勞麗爾坐在廚房的椅子上，面對桌子和蛋糕。「我真想養那隻貓。」她說。

窗外，亨利看到他父親和他哥哥在摔跤。維娜還坐在長椅上，小口啜著香檳。那隻貓站在一棵樹旁，好像在觀察發生的事。亨利看到維娜的臉色變得鐵青；她把馬克杯放在桌上，拍拍手。貓跑開了，像兔子一樣地在高高的草叢裡大步跳躍。他又拿出一些蠟燭，把它們插在蛋糕的裡圈。

「我不怕火柴。」勞麗爾說。

生日蛋糕吸引了她的注意。她來回甩著腳，眼睛一眨不眨地盯著。她的髮夾鬆了，卡在耳後，只夾住幾絲頭髮。勞麗爾拿起火柴。「點一根給我。」她說。

他劃了一根火柴，伸手遞給她。那一瞬間她的手指觸碰到他的手。它們如此纖細，似乎握不住任何一個比火柴重的東西。他注視著她，專心看她會不會燒到手指——如此專心，等他意識到有問題的時候，整圈蠟燭都已點燃，火柴也被吹滅。內圈的蠟燭還沒有點燃，現在沒辦法了。她也明白了。「我該怎麼辦？」她輕輕地說。

「快。」他說，手扶她後背，令她身體前傾，「吹滅蠟燭。重新點。」

勞麗爾深吸一口氣，吹滅了半數的蠟燭。她吸口氣又吹。其餘的也滅了，一小團藍煙從蛋糕上升起。燭火沒有再次燃燒——他看到這一次它們不是那種幾秒鐘後會自動重燃的玩具蠟燭——他蹲下去摟住勞麗爾。外面的燈光幾乎全暗了。還沒有人往房子這邊走，但是這一切都不會再維持原樣多久。

（一九八三年八月二十九日）

夏夜的天堂

威爾站在廚房門口。在坎普太太眼裡他有點醉醺醺的。這是個炎熱的夜晚，但這不能為他那皺巴巴、還垂在短褲外面的襯衫開脫。鋼筆、一盒香菸，還有像是手帕一角的東西，從胸前口袋裡冒了出來。威爾用指尖彈一彈鋼筆。也許他彈鋼筆不是因為神經緊張，而是因為它們在那裡，就像坎普太太的母親過去常用手指捻她放在圍裙口袋裡的玫瑰經念珠。威爾問坎普太太能不能切一片她為早餐準備的檸檬磅蛋糕。她想要是一個人喝多了，最好遷就他一點，於是切了蛋糕。每個人都有些小小的弱點，這是肯定的，但威爾和他姊姊長大以後都成了好人。她在他們還蹣跚學步的時候就認識他們了，那時她剛到夏律第鎮為懷爾德一家工作。威爾是她的最愛，過去和現在都是，雖然凱特可能更愛她。威爾現在十九，凱特二十。在牆上，水槽上方，有一個畫框鑲著凱特五年級時寫的一首詩，還有插圖：

喜歡是塊小甜餅
愛是塊蛋糕
喜歡是個小水窪
愛是一個湖

多年後，威爾告訴她，那首詩根本不是凱特寫的。是她在學校讀到的。

坎普太太轉身對著威爾，他坐在桌邊。「什麼時候開學？」她說。

「有蒼蠅！」他說，把那片蛋糕擱在盤子上。

「什麼？」坎普太太說。她本來站在水槽邊洗玻璃杯，準備放到洗碗機裡。她讓水一直在流，蒸氣上升，飄向天花板，逐漸消散。「是顆葡萄乾。」她說，「你讓我為了一顆葡萄乾這麼緊張。」

他從蛋糕裡又挑出幾顆葡萄乾，然後咬了一口。

「如果你不願意談學校，那是一回事，但也用不著大喊大叫，說食物裡有蒼蠅。」坎普太太說。

一年前，威爾大二的時候差點輟學。他父親在長途電話中跟系主任說情，威爾才能繼續念。現在是暑假，懷爾德先生替威爾請了數學家教。早上和下午時，當威爾沒有家教課或不做數學題之際，他跟他的朋友安東尼・斯科萊索一起粉刷房子。「記分牌」[1]和威爾八月底要開車去瑪莎葡萄島[2]粉刷那裡的一棟房子。房子沒人住，雖然坎普太太有點猶豫要不要這麼做，她還是打算接受威爾的邀請，在他們刷房子的那個星期和男孩子們一起住那裡。「記分牌」喜歡吃她做的飯。她從沒去過葡萄島。

現在他們大了，威爾和凱特很多事都會算上坎普太太。他們總是什麼都跟她說。這就是她和父母之間的差別——他們知道可以告訴她任何事。她每次見到他們的一個朋友，都會從威爾或凱特那裡聽到所謂的「真相」。那個英俊的金髮男孩，尼爾，講他搭順風車去西海岸的長篇故事，威爾後來告訴她，那傢伙太會講故事了，因為他在吸毒。叫娜塔莎的那個女孩拿到獎學金去義大利留學，其實十八歲就已經結了婚又離婚，她父母從不知道。麗塔，坎普在她一年級時就認識，現在跟一個和她父親一樣老的男人睡覺，為了錢。凱特和威爾樂得看到坎普太太在聽這些故事時臉上掠過一絲憂慮的表情。多年前，有一次她告訴他們她喜歡披頭四的那首老歌，〈露西在點綴著鑽石的天空〉，威爾歡快地宣稱：披頭四唱的是一種毒品。

坎普太太在洗最後一個盤子的時候，凱特的車開進了車道。凱特開一輛小小的白色豐田，輪胎開過礫石路面時發出一種輕柔的聲音，像雨聲。威爾起身去酒櫃裡拿酒，順便幫他姊姊拉開紗門。他往玻璃杯裡倒了些琴酒，走到冰箱前，加了點通寧水，但沒加冰。這種情況下，坎普太太的母親總會提議保持安靜，念祈禱詞。坎普太太的丈夫——他去乞沙比克灣的某處釣魚了——當然從不會提議祈禱。最近，每當她向他尋求意見，他都回答：「別來煩我！」她注意到威爾發現她在看他。他對她微笑，然後放下酒杯，把襯衫塞進褲子。他掀起襯衫的時候，她瞥見他曬成棕色、長長的後背，想起他嬰兒的時候，她抱著赤裸的他——她幫他洗澡的那些時刻，她在後院裡用水管往他身上沖水的那些日子。最近，他和「記分牌」有時中午會來家裡。他們被曬成棕褐色的身體上油漆斑駁，穿著小短褲坐在門廊的桌子旁等她端來午飯。他們穿得不比威爾嬰兒的時候多。

凱特走進廚房，把她的帆布大包擱在檯子上。她去看她男朋友了。坎普太太知道男人總是讓凱特著迷，就像很多個夏天以前她養的熱帶魚讓她著迷那樣。坎普太太覺得男人大多動作緩慢，那就是吸引女人的原因。像對她們施了催眠術。男人幹活的時候不是這樣。建築工人幹活的時候，坐得筆直，把拖拉機開過土堆，轟隆隆地開過大到能埋下一輛自行車的土坑；可是到了家裡，那是她認識的那些女人最常見到她們男人的地方，

1 記分牌是斯科萊索的外號，因其原文 scoreboard 與 Scoresso 前面部分發音相同。
2 瑪莎葡萄島是美國東海岸的一個島，旅遊勝地，屬於麻薩諸塞州。

他們的時間都用來在大椅子上舒展身體，或者站在烤肉架旁，懶洋洋地把肉餅翻面，肉餅滋滋作響。

凱特有黑眼圈。她的棕色長髮在後頸梳成一個圓髻。她跟她男朋友法蘭克・克萊恩一起過週末，這個夏天的每個週末都是如此，在他大洋城的公寓。他在準備律師資格考試。坎普太太問凱特他準備得如何，凱特卻只是不耐煩地搖搖頭。威爾在冰箱裡找到一顆萊姆，拿起來給她們看，很高興的樣子。他切下一片，把萊姆汁擠進酒裡，又把萊姆放回冰箱，切面向下，擱在奶油盒蓋子上。坎普太太知道：他討厭用蠟紙包東西。

「法蘭克昨晚做了件好奇怪的事。」凱特說著坐下，把腳從涼鞋裡伸出來，「也許不奇怪。也許我不該說。」

「就是那一天。」[3]威爾說。

「什麼事？」坎普太太說。她認為法蘭克太情緒化，有點自戀，她覺得這又是一件能證明她觀點的事。凱特看起來悶悶不樂——或者只是比坎普太太先前注意到的更疲憊。坎普太太從冰箱裡拿出一瓶蘇打水，放在桌上，還拿了萊姆和刀。她在桌上放了兩個玻璃杯，坐在凱特對面。「沛綠雅？」她說。凱特和威爾希望她用正確的名字稱呼物品，除非他們自己起的別名。暗地裡，她叫它泡泡水。

「我昨晚在他的臥室裡，蓋著被子看書。」凱特說，「他的浴室在臥室對面，隔著走道。他去沖澡了，等他從浴室出來的時候，我把被子拉在他那邊的床上。他就那麼站著，站在門口。我們之前為他的朋友查克吵了一架。我們仨那天晚上出去吃飯，查克不停地為難一個女服務生，都是小事。服務生端來的盤子上有一點冰淇淋，他對人家出言不遜。法蘭克知道我討厭這樣。他去洗澡前，跟我說了一大堆什麼我不必為他朋友的行為負責，說如果查克的行為有我說的那麼糟糕，他只會讓自己丟臉。」

「如果法蘭克這一次能通過司法考試，你就什麼也不用擔心了。」威爾說，「他又會變成好人。」

凱特倒了一杯沛綠雅。「我還沒講完故事呢。」她說。

「噢。」威爾說。

「我以為我們之間一切都好。他在門口不動，我放下雜誌對他微笑。然後他說：『凱特——你能為我做件事嗎？』」凱特看了看坎普太太，然後垂下眼皮。「你知道我們要睡覺了。」她說。「我以為過一會兒就沒事了。」凱特抬起眼皮。坎普太太點點頭，垂下眼皮。「反正吧，」凱特說下去，「他表情很嚴肅。他說：『你能為我做件事嗎？』我就說：『當然，什麼事？』他說：『我就是不知道什麼事。你能想點什麼事讓我開心

3 這裡引用的是美國搖滾樂先驅巴迪・霍利（Buddy Holly）創作的經典曲目〈就是那一天〉。

嗎？』」

威爾正小口喝著酒，他笑出來的時候灑了一點。凱特皺著眉頭。

「你什麼事都那麼當真。」威爾說，「他在開玩笑。」

「不，他沒有。」凱特輕輕地說。

「你做什麼了？」坎普太太說。

「終於，他走到床邊來，坐下了。我看得出來他為了某件事難受。我以為他會告訴我是什麼事。他什麼也沒說，我就抱抱他。後來我講了一個故事。我想不出來我是怎麼了，我講起爸爸教我開車的事。記得嗎？他害怕自己坐在乘客座，而我卻掌握著方向盤，結果他假稱我需要練習倒車入庫。記得嗎？他站在車道上，指揮我不停地開進開出？我本來倒車入庫沒有任何問題。」她又抿了一口沛綠雅。「我不知道我為什麼跟他講這個。」她說。

「他在開玩笑。你也說了件好笑的事，就是這樣。」威爾說。

凱特站起來，把玻璃杯放到水槽裡。很明顯，她再次開口的時候，對象只有坎普太太。「然後我按摩他的肩膀。」她說，「實際上，我只按摩了一分鐘，然後我按摩他的頭頂。他喜歡讓人按摩他的頭，但要是我從頭直接開始，他會不好意思。」

凱特上樓去睡覺了。電視上在放電影《衝突》，坎普太太跟威爾一起看了一會兒，然後決定她該回家了。已經是八月二十五日，如果她今晚開始寫聖誕賀卡，她就比別人提前四個月準備耶誕節。她總是在耶誕節隔天買賀卡，然後擱起來放到下一年。

坎普太太的汽車是一輛一九七七年的富豪旅行車。懷爾德夫婦在五月時送給她的生日禮物。她十分喜歡。這是她開過最新的車。車是閃亮的墨綠色——一種只有天鵝絨才有的顏色，在她想像中羅賓漢的外套一定是這種顏色。懷爾德先生告訴她他死的時候不會留給她任何東西，趁他還活著要對她好點。很奇怪的說法。他們送她車的時候，懷爾德太太還送給她一打粉紅色的大蕭條時期玻璃高腳酒杯[4]。杯腳沒有任何瑕疵，玻璃像海水拋光的石子一樣平滑。

坎普太太開著車，想到威爾對凱特說法蘭克在開玩笑，不知他是否是認真的。她確定威爾跟女孩們睡過覺。（威爾不在場，無法要她改變用詞。他總是把年輕女孩稱為女人。）他一定了解法蘭克心裡那種籠統的焦慮或恐懼，他一定也知道做愛並不能消解那些情緒。還有一種可能，就是威爾只是想表現得不感興趣，因為凱特的坦率談話令他尷尬。「坦率談話」[5]是個雙關語。那些孩子教了她那麼多。她依然覺得有點難過，他們

4 大蕭條時期玻璃製品指美國三〇年代經濟大蕭條時期，免費或低價提供給人們的一種玻璃製品，做工並不精緻，常有瑕疵，但上世紀六〇年代以來收藏價值開始提升。

5 坦率（frank）一詞同法蘭克的名字（Frank）。

總得去令人窒息的學校，學校給的作業又太多。她甚至為他們出生太晚，錯過了電視最好的時期而難過：沒有《文化列車》，沒有《我的小瑪姬》，沒有《我們的布魯克斯小姐》。《我愛露西》[6]的重播對他們來說毫無意義。他們覺得艾迪・費雪響亮的男高音很滑稽，看到勞倫斯・威爾克[7]別過攝影機對旁人說剛才那首歌唱得多麼好聽時，難以置信地搖頭。威爾和凱特總能發現很多事荒唐可笑。還是孩子的時候，他們咯咯竊笑，如此一致，就像現在對他們不喜歡的人無情地表示不屑時一樣。但這也許賦予他們某種優越感，就像她那總是一聲不吭的母親；因為笑聲讓他們發洩，而凡事只要一出口，就會被遺忘。

客廳裡，坎普先生在電視機前睡著了。《衝突》還在演。她不大記得電影情節了，不過要是艾爾・帕西諾真的擺脫困境她會非常驚訝。她把手提包擱在椅子上，看著她丈夫。這是近兩個星期以來她第一次見他。自從他哥哥從政府部門退休，搬到乞沙比克灣的一棟房子以後，坎普先生幾乎就不回家了。今晚，他椅子旁邊桌上的菸灰缸裡滿是被掐滅的菸頭。他穿著一條藍色的百慕大短褲，一件更淺的藍色針織衫，白襪子，網球鞋。他把腳擱在腳凳上。他們年輕的時候，他告訴過她，世界是他們的，想一想她母親為她設想的世界——修道院——他說得沒錯。他只花了一個夏天，就教會她怎麼開車，抽菸，還有做愛。後來，他教她怎麼剝蟹殼和跳倫巴。

八點，外面的天光是魚鱗似的灰藍。她進了廚房，躡手躡腳的。她走到冰箱旁，打開冷凍室的門。她知道她會發現什麼，當然在那裡：大西洋青魚，錫紙包著，整齊地摞在冷凍室上部一英寸的地方。他挪走義大利麵醬汁騰出地方給魚。她關上門，拉開冷藏室的門。裡面有兩個容器。明天晚上，她要做一大鍋麵條。後天晚上，他們會開始吃他捕的魚。她又打開冷凍室看，閃亮的長方體像陡峭的銀色台階一樣挺立，冰塊上升起的白霧將它們環繞，又飄散出來，讓她瞇起眼睛。也可以是雲彩，飄過天堂。假如她能縮成一丁點，就可以走進冷氣，關上門，開始往上爬。

她累了。就那麼簡單。這個她如此熱愛的人生，她一直都盡最大的努力過活。她又關上門。為了站穩，她屏住呼吸。

（一九八三年十一月二十八日）

6 《文化列車》、《我的小瑪姬》、《我們的布魯克斯小姐》和《我愛露西》皆為美國五〇年代初開始熱播的電視節目，其中《文化列車》是教育節目，其他均為系列情景喜劇。

7 勞倫斯・威爾克（Lawrence Welk，1903-1992），美國音樂人、電視製作人，曾組建大樂隊，該樂隊以「香檳音樂」風格聞名。一九五一年威爾克帶領樂隊打造電視音樂節目《勞倫斯・威爾克秀》，節目一直持續到一九八二年威爾克退休。

時代

臨近聖誕，凱米和彼得來劍橋看望凱米的父母。他們到的第二天下午，彼得去沖澡，凱米跟著他上樓。她一直在跟父母找話說，現在想歇一會兒。

「為什麼我們不在我父母家過聖誕的時候，我總是覺得內疚？」他說。

「打個電話給他們。」她說。

「那會讓我感覺更糟。」他說。

他正在照鏡子，摩挲著下巴，雖然他幾個小時前剛刮了鬍子。每天下午，她知道他都會摸摸有沒有長出鬍鬚，不過即使發現了也不會刮。「他們可能都沒注意到我們沒去。」他說。「誰有時間注意，已經有我姊姊、她家的互換生[1]女孩、她的三個小孩、她的貓和狗，還有兔子。」

「是沙鼠。」凱米說。她坐在床腳，他脫下衣服。每年都是如此，他們主動提出看望他在肯塔基的父母，他的母親則暗示家裡房間不夠。去年他說他們自己帶睡袋，他母親說她覺得讓家人睡地板很可笑，他們還是等方便的時候再來吧。幾天前，凱米和彼得從紐約出發去波士頓前，收到他父母寄來的禮物包裹。他倆各拿到一隻人造毛襪口的聖誕襪，凱米的襪子裡是化妝品，彼得的塞滿搞笑玩具——一個觸電握手器，洗手時會變黑的肥皂，掛著一條黃色魚乾的鑰匙鏈。彼得的襪子腳趾裡塞了一張一百美元的鈔票。而在她的襪子腳趾裡，凱米發現了指甲刀。

彼得洗澡的時候，她在自己以前的房間裡晃。他們到達時因為這一路的車程累壞了，她上床睡覺，對周圍環境的興趣並不比對某間毫無特色的汽車旅館房間更濃厚。她看到她母親把以前放這裡的許多垃圾處理了，不過她也添了些東西——她的中學年刊，一個放著她的童子軍戒指的利摩日瓷盤——這樣一來房間看著像個聖壇。多年以前，凱米把透明膠帶盤成彎彎的小卷，把它們黏在男朋友或準男友的照片後面，然後在鏡子上把那些快照排成心形圖案。現在鏡子上只留下兩張照片，都是麥克・格里茲第，他是她中學最後一年的戀人。她母親整理的時候一定發現了祕密，她把照片都整齊地插在鏡框下面，從左上方到右上方。凱米把最大的那張抽出來，翻到背面。背面還黏著那張祕密照片：

1 互換生（aupair）的項目始於第二次世界大戰後的歐洲，國際互換生持專門的「互換生」簽證出國，住在接待家庭，在學習語言完成學業的同時，要為接待家庭承擔部分家務。

大灰熊[2]向前送胯，拇指指著襠部，胸前的位置寫著「永不絕望ＸＸＸＸＸＸＸ」。現在來看都無傷大雅了。他是第一個跟凱米上床的人，如今她記得的大多是他們做愛以後發生的事。他們去了紐約，帶著假身分證和大灰熊向他哥借的五十塊錢。她還記得早上走到賓館房間的窗邊，絨布地毯撓著她的腳底，她拉開厚厚的窗簾，外面的視野如此狹窄，她覺得一伸手就能搆到旁邊的建築，逼仄而又高聳，她看不到天空，無法看出是什麼樣的天氣。這一刻她注意到照片上麥克・格里茲第的嘴唇上方有一縷霧氣。是灰塵，不是鬍子。

彼得從浴室出來。這些年來他頭髮越剪越短，這會兒她摸著他的頭，鬈髮貼得太緊，摸起來沒有彈性。他的頭看起來有點像哈密瓜——滑稽的聯想，不過挺合適；她和朋友的書信往來總是說些各自丈夫的可笑事。她把他更美好的形象留著，用於做愛以後的絮語。她的中學英語老師會贊同的。那個老師喜歡在課堂上創作押韻的小詩：

你說的話可以很了不起；
只是記住：要具體。

彼得的濕毛巾飛過她身邊，落在床上。和往常一樣，他好像是在扔一條在拳擊賽裡剛用完的毛巾。上個星期，他隨公司去巴貝多休假，現在皮膚還是棕褐色的。他穿的泳褲褲腿位置有一道寬寬的白印。在傍晚暗淡的光線中，他看上去像「瑪麗的裙子」[3]的花布。

他套上一條運動褲，抽緊褲帶，用她送他當聖誕禮物的時髦打火機點了根菸。她提前送了，是一個底部繫著一小片生牛皮的金屬管。一拉線，外層的金屬套會升起來，保護火焰。彼得很喜歡，可是她卻有點惋惜；從前跟他擠在走廊上，他劃火柴點菸，她用身體幫他擋風，那情景頗為動人。這一刻她上前兩步，給他一個擁抱，雙手插在他的腋下。濕的。她相信事實如此，沒有一個男人洗完澡會把自己徹底擦乾。他吻遍她的額頭，停下來，把下巴靠在她的眉宇之間。她無法回應；昨天晚上她跟他說自己不明白怎麼有人能在父母家裡做愛。他搖搖頭，幾乎被逗樂了。他把保暖內衣塞進褲子，又套上一件毛衣。「就算在下雪我也不在乎。」他說，準備去跑步。

他們走下樓。她父親，退休的心臟病專家，靠在客廳裡他的活動式斜板上，雙臂高舉，手拿《華爾街日報》。「你怎麼能做到每天抽一包菸，然後再去跑步？」她父親說。

2 大灰熊（Grizzly），格里茲第的外號，因其發音與 Grizetti 發音相近。
3 瑪麗的裙子（Marimekko），是芬蘭的知名時尚品牌，以色彩明快、圖案誇張的設計聞名。

「跟你說實話。」彼得說，「我不是為了健康跑步。跑步讓我頭腦清醒，我跑步是因為它讓我振作。」

「好吧，你認為精神健康和身體健康互不相干？」

「哦，斯坦。」凱米的母親說著走進客廳，「沒有人要跟你爭論醫學問題。」

「我說的不是醫學。」他說。

「人們講話都很隨便的。」她母親說。

「這一點我決不跟你爭。」她父親說。

凱米發現來看望父母一次比一次更讓人難以忍受。小時候她總是被教導該怎麼做、怎麼想，後來她結婚了，父母完全退出，所以結婚第一年她發現自己處於奇怪的情況，因為換成她提供父母意見。再往後，從某個時候開始，他們又捲土重來，現在他倆都回到「前進」的位置。他們彼此爭吵，各自發表聲明，沒有對話交流。

她決定跟彼得去跑步，從衣櫥裡的衣架上扯下防風外套。她還是拉不上拉鍊，彼得就幫她從前面把衣服拽緊，這只能讓她覺得更加無助。他看到她的表情，用鼻子蹭蹭她的頭髮。「你指望他們什麼呢？」他拉上拉鍊的時候說。她心想：他問的都是他知道我不耐煩回答的問題。

雪落下來了。他們走過如聖誕賀卡般的景致，她已經很多年都不相信這種景致了；

她幾乎期待著街角出現唱聖誕頌的人。彼得向左拐，她猜他們正往麻薩諸塞大道的公園走。他們經過一棟很大的白色板房，所有窗戶裡都亮著真正的蠟燭。「這地方不錯。」彼得說，「看那個花環。」掛在前門上的花環粗得凸出來了，看上去像有人把一棵黃楊木連根拔起，在中間挖洞。彼得做了一個雪球扔過去，差點擊中靶心。

「你瘋了？」她說著抓住他的手，「要是他們開門你怎麼辦？」

「聽我說。」他說，「要是他們住在紐約，花環早被偷了。大家都會喜歡像這樣往花環扔雪球。」

街角，一個男人站在那裡，盯著一隻穿方格呢外套的褐色小狗。站在他身邊的金髮男子說：「我跟你說過吧。她可能瞎了，但她還是喜歡下雪天出來。」另一個人拍拍發抖的狗，他們繼續散步。

劍橋的聖誕。很快就是聖誕前夜，拆禮物的時刻。和往常一樣，她和彼得會收到一些實用的東西（襪子），還有一些小玩意兒（過於脆薄不適合洗碗機洗的玻璃杯）。他們還會各自收到一件更私人的禮物：凱米的也許是一件金飾，彼得的也許是一條絲綢領帶。凱米偶爾打扮得像上個世紀四〇年代的生意人時，會戴一條那樣的領帶。彼得覺得領帶有點脂粉氣——他從沒喜歡過。去年，她父母送了她一枚天青石戒指；聖誕夜在床上，他從她手上擼下戒指仔細察看，然後把它套在自己的小手指上，扭動手指，做出一個克拉拉・鮑[4]式的嘴形，假裝自己是男同性戀。他一直企圖向她表明自己戴結婚戒指的樣子多可笑。他們那時已經結婚三年，她還是有點敏感，偶爾問他是否願意重新考慮戴上結婚戒指，她倒不是相信一枚戒指會是種保證。他們同居兩年，突然決定結婚，但是婚禮之前，他們一致認同期望畢生忠誠未免天真。假如有誰喜歡上別人，他們將以他們認為最好的方式來處理問題，但不會向對方炫耀新的戀情，也不會談論。

他們上一次來看父母是一年前的耶誕節——早幾個月，彼得有天晚上叫醒她，告訴她自己曾經和一個年輕女人有過短暫的私情。他描述了他和那個女人在一起的感覺——說他們坐在餐廳的桌子旁邊時，他多麼喜歡她把手放在他手上；還有她為了讓他消氣，突然把嘴湊在他深蹙的眉頭上，吻平他的皺紋。然後彼得伏在凱米的枕頭上哭了。她還記得他的臉——那是她唯一一次見他哭——臉又紅又腫，好像被燙到了般。「這樣對你來說夠小心了吧？」他說，「你要把枕頭按在我臉上嗎，這樣即便是鄰居也不會聽到？」她不在乎鄰居怎麼想，因為都不認識。她沒有安慰他，也沒碰枕頭。她也沒有做作地出去睡沙發。早晨他去上班後，她喝了幾杯咖啡，然後出門振作心情。她去格林威治大道上一家昂貴的花店買花，每一朵都精心挑選，叫店員一枝一枝地往外拿。後來她回到家，先修剪花枝，再插到小瓶子裡——每個花瓶只插幾枝，光是花，沒有綠葉。晚上彼得快回家的時候，她意識到他看見花會明白她心情不好，又把所有的花合成一束，插在餐廳的花瓶裡。她看著花，突然發現事情有多麼諷刺，整個夏天，她對彼得的愛越來越深，而那段時間他正在和別人調情、相好。凱米卻為兩個人的默契而愜意，她受騙了。她尷尬地回憶起一個秋天的傍晚，在布里克街，彼得停下來點菸的那一刻，她感覺跟他如此親近。她不知怎麼戳了一下他的肋骨。多數時候她並不孩子氣，她看出他嚇了一跳，她笑了，又戳了一下。每次他以為結束了，準備再劃一根火柴的時候，她總會出其不意地再撓他一下；她甚至越過他壓在腹部的雙肘的屏障。「怎麼回事？」他說，「美國癌症協會派你來折磨我嗎？」人們在看——誰說紐約人目中無物？——彼得往後退，彎下腰，嘴裡銜著沒點著的菸，承認自己拿她沒辦法。她上前擁抱他，結束這場遊戲，他不相信，轉向一側，伸出一隻手阻擋她，右手拇指笨拙地撥弄打火機。這情景跟她和麥克・格里茲第做愛的那個晚上完全不同，她至今仍歷歷在目——那個微笑的胖女人自言自語地走過，餐廳外面霓虹招牌的嗡嗡聲，彼得的不鏽鋼錶帶在街燈下閃爍，遠處一輛車的喇叭發出嘀——嘀——嘀——嘀的聲音。「時間到！」他叫著後退。隨後他站在安全的距離之外，在頭頂上交叉雙手，像個孩子。

4　克拉拉・鮑（Clara Bow，1905-1965），美國上世紀二〇年代的默片女影星，她在一九二七年出演默片電影《It》中的一位摩登的物質女郎，「IT Girl」一詞從此開始流行。

現在彼得拍拍她的臀部。「我要去跑步了。」他說。他往公園跑去，跑鞋踢起幾團雪。她看著他離開。他高䠷，寬肩膀，短皮夾克剛到腰間，看起來像個衣服不合身的青少年。她穿著牛仔靴，而不是跑鞋。為什麼她將自己最後一分鐘決定跟他一起去、然後穿錯鞋怪罪到他頭上？她希望他扔下斗篷嗎？

她大概根本不會想到斗篷，要不是他跑起來圍巾掉了，他卻沒注意到。她拐進公園去撿。現在落下來的雪花更小了，雪會積起來。也許是想到更寒冷的天氣還沒有來，她突然身子發冷，幾乎麻木。想要曬太陽的欲望幾乎成了她肋骨之間滾燙的一點，身體裡真的有什麼在灼燒。跟她認識的所有人一樣，她是每週六早上看著《豬小弟》和《哈克與傑克》[5]長大的——那種好心有好報，絕對沒有永恆結局的卡通片。現在她想要卡通裡那種一路猛吹的小旋風，把人和物從一個地方神速地運送到另一個地方。她想重新開始相信風的魔力。

他們回到家裡。收音機裡樂聲喧囂，她父親正對著她母親大叫：「開始是那首該死的〈打鼓男孩〉喪歌，現在他們讓安德魯斯姊妹唱起〈布吉伍吉軍號男孩〉[6]。這他媽的跟聖誕有什麼關係？那不是二戰的歌嗎？耶誕節放這個幹什麼？大概是哪個ＤＪ抽多了。人們總是抽得神智不清。今天早上幫我加油的那個傢伙就抽多了。那個他們派來送郵件的男孩眼睛像轉輪，走路的樣子好像在過地雷區。〈白色耶誕節〉這歌怎麼了？他們以為平・克勞斯貝[7]一輩子在打高爾夫嗎？」

凱米把彼得的圍巾掛在廚房門後的掛鉤上，這時彼得走到她身後。他幫她脫掉大衣，掛在圍巾上。

「看這個。」凱米的母親在廚房裡驕傲地說。

他們走進廚房，走到她母親旁邊，低頭看。她在他們出門的時候做好了一年一度的聖誕木柴蛋糕[8]：一塊完美的、胖胖的錐形木柴，巧克力糖霜嵌進樹皮的紋路。一端點綴著從裱花管裡擠出的一個綠白相間的小花環，還有一個打開的蔓越莓果醬罐頭，一定是她母親用來做拱形的。

「辛苦是值得的。」她母親說，「你們倆好像耶誕節早上看到禮物的孩子。」

凱米笑了。她母親剛說的話讓她想伸手去摸木柴蛋糕——讓她咧開嘴笑；她輕輕地用手指按上一條紋路，稍微抹開一點，為樹皮製造至少一處瑕疵。她的手指一碰到蛋糕，

---

5 豬小弟和哈克與傑克都是美國經典卡通形象。

6 〈布吉伍吉軍號男孩〉是美軍勝利時會唱的一首歌曲。

7 平・克勞斯貝（Bing Crosby，1903-1977），美國歌手、演員，被認為是二十世紀最暢銷的發片歌手之一。他演唱的〈白色耶誕節〉（出自 1942 年的電影《假日旅館》（HolidayInn））是家喻戶曉的名曲。

8 聖誕木柴蛋糕是法國、比利時等法語區國家的耶誕節傳統甜點，蛋糕做成一塊木柴的形狀。

就難以停下——儘管她知道，必須讓自己可能會掀起的，席捲一切的旋風僅以想像留在腦海中。她緩緩地——在彼得和她母親的注視下——抬起手，依然微笑著，吮吸起手指上的巧克力。

（一九八三年十二月二十六日）

白色的夜

「不要想一頭牛。」馬特・布林克立說，「不要想一條河，不要想一輛車，不要想雪……」

馬特正站在門口衝著客人身後大叫。他妻子蓋伊拽著他手臂，想把他拉進屋裡。聚會已經結束。卡蘿和弗農轉過身來揮手告別，大聲說謝謝，低聲提醒對方小心。台階上有雪很濕滑，凍雪下了幾個小時，冰晶混合著輕盈的雪花。他們剛離開布林克立家門廊的庇護，寒意就凍結了他們臉上的微笑。打在卡蘿皮膚上的雪讓她想起——這樣的晚上想起這個有些奇怪——海灘上沙子飛揚那種扎人的疼痛。

「不要想一個蘋果！」馬特喊叫。弗農轉過頭，可是他的笑臉對著的是一扇關上的門。

街燈下小小的、明亮的區域中，彷彿有那麼一刻，所有飛旋的雪花都有自身的邏輯。如果時間本身可以凍結，雪花就成了情人節賀卡上的蕾絲花邊。卡蘿皺起眉頭。為什麼馬特想到蘋果？現在她在沒有蘋果的地方看到一顆蘋果，懸在半空中，把眼前的情景變幻成一幅可笑的超現實主義繪畫。

雪會下一整夜。他們開車去布林克立家的路上聽廣播裡說的。「什麼也不要想」的遊戲以一個笑話開始，馬特一直講下去，從弗農的表情判斷，他覺得笑話又長又讓人吃驚。臨近午夜時，卡蘿走到房間另一頭告訴弗農，他們該走了，於是馬特飛快地說完他的笑話或故事——不管是什麼——他在弗農耳邊低語，講得很倉促。他們像兩個孩子，一個瘋狂低語，另一個低著頭，但是弗農低頭的模樣讓你明白，如果你腰彎得夠低，就能看到他臉上有一個大大的笑容。弗農和卡蘿的女兒雪倫，馬特和蓋伊的女兒貝姬，她倆小時候就是那樣並肩而坐，或者說並膝而坐，互相低語——這樣親密的片段突然冒出，抹滅了其他——卡蘿記起了這一幕，她每次想起雪倫和貝姬的事，就不能不聯想到某種帶有性意味的親密。貝姬後來給布林克立夫婦惹了很多麻煩。她十三歲就離家出走，數年後，她父母在家庭中發現她十五歲做過人工流產。再後來她從大學輟學。現在她在波士頓一家銀行工作，還在夜校選修了詩歌課。詩歌還是陶藝？隨著擋風玻璃雨刷刷去玻璃上的積雪，卡蘿眼前再度出現的蘋果變幻為紅色的碗，之後又變回蘋果，車子在十字路口停下，蘋果變得更圓了。

她一整天都很疲憊。焦慮總是讓她疲憊。她知道是個小規模的聚會（布林克立的朋友格林漢有一本書剛被出版社接受，晚上當然會有很多時間談論這事）；她害怕它會成為大家的負擔。布林克立一家剛從中西部回來，他們去參加了蓋伊父親的葬禮。這似乎不是計畫聚會的時候。卡蘿猜想，聚會沒取消是馬特的主意，不是蓋伊。她現在轉身對著弗農，問他怎麼看待布林克立一家。不錯，他立刻回答。他還沒開口，她就知道他會怎麼回答。如果人們不在他們的朋友面前爭吵，他們就沒有問題；如果他們不撞到牆上，他們就沒喝醉。弗農想盡量樂觀一些，但他對於真正的痛苦從來都無法無動於衷。他的本能反應是用玩笑把嚴肅的問題撥到一邊，但是他也能同樣迅速地抹去臉上的微笑，突然摟住一個人的肩。他不像馬特，他很熱心，但人們要是出其不意地向他表達情感，他會感到尷尬。與布林克立家相同的心理醫生告訴卡蘿——弗農拒絕見他，而她發現他不去她也就不想繼續——弗農對別人的善意感到不適，是因為他為雪倫的死自責：他救不了她，現在人們對他好，他覺得自己不配。但是怎麼也輪不到弗農來受懲罰。她記得在醫院裡，雪倫請他拿放在床頭櫃上的髮夾，他假裝會錯意，把小黃鴨子髮夾拿起來別自己耳朵上方的頭髮。他一直努力逗她笑——用毛絨動物的鈕釦鼻碰碰她的鼻尖，又碰碰她的耳垂。雪倫死的時候，弗農一直坐在她的床邊（卡蘿不知為何靠在門上），四周是動物彩色粉筆畫的戰場。

他們安全地開過回家的最後一個路口。汽車拐進他家的街口時打滑了。卡蘿感到汽車失控的那一秒鐘，心重重地跳了一下，但是他們輕鬆地擺脫了打滑。他一直開得很小心，她什麼也沒說，在那一刻盡量顯得若無其事。她問馬特是否提到貝姬。沒有，弗農說，他不想開始一個痛苦的話題。

蓋伊和馬特結婚二十五年了，卡蘿和弗農結婚二十二年。有時弗農相當認真地說，馬特和蓋伊是他們的另一個自我，承受並上演危機，替他們倆省去了這些混亂的經歷。卡蘿想到他某種程度上相信這個便覺得恐怖。誰會真的相信有辦法在這世界上找到庇護——又有什麼人能提供庇護？發生的事都是隨機的，一件可怕的事很難杜絕之後發生壞事的可能。雪倫死的那個春天，那個後來讓弗農住院、異想天開的內科醫師幫他抽血時抬頭看他，幾近漠然地說如果弗農也得了白血病，那真是令人無法承受的諷刺。血檢結果出來了，弗農有單核白血球增多症。還有聖誕樹著火的那一次，她向火焰衝去，像敲鈸一樣拍打雙手，弗農及時把她拉開，趕在整棵樹變成火炬，而她也被吞噬之前。他們的狗奧博在他們去緬因州度假的時候不得不安樂死，那個恐怖的女獸醫，有著冰冷的綠色眼睛，漠不關心地為狗實施了死刑，她把一隻修過指甲的手按在顫抖的狗身上，叫他「博博」，好像他們的狗是某個馬戲團的小丑。

「你哭了？」弗農說。他們現在在房子裡，在走廊上。他剛轉身面對著她，遞出一個粉色的帶墊衣架。

「沒有。」她說，「外面的風真大。」她把夾克掛在他遞過來的衣架上，然後去樓下的洗手間，把臉埋進毛巾。最終，她看著鏡子裡的自己。她用毛巾緊緊按住眼睛，有幾秒鐘她得眨眨眼睛才能聚焦。她想起他們在雪倫小時候用的那種相機。透過取景框你可以看到兩個圖像，你得自己調整，把一個圖像疊到另一個上面，那個輪廓會突然清晰。她又拿毛巾輕拍雙眼，屏住呼吸。如果她不能停止哭泣，弗農就會跟她做愛。當她悲傷不已的時候，他感覺到他本能的樂觀主義無法發揮作用；這時他變得緘默，他說不出話的時候，渴望觸摸她。這些年來，他曾打翻酒杯，手隔著桌子伸過來握住她的手。她在洗手間裡會突然從後面被他抱住；如果他懷疑她要哭，會跟著她進去——走進去抱住她，連敲門都省了。

現在她打開門，向樓梯間走去，然後她意識到——在看到以前就先意識到——客廳的燈亮著。

弗農在沙發上仰臥著，雙腿交疊；一隻腳杵在地上，上面那隻腳在空中晃蕩。他即使筋疲力盡，也總是小心不讓鞋子碰到沙發。他很高，頭不枕在手臂上人就無法在沙發上平躺。不知什麼原因，他沒有把外套掛起來，它像一頂帳篷蓋在他的頭和肩上，隨著他的呼吸一起一伏。她動也不動站了很久，直到確定他真的睡著了，然後進入房間。沙發太窄，無法跟他擠在一起。她不想叫醒他，她也不想獨自上床。她到門廳衣櫃裡拿了他的大衣——他今晚沒穿的那件雅致的駝毛長大衣，因為他覺得晚上會下雪。她脫去他的鞋子，靜靜地走到他躺的地方，在沙發旁的地板上躺下，把大衣拉到上面，直到領子碰到她的嘴唇。然後她蜷起雙腿縮進溫暖之中。

如此奇怪的事情發生了。很少有日子能像從前一樣。現在，他們在自己有四個臥室的房子裡，在這個最大最冷的房間裡，他們願意以這樣特殊的雙層床方式睡下。不管是誰，看到會怎麼想？

她當然知道這個問題的答案。不認識他們的人會誤以為這是爛醉如泥的睡姿，但任何一個朋友都能心知肚明。假以時日，他們倆都學會不再去判斷，判斷他們如何應付不可避免的悲傷降臨，那種出其不意卻又如此真實的降臨，讓人只能立刻接受，如同接受一場降雪。在外面白色的夜的世界，他們的女兒可能正如一位天使般經過，在她停的那一秒鐘，她會把這幅動人的畫面，看作一個必要的、小小的調節。

（一九八四年六月四日）

避暑的人

他們在佛蒙特避暑別墅的第一個週末，喬、湯姆和拜倫出去吃披薩。後來，湯姆決定去一間路邊酒吧跳舞。拜倫不大情願地跟他父親和喬出門，他對披薩更有興趣，但又怕這一晚在外面的時間過長。「那兒有『小精靈』[1]遊戲。」湯姆對兒子說，他正把車開進酒吧停車場，很明顯有那麼幾秒鐘拜倫在盤算要不要跟他們進去。「不了，」他說，「我不想在你們跳舞的時候跟一群醉鬼廝混。」

拜倫在車裡放了他的睡袋。睡袋和一疊漫畫是他永遠的夥伴。他把捲起來的睡袋當枕頭。現在他轉身把睡袋捶得平展一些，讓它更像顆枕頭，然後舒展四肢，強調他不想跟他們進去。

「也許我們應該回家。」喬說，湯姆正拉開酒吧的門。

1 「小精靈」遊戲是上個世紀八〇年代最經典的街機遊戲，需控制小精靈吃掉迷宮裡的豆子，躲避小鬼怪。

「為什麼？」

「拜倫——」

「噢，拜倫被寵壞了。」湯姆說著把手放在她的肩膀，用指尖輕輕向前推。

拜倫是湯姆第一次婚姻的孩子。這是他來佛蒙特跟他們過暑假的第二個夏天。由他自己決定，他選擇跟他們一起。學期間他跟母親住在費城。今年他突然長得結實粗壯，就像他收集的那些日本機器人——那些袖珍複雜的機器人，能夠完成有用卻不大必要的任務；像一把瑞士軍刀。湯姆很難接受他兒子已經十歲了。夜裡他閉上眼睛腦海中浮現的那個孩子總是一個嬰兒，捲曲的頭髮像桃子上的絨毛一樣滑順，擦去夏天的疤痕和瘀青，拜倫又是一個光滑的、海豹似的嬰兒。

樂隊的樂器都堆在舞台上。這兒、那兒，電吉他從纏繞的線團中冒出來，好像大樹從森林植被交纏的地表長出來。舞池裡有個漂亮、金髮束到腦後的年輕女人，輕甩蓬鬆的頭髮，對她的舞伴微笑。她戴著索尼耳機，這樣樂隊休息、自動點唱機放歌的時候她能聽自己的音樂。那個男人站在那裡搖擺著，幾乎無意跳舞。湯姆認出他們是那對夫婦，他白天去的拍賣會上他們用高價標下了他想要的一把項圈。

自動點唱機上，桃莉・巴頓[2]正在說〈我將永遠愛你〉的獨白。滾石的綠瓶子散布吧台，像錯位的保齡球排成奇特的形狀。桃莉・巴頓的悲傷情真意切。間奏結束，她又唱了起來，感情更加飽滿。「我沒跟你開玩笑。」一個穿著橙黃色橄欖球衣的男人說，捏著坐在他邊上的魁梧男人的二頭肌。「我跟他說，『我不明白你的問題。鮪魚像什麼？牠就是鮪魚啊。』」魁梧男人的臉笑得變形。

吧台後面有一塊霓虹燈牌，閃光的泡沫在一個米勒啤酒瓶中湧動。湯姆和他第一任妻子在一起的那段時間，拜倫大概三歲那年，他把彩燈從聖誕樹上取下來，松針灑落在他們用床單在底座上堆出的雪堆。他從沒見過一棵樹枯得這麼快。他記得自己折下枝條，然後去拿垃圾袋裝樹枝。他折下一枝又一枝，把它們塞進袋子，暗自得意想出了一種辦法把枯樹拖下四段樓梯，卻不會把松針灑得到處都是。這時拜倫從房間裡出來，看到樹枝消失在黑袋子裡，哭了起來。他妻子絕不會讓他忘記他對拜倫說過的錯話和做過的錯事。他還是不太確定拜倫那天為什麼難過，但是他發了火，說樹只是一棵樹，又不是家裡的一員，這讓事情變得更糟。

酒吧服務生走過，抓著啤酒瓶的瓶頸，彷彿那是些他射下來的鳥。湯姆想讓他注意到自己，但是他走掉了，專注於酒吧另一頭講的笑話。「我們跳舞吧。」湯姆說，喬步入他的懷抱。他們走到舞池裡，和著狄倫的一首老歌慢舞。口琴像派對紙哨，尖銳的聲

2 桃莉・巴頓（Dolly Parton，1946-），美國鄉村音樂女歌手、作詞者。

音劃破空氣，跌宕開來。

他們走出酒吧，回到車上的時候，拜倫假裝熟睡。如果他是真的睡著了，他們開關車門會驚動他。而他眼睛閉得有點太緊了，仰臥著，裹在藍色蝶蛹般的填充睡袋裡。

第二天早上，湯姆在花園裡幹活，他在一行行植物之間走動，種植番茄苗和金盞菊。他轉職，有兩個月的假期，他今年決心不讓花園裡的工作進度落後。這是一塊精心規畫的苗圃，比起菜地，更像是一塊織工精美的地毯。喬坐在門廊上，邊讀《摩爾・弗蘭德斯》[3]邊看他。

他很受用，又稍微有點擔心她想每晚做愛。一個月前，她三十四歲生日，他們喝了一瓶香檳王（Dom Pérignon），她問他是否依然肯定自己不想跟她生孩子。他說不想，並提醒她這是兩人結婚前一致同意的。他憑她臉上的表情以為她打算跟他爭論——她是老師，喜歡爭論——可是她撂下了話題，說：「有一天你的想法會變的。」自那時起她開始挑逗他。「改主意了嗎？」她會輕聲低語，在沙發上蜷到他身邊，開始解他的內衣。她甚至想在客廳裡和他做愛。他害怕拜倫醒來為了什麼事下樓，所以關了電視，跟她一起上樓。「這是幹什麼？」他有次輕輕地問，希望不至於引發又一場討論，關於他是否改變了不要小孩的想法。

「我對你總有這種感覺。」她說，「你以為我其他時間喜歡嗎，當教學耗去了我所有精力的時候？」

另一晚，她低聲說出令他驚訝的一件事——一件他不願多想的事。她說她意識到擁有可以整晚熬夜聊天的朋友已經是往事了，這讓她覺得老了。「你還記得大學時嗎？」她說，「那些最拿自己當回事的人，把感覺到的一切都看作事實。」

他樂得她不需要回答就睡著了。這些天拜倫不怎麼讓他困惑了，而喬卻更加費解。他現在仰望天空：湛藍，雲彩邊緣漸細，末端像是繫著風箏的線。他正用花園裡的塑膠軟管洗手，這時一輛車開上車道，輕輕停住。他關上水龍頭，甩著手，走過去看看。

一個四十多歲的男人走下車——清爽、矮胖。他伸手從車裡拿出公事包，然後直起身。「我是艾德・瑞克曼！」他大聲說，「你今天過得好嗎？」

湯姆點點頭。一個推銷員，這下他被逮到了。他在牛仔褲上擦乾手。

「我就直說吧，這一帶我最愛的只有兩條路，這是其中一條。」瑞克曼說，「你是新住戶——嗨，在新英格蘭每個沒撞上普利茅斯巨石[4]的都是新住戶，對吧？我多年前

3 《摩爾・弗蘭德斯》（*Moll Flanders*），英國十八世紀「小說之父」丹尼爾・笛福的長篇小說。

4 普利茅斯巨石相傳為首批英格蘭清教徒一六二〇年乘五月花號到達北美的登陸處。

想買下這一塊地，農場主不願意賣。那時錢還值錢，我出了價，那人就是不願賣。現在這幾英畝地都歸你了？」

「兩英畝。」湯姆說。

「天啊。」艾德・瑞克曼說，「你在這要是不快活才怪，對吧？」他的目光越過湯姆的肩。「有花園嗎？」瑞克曼說。

「在後面。」湯姆說。

「你要是沒有花園才怪。」瑞克曼說。

瑞克曼走過湯姆身邊，穿過草坪。湯姆希望這位訪客收斂一點，可是瑞克曼從容自若，四處細細張望，讓湯姆想起拍賣會上很多人仔細查看紙箱的模樣——他們不會讓你在箱子裡翻來翻去，因為好東西一般都堆在頂上，蓋著一箱破爛。

「我從來不知道這個地方能買。」瑞克曼說，「我以為房子和地是一個八英畝的整體，不賣。」

「我猜其中兩英畝可以。」湯姆說。

瑞克曼的舌頭在牙齒上舔過幾回。他的一顆門牙變色——幾乎是黑的。

「從農場主手裡買下來的？」他問。

「是房屋仲介，三年前了。有在報紙上打廣告。」

瑞克曼表情驚訝。他低頭看看自己的帆船鞋。他深深地嘆了口氣，注視著房子。「我猜我沒趕上時候。」他說，「或者就是操作方式的問題。這些新英格蘭人有點像狗，動作緩慢，決定自己的想法以前先四處聞聞。」他把公事包擱在身子前面，拍了好幾下，讓湯姆想到喝啤酒的人拍打肚子。

「一切都變了。」瑞克曼說，「不難想像以後這裡都會是摩天大樓、公寓，其他什麼。」他看看天。「別緊張。」他說，「我不是開發商。我甚至沒有名片能給你，萬一你改變主意還可以聯繫。我的經驗是，只有女人才會改變主意。以前說這種話不必擔心被人教訓。」

瑞克曼伸出手，湯姆跟他握手。

「你這個地方美極了。」瑞克曼說，「謝謝你抽出時間。」

「沒事。」湯姆說。

瑞克曼晃著公事包離開了。他的褲子有點大，在座位上坐得滿是褶皺，像一把打開的手風琴。他走到車旁，回頭笑笑，然後把公文包扔到副駕駛座上——不是擱，而是扔。他上車，用力關上車門，開走了。

湯姆繞到房子後面，喬還在門廊上看書。她椅子旁邊的小柳條凳上放了一疊平裝書。

他有一點點惱火，想到他在艾德．瑞克曼那裡浪費了那麼多時間，而她一直在這舒服地看書。

「一個神經病停下車想買這棟房子。」他說。

「告訴他我們一百萬就賣。」她說。

「我可不賣。」他說。

喬抬起頭。他轉身往廚房走。拜倫忘了蓋上蓋子，一隻蒼蠅死在花生醬裡。湯姆打開冰箱門，看有什麼可吃的。

這週稍後，湯姆發現瑞克曼也跟拜倫說過話。孩子說他當時釣魚回來，走在路上，一輛車開上來，有個男人指著他們家問他是不是住那。

拜倫心情很差，他什麼也沒釣到。他把魚竿擱在走廊門邊，往屋裡走，可是湯姆攔住他。「後來怎樣？」湯姆問。

「他有顆黑牙。」拜倫說著敲敲自己的門牙，「他說他家在附近，有個跟我同齡的小孩沒有玩伴。他問能不能把這個笨孩子帶過來，我說不行，因為今天以後我就不在這了。」

拜倫的語氣如此自信，湯姆過一會兒才反應過來，納悶他要去哪。

「我不想見什麼怪小孩。」拜倫說，「要是那人來問你，說不——好嗎？」

「他後來說什麼？」

「在講哪一段河能釣到魚。河在哪裡轉彎，之類的，沒什麼要緊。我遇過很多那種人。」

「你的意思是？」湯姆問。

「有些人就是沒話找話。」拜倫說，「你幹嘛大驚小怪？」

「拜倫，那個人有問題。」湯姆說，「我不希望你再跟他講話。要是你又在附近看到他，趕快來找我。」

「好。」拜倫說，「我還需要尖叫嗎？」

湯姆打顫。拜倫尖叫的樣子讓他害怕，有幾秒鐘他相信自己應該打電話報警。但是如果他報警，他該說什麼——說有人問他是否要賣房子，之後又問拜倫是否能跟他兒子玩？

湯姆抽出一根香菸，點上。他決定了，開車出城去見擁有這塊地的那名農場主，問他是否知道瑞克曼。他不大記得怎麼去農場主家，也不記得他的名字。不動產經紀人帶湯姆看房的那個夏天，曾指了農場主山上的家給他看，所以湯姆可以打電話問他。不過他先要確認喬已經從超市平安歸來。

電話鈴響了，拜倫轉身去接。

「喂？」拜倫問。拜倫皺起眉頭。他躲著湯姆的眼光。然後，就在湯姆確信是瑞克曼打來的時候，拜倫說：「沒做什麼。」一個長長的停頓。「是，好的。」他說，「我在考慮鳥類學。」

是拜倫的母親。

不動產經紀人記得湯姆。湯姆跟他說了瑞克曼的事。「嘀──嘀──嘀，嘀──嘀──嘀──嘀。」經紀人唱著歌──《陰陽魔界》[5]的主題曲。經紀人笑了。他告訴他那個農場主叫奧爾布萊特。他沒有他的電話，但黃頁裡肯定有。的確。

湯姆上了車，開到農場。他開進車道的時候，一個在花園裡幹活的年輕女人挺起身，舉著鏟子的樣子像舉著一個火炬。她看到是陌生人，神色驚奇。他介紹自己，她也說了自己的名字。原來她是奧爾布萊特先生的外甥女，她姨媽和姨父去紐西蘭了，她和家人來照看房子。她對土地出售一無所知；沒有，沒有別人來問過。湯姆還是描述了一下瑞克曼。沒有，她說，她沒見過那樣的人。草坪的另一頭，兩隻愛爾蘭雪達犬正衝著他們狂叫。一個男人──肯定是這個女人的丈夫──抓著狗的頸圈。狗愈發狂躁，年輕女人顯然想要結束談話了。湯姆開車離開，才想起應該留下自己的電話，已經太遲了。

那天晚上，他又去了一場拍賣會，回到車上，他發現一個後胎漏氣了。他打開後車箱拿出備胎，慶幸自己是一個人來拍賣會，慶幸場地燈光明亮，人們四處走動。一個像他兒子那麼大的小女孩跟父母經過。她把一個獨臂的洋娃娃舉在頭上，蹦蹦跳跳前進。「我不覺得上當。你為什麼會覺得上當了？我花兩美元買了整盒東西，裡面有兩個金屬濾網。」女人對男人說。他戴一頂棒球帽，穿黑色短背心和毛邊短褲，涼鞋鞋底在後跟和腳趾處彎曲，像獨木舟。他在女人前面大步走，一隻手臂下夾著盒子，拉住他正在跳舞的女兒的手肘。「小心我的娃娃！」她被他拉走時尖叫。「那娃娃連五分錢都不值。」男人說。湯姆移開他的目光。他不應該流這麼多汗，不過是換輪胎這樣簡單的操作，甚至還有一陣微風。

第二天早上，他們在加油站把輪胎浸在一盆水裡找破洞沒有東西扎入輪胎，不管是什麼造成的，沒找到洞孔。湯姆看著大水泡一個接一個地升到水面，喉嚨一緊，好像是自己要淹死了。

他想不出什麼好理由告訴警官，為什麼艾德・瑞克曼偏偏找上他。也許瑞克曼曾經想在那塊地上蓋一座房子。警官握緊拳頭，按在嘴上，嘴唇抵在拇指和食指間的凹陷

5 《陰陽魔界》（The Twilight Zone），美國上世紀六〇年代的經典科幻電視劇。

處。湯姆提到那個之前，警官還比較關注——甚至有些興趣。然後他的表情變了。湯姆趕緊說他當然不相信那個理由，因為又出了些怪事。警官搖搖頭。他的意思是不，當然不；還是不，他相信？

湯姆描述了瑞克曼的樣子，提到他的黑牙。警官在一本白色小便簽上記下這項資訊。他在角落畫交叉排線。警官看起來不像湯姆那麼肯定不會有人對他或家裡其他成員心懷怨恨。他問他們住紐約哪裡，在哪裡工作。

湯姆走出來，在陽光下覺得有點頭暈。當然他也明白，甚至在警官說明前就知道，警方在這個階段什麼也做不了。「坦白講，」警官說，「我們不大可能幫你監視，因為你在死巷子裡。那不是一條路。」他說，「不是一條大道。」聽起來像警官跟自己開的玩笑。

開車回家的時候，湯姆意識到自己能對任何人詳細描述那名警官。他研究了警官臉上每一條皺紋——一條眉毛上方的小疤（水痘？），鷹鉤鼻狹長的鼻尖幾乎像一枚大頭釘。他不打算告訴喬和拜倫他去過警局，以免他們受驚。

拜倫又去釣魚了。喬想趁拜倫出去的時候做愛。湯姆知道他做不到。

一星期過去了。幾乎兩星期了。他、喬和拜倫坐在草坪涼椅上，看螢火蟲閃閃爍爍。

拜倫說他特別觀察其中一隻，牠發光的時候會「嗶——嗶，嗶——嗶」地出聲。他們吃著喬放在碗裡的新鮮豌豆。他和喬喝了一杯葡萄酒。鄰居的MG[6]開過，這個夏天鄰居有時開車路過會輕按喇叭。一隻鳥低飛掠過草坪——可能是雌紅雀。暮色中看到這樣的鳥令人驚奇。牠鑽進草裡，更像是海鷗，而不是紅雀。牠飛起來，輕拍翅膀，嘴裡銜著某種東西。喬把杯子放在小桌上，微笑著，輕輕拍手。

拜倫早上發現的那隻死鳥是一隻黑羽椋鳥，不是紅雀。牠躺在離觀景窗十英尺的地方，但是在湯姆仔細檢查屍體前，他無法確定牠是不是只是意外撞上窗戶。

在拉斯蒂家，夏末，湯姆又碰到那個警官。他們都拿著白色紙袋，吸管從裡面伸出，油開始往外滲。瑞克曼沒再出現，湯姆為自己曾找過警官感到不好意思。他努力不去盯著警官的鼻尖。

「碰到那種神經病，我猜讓你感覺回紐約不錯。」警官說。

他想的是避暑的人，湯姆心想。

「你這一年過得愉快。」警官說。「代我告訴你妻子，我真羨慕她離職了。」

「她離職？」湯姆問。

---

6 MG（Morris Garages），始於英國的汽車品牌。

警官看著柏油路面。「我承認，你那樣描述那傢伙的時候，我還以為他是某個怨恨你或你老婆的人派來的。」他說，「後來在消防站的野餐會上，我跟你的鄰居聊起來——那個休伊特太太——我問她你搬來前有沒有看到什麼奇怪的人。她說沒有。我們就聊了起來。她說你從事廣告業，但無法知道要是哪個瘋子碰巧得知你的行業，會對此有何不滿。比如說，你進了別人的地盤，而他要報復。還有你老婆是小學老師，你不會知道要是孩子考不到A，有些父母會多鬱悶。根本說不準。休伊特說她結婚以前當過幾個月的小學老師，她從來沒有後悔過辭職。她說你老婆也為自己的決定很高興。」警官贊同地點著頭。

湯姆試圖隱藏他的驚訝。不知怎麼，他不知道喬曾經跟鄰居，凱倫・休伊特有過隻言片語的交流，這個事實讓他暗自相信故事其他部分。他們幾乎不認識那個女人。但喬為什麼辭職？他在警官心中畢竟還算可信。從警官盯著他看的樣子，他能看出警官意識到他不知道他說的事。

警官離開後，湯姆坐在發燙的車前蓋上，從紙袋裡拿出漢堡來吃。他把吸管從大杯可樂中拿掉，取下塑膠蓋。他直接從杯子裡喝，喝完可樂以後他還坐在那，吸著冰塊。冬天的時候，喬幾次提起想要孩子，但是她這幾個星期都沒再提過。他想她是不是決定要不顧他的反對懷孕。可是如果她決定了，為什麼要辭掉工作？她都還不確定是否有這個必要。

一個戴著三角形耳環的短髮少女走過，她移開眼光，好像認為他會盯著她看。他沒有，只是像鏡子一樣反光的耳環吸引了他。在他對面，停車場那邊的一輛敞篷車裡，一個男孩和一個女孩在前座吃三明治，後座上的黃金獵犬把頭湊到他們中間，從左到右從右到左來回看，像同腹語藝人對話的木偶。一個男人牽著他蹣跚學步的孩子的手微笑著走過。另一輛車開進來，收音機裡放著霍爾與奥茲[7]的歌。司機熄了火，關掉音樂，下車。一個女人從另一邊出來。他們經過時，女人對男人說：「我不明白我們為什麼非得在九點、十二點和六點準時吃飯。」「哎，現在是十二點十五分。」男人說。湯姆把杯子丟進紙袋，還有漢堡的包裝紙和沒用過的紙巾。他拿著濕乎乎的紙袋走到垃圾筒，他把垃圾塞進去的時候幾隻蜜蜂飛得稍微高了一點。回到車上，他意識到自己完全不知道該幹什麼。在某個關鍵時刻他得問問喬是怎麼回事。

他把車開回去，拜倫正坐在門前的台階上，墊著報紙清理魚。四條鱒魚，其中一條非常大。拜倫這一天過得不錯。

湯姆穿過屋子，沒看到喬。他打開衣櫃門的時候屏住了呼吸；她不大可能連著兩天

7 霍爾與奥茲（Hall and Oates），美國七〇年代末流行的二重唱組合。

光身子待在裡面吧。她喜歡跟他胡鬧。

他回到樓下，透過廚房的窗戶看到喬坐在外面。一個女人跟她在一起。他走出去。她們椅子邊的草地上有紙盤和啤酒瓶。

「哎，親愛的。」她說。

「你好。」那個女人說。是凱倫・休伊特。

「你好。」他對她倆說。他從來沒有離這麼近看過凱倫・休伊特，她比他想像中更黑。不過最大的差別是頭髮。他以前看到她的時候總是隨風飄拂的長髮，今天被她用夾子別到後面了。

「事情都忙完了嗎？」喬說。

一段平常得不能再平常的對話。一個平常得不能再平常的夏日。

關閉房子前一晚，湯姆和喬在床上躺著。喬在看《湯姆・瓊斯》[8]的結尾。湯姆享受著窗外吹來的涼風，想到他在紐約的時候會忘記這棟房子；大部分時間他是忘了，除了他在他住的那條街上仰望天空的時候，空曠的天空讓他記起星星。他愛的是鄉間的天空——比起房子更愛天空。如果不是覺得太怪異，他會起床在窗邊站立很長的時間。傍晚時分，喬問他為什麼情緒低落。他告訴她自己不想離開。「那我們就留下。」她說。

他可以乘機說起她秋天的工作。他本來希望她會說點什麼，但是他猶豫了，而她只是用手臂摟住他，臉在他胸前輕輕地磨蹭。整個夏天她都在挑逗他——有時充滿激情，有時如此微妙，他都沒有意識到怎麼回事，直到她把手伸進他的T恤，或吻上他的嘴唇。

現在是八月末。喬在康乃狄克州的妹妹要從哈特福的護士學校畢業了，喬叫湯姆在那稍作停留，他們可以和她妹妹慶祝一下。她妹妹住在一個單間套房，不過找家汽車旅館應該不難。之後第二天，他們就送拜倫回費城，然後返回紐約。

第二天早上，在車裡，湯姆覺得拜倫在背後盯著他看，心想他是不是聽見昨晚他倆做愛。中午時分很熱，山上霧靄濃重，峰頂了無影蹤。山勢漸緩，在湯姆注意到前，他們已經行駛在平坦的公路上。臨近傍晚，他們找到一家汽車旅館。他和拜倫在泳池游泳，而喬跟她妹妹講了半小時的電話，雖然馬上就要見面。

喬的妹妹出現在旅館的時候，湯姆已經刮了鬍子、沖好澡。拜倫在看電視。他想待在房裡看電影，不跟他們一起吃晚飯。他說他不餓。湯姆執意要他一起吃晚餐。「我可以從自動販賣機買點什麼。」拜倫說。

「你可不能拿洋芋片當晚飯。」湯姆說，「下床吧——快點。」

8 《湯姆・瓊斯》（*Tom Jones*），為英國小說家及劇作家亨利・菲爾丁所著，於一七四九年發表，全書共十八卷。

方。

拜倫向湯姆投來的眼神，活像電影裡的亡命之徒看到警長把槍踢到他搆不著的地方。

「你不是整個夏天都膩在電視機前，錯過所有美好時光吧？」喬的妹妹說。

「我釣魚了。」拜倫說。

「他有天釣到四條鱒魚。」湯姆說著伸開雙臂，從一隻手的掌心看到另一隻的。

他們在旅館餐廳共進晚餐，後來喝咖啡的時候，拜倫把硬幣投進走廊的遊戲機，玩了一局又一局的「太空入侵者」。喬和她妹妹去餐廳旁的酒吧喝杯睡前酒。湯姆讓她倆自己去了，猜想兩人需要獨處的時間。拜倫跟他進了房間，打開電視。一小時後，喬跟她妹妹還在酒吧裡。湯姆坐在陽台上。離平常的上床時間還早，拜倫就關了電視。

「晚安。」湯姆衝屋裡叫道，希望拜倫會回應他。

「安。」拜倫說。湯姆沉默地坐了片刻。他菸抽完了，想喝杯啤酒。他走進屋裡。拜倫躺在一張床上，睡在他的睡袋裡，拉鍊開著。

「我開車去下那家 7-11。」湯姆說，「要我替你帶點什麼嗎？」

「不用，謝謝。」拜倫說。

「想一起去嗎？」

「不。」拜倫說。他拿了車鑰匙和房門鑰匙出門。他不大確定，拜倫還在生悶氣是因為他要和他一起吃晚飯，還是他不想回他媽媽那。也許他只是累了。

湯姆買了兩瓶海尼根，一盒酷牌涼菸。收銀員顯然抽了大麻，他滿眼血絲，把一團紙巾塞進袋子，然後把袋子從櫃檯上向湯姆推過去。

回到旅館，他靜靜地打開門。拜倫沒動。湯姆關上拜倫沒關的兩盞燈中的一盞，輕輕拉開陽台的玻璃門。

外面的小路上有兩個人在接吻，小路從泳池通向他們的房間。下面的房間裡有人在說話——聲音壓低了，但聽起來像在爭吵。泳池的燈光突然熄滅了。湯姆把腳後跟靠在欄杆上，用腳尖把椅子勾回來。他能聽到公路上的汽車聲。他覺得有點悲哀，體認到自己相當孤獨。他喝乾一瓶啤酒，點了根菸。拜倫最近不太愛說話。當然，他不能指望一個十歲的男孩像嬰兒時候那樣張開雙臂擁抱他。而喬——除了她的激情，整個夏天湯姆對她的記憶，就是她埋頭坐著讀些十八世紀的小說。他想著他們七八月以來做過的所有事，試圖說服自己他們做了很多事，玩得很開心。跳過幾次舞，拍賣會，借划艇玩了一天，四場——不，五場電影，跟拜倫一起釣魚，羽毛球，煙火，七月四號市政廳外的烤肉宴。

也許他前妻一直都沒說錯：他不善與人交流。可是喬從沒這麼說過，拜倫也選擇跟他們過暑假。

他喝了另一瓶啤酒，有了幾分醉意。這一趟車開了很久。拜倫可能不想回費城。他自己也不急於開始新工作。他突然想起他的祕書，他告訴她自己拿到一個很棒的工作邀請時——她的驚訝，她把豎起的拇指藏在另一隻手掌心後面的動作，一種假意的保密手勢。「你在那兒要怎麼發展？」她說。他會想念她的。她風趣、漂亮、充滿熱情——從不無精打采。他會想念跟她一起大笑，想念她的奉承，因為她覺得他非常能幹。

他想念喬。不是因為她在外面酒吧裡。就算她這個時刻回來，還是少了點什麼。他無法想像誰還能像喬那樣讓他關心，但是他不確定是否還愛著她。他在黑暗中摸索著。他把手伸進紙袋，揉皺小塊紙巾，用拇指和食指把碎紙搓成小球。他有了一手心的小球後，就把它們扔到欄杆外。他又坐下，閉上雙眼，開始了將會持續數月的對佛蒙特的想念：花園，新生豌豆苗的螢光綠，坑坑窪窪的草地，松樹和夜晚的松香——然後瑞克曼突然出現，皺皺巴巴，很奇怪——但只是讓人稍為吃驚。他只是一個夏日偶然來訪的人。「你在這要是不快活才怪。」瑞克曼說。所有一切現在都合情合理了——像是在家庭錄影的奇怪場景中，哪怕最神經的親戚也突然顯得和藹可親。

他想知道喬有沒有懷孕。她和她妹妹在酒吧裡聊了這麼久是在聊這個嗎？有那麼一秒，他想讓他們都變成她夏天讀的那些小說裡的人物。如果那樣，不確定的因素就會消失。亨利・菲爾丁只要插進來預測未來就行。作家會告訴他未來會怎樣，會發生什麼事，假如他必須再一次愛上什麼人的話。

那個一直在跟男人吵架的女人安靜了。蟋蟀唧唧地叫，一台電視發出輕輕的哼鳴。樓下，泳池附近，一個旅館員工正把一張桌子推到池邊。他調整那個隔日要安置遮陽傘的白色金屬杆時，吹了聲口哨。

（一九八四年九月二十四日）

兩面神[1]

這只碗是完美的。它可能不是當你面對一架子的碗時會選擇的那只，也不是在手工藝品集市上勢必吸引眾多眼球的那種，但它真的氣質不俗。就像一條沒有理由懷疑自己會很滑稽的狗那樣注定得到讚賞。事實上，也正有這樣一條狗，常常跟這只碗一起被帶進帶出。

安潔雅是不動產經紀人，當她認為某些預期的買家可能是愛狗之人的時候，就會把那只碗擺在待售的房子裡，同時也把她的狗帶去。她會在廚房裡給夢多放一碗水，從包裡拿出牠的塑膠發聲玩具青蛙，放在地板上。牠會像每天在家那樣，開心地衝過去，對著心愛的玩具撲來撲去。碗通常放在一張咖啡桌上，不過最近她把它擺在一個松木被毯櫃上方，還有漆器桌上。有一次它被放在一張櫻桃木飯桌上，上方是一幅波納爾[2]的靜物畫，而它也擁有自己的生命。

每個買過房子或者想賣房子的人，都熟悉這些用來說服買家房子有特別之處的小技巧：傍晚時分壁爐裡的火；廚房檯面上插在水罐中的丁香水仙，一般人家是沒有地方放花；或者淡淡的春天的氣息，由一個檯燈燈泡裡的一滴精油散發出來。

這只碗最妙的一點，安潔雅覺得，就是它既含蓄又顯眼——一個集矛盾於一身的碗。奶油白的釉色，似乎不論在什麼燈光下都會發亮。還有一些色彩——一抹抹小小的幾何圖案——有些帶著幾點銀斑。它們像顯微鏡下的細胞一樣神祕；很難不去仔細審視，因為它們閃爍不定，剎那變幻，又隨即恢復原形。色彩和隨意的組合頗具動感。喜歡田園風格家具的人們對這只碗總是讚賞有加，而那些習慣畢德麥雅式[3]家具的人也同樣喜歡。但是這只碗並不招搖，甚至不太引人注意，沒人會懷疑它是被刻意放在那。他們剛走進房間的時候也許會注意到天花板的高度，只有從那，或是從白牆上陽光的折射轉移視線後，才會看到碗。然後他們會馬上走過去評論，但他們想說點什麼的時候總是語塞。也許因為他們是為了一個正經的理由來看房子，不是為了關注到什麼物品。

有一次安潔雅接到一個女人的電話，她曾帶她看過一所房子，她沒有出價。那只碗，

1 兩面神（Janus），即羅馬神話中的傑納斯，又稱天門神，頭部前後各有一張面孔，故也稱兩面神，司守門戶和萬物的始末。

2 波納爾（Pierre Bonnard，1867-1947），法國畫家、版畫家，後印象派與那比派創始成員之一。

3 指的是德意志聯邦時期（約 1815-1848）的歷史時期，多用在指文化史上中產階級藝術。

她問——有可能知道房主在哪買到那只漂亮的碗嗎？安潔雅裝作不知道那個女人在說什麼。一隻碗，在房子的某個地方？噢，在窗下的一張飯桌上。好，當然，她可以去問問。過了幾天，她才回電話，說那碗是禮物，那家人不知道是哪裡買的。

碗不在房子之間奔波時，就放在安潔雅家的一張咖啡桌上。她沒有精心包裹（儘管她攜帶的時候是要包好的，放在一個盒子裡）；她把它放在桌上，因為她喜歡看。夠大，萬一有人擦撞到桌子，或是萝多玩的時候不小心碰到，似乎也沒那麼脆弱，或是特別易碎。她叫她丈夫不要把家門鑰匙扔到裡頭。碗應該空著。

她丈夫第一次注意到碗的時候，他往裡瞄了瞄，淡淡地笑了。他總是鼓勵她買下喜歡的東西。這幾年，兩個人都取得很多東西，以此彌補他們研究生時的清寒歲月，但是現在寬裕的日子一長，買新東西的快感就減退了。她丈夫稱讚碗「漂亮」，沒有拿起來細看就轉身離開。他對碗的興趣不會比她對他的新萊卡相機的更多。

她確信這只碗為她帶來好運。她放了碗的房子經常有人出價。有時讓人看房的時候，總是叫屋主暫時離開，他們甚至不知道房子裡放了這只碗。有一次——她不記得是怎麼回事——她忘了拿碗，生怕有什麼差池，趕緊衝回去，女屋主開門的時候，她鬆了一口氣。那只碗——她解釋道——她買了一隻碗，為了安全起見，在她帶買家看房子的時候，把碗放在櫃子上，然後她……很想衝過那個皺眉的女人身邊，抓起她的碗。主人走到旁邊，只是在安潔雅跑向櫃子的時候，才略嫌奇怪地瞟了她一眼。在安潔雅拿起碗的幾秒前，她意識到主人剛才一定看到碗被放在理想的位置，陽光正好照在藍色部分。她的水壺被移到櫃子另一頭，碗在最顯眼的地方。回家的路上安潔雅一直奇怪，自己怎麼會把碗忘在那裡。就像外出的時候丟下一個朋友——人就那麼走開。有時報紙上報導說一家人在某處遺忘了小孩，開車去了下一個城市。安潔雅在路上只行駛了一英里就記起來。

後來，她夢到那只碗。兩次，半醒的時候夢到的——清晨，在熟睡和起床前最後一個盹之間——她清楚地夢見它。它在眼前如此清晰地聚焦，有一刻她很吃驚——是每天注視的那同一只碗。

她這一年賣房賺了不少。消息傳出去，她的客戶漸漸多起來，讓她疲於應付。她傻傻地想，要是碗有生命，她會感謝它。有時候她想跟丈夫談談這只碗。他是股票經紀人，有時跟別人說，他很幸運，能娶到一個如此有藝術品位，又精明入世的女人。安潔雅兩人一致同意他們很多地方相似。都是安靜的人——深思熟慮，價值判斷審慎，但一旦得出結論就固執己見。兩人都喜歡細節，但是她會被出人意料的事情吸引，而他卻會在局面複雜不夠明朗時失去耐心，表示不屑。他們都知道這點，這是他們參加派對、或跟朋友過週末回來，車裡只有他倆時會聊的事。但是她從未跟他聊過那只碗。他們在晚餐時交流白天的見聞，或是晚上躺在床上聽音樂，睡意昏沉地低聲細語時，她總想脫口而出，說她認為客廳裡的那只碗，那只奶油色的碗，造就了她的成功。但是她沒說。她無法開口解釋。早上，有時她會看著他，心裡內疚，因為自己有一個永遠的祕密。

她跟那只碗有某種深層的聯繫嗎？——某種親密的關係？她修正了自己的想法：她怎麼可能想出這樣的事，她是人，而它是一只碗。荒唐。只要想想人們是怎麼共同生活，彼此相愛……但是那些永遠那麼明確？永遠是種情感關係？這些想法令她迷惑，卻縈繞不去。現在她心裡有一些東西，有一些真實的東西，她從來不提。

碗是一個謎，甚至對她也是如此。這讓人失望，因為她和碗的關係包含著一種未曾報答的好運；要是對方能相應地提出某個要求，回報就容易得多。可是那些事只發生在童話裡。碗只不過是碗，這一點她絲毫也不相信。她相信的是：那是她所愛的東西。

以前她有時跟丈夫說起她打算出售或買進的一棟房產——吐露一些她的聰明策略，用來說服有意出售的屋主。現在她不那麼做了，因為她所有的策略都跟碗有關。她變得更刻意，也更有支配欲。只有沒人的時候她才把碗放到房子裡，離開的時候就帶走。她不再僅僅移開一個花瓶或盤子，而是把桌上的其他東西都拿掉。她必須強迫自己小心輕放，因為她對那些東西毫不在意。她只想讓它們消失在視野外。

她好奇這種情況會有怎樣的結局。像是有個情人般，事情如何終結並沒有確切的場景。焦慮成為主導的力量。如果情人另有懷抱，或是留張紙條給她，搬到另一個城市，那都不相干。恐怖的是消失的可能性，這是她最憂心的。

她會晚上起來看那只碗。她從沒想過自己可能打碎它。她心無焦慮地把碗洗淨、擦乾，她經常把它從咖啡桌移到桃木桌或其他地方，也不害怕閃失。顯然她不會是那個對碗做出什麼事的人。碗只是被她拿著，安全地放在一個平面或另一個平面上；不大可能有誰會打碎它。碗是電的不良導體：它不會被閃電擊中。可是毀壞的念頭一直持續，她不敢往下想——想她的生活沒有那只碗會怎樣。她只是繼續懼怕意外的發生。在這樣一個世界，人們為何不在沒有花的地方放上幾盆，好讓看房的客人誤以為陰暗的角落也能照到陽光——在這樣一個花樣百出的世界？

她第一次見到這只碗是幾年前，她和情人半祕密地去逛一個手工藝品市集。他勸她買下來。她不需要，她對他說。但是她還是被那只碗吸引住了，他們徘徊不去。後來她去了下一個攤位，他跟在她後面，當她的手指滑過一尊木雕的時候，他輕拍她的肩頭。「你還堅持讓我買？」她說。「不，」他說，「我幫你買下來了。」在此之前他買過別的東西給她——她早先更中意的東西——能戴在小孩小指上的烏木綠松石戒指；木盒，狹長美麗的鳩尾形，她用來放剪報；柔軟的有口袋的灰色套頭衫。他的想法是，如果他不能在她身邊握她的手，她可以握自己的——在橫貫衣服前面的口袋裡，雙手交握。但到了後來，跟其他的禮物相比，她對那只碗更加依戀。她想說服自己擺脫這種感覺。她還擁有其他更醒目或更有價值的東西。那只碗不是一件讓人驚豔的物品，在他倆那天看到它以前，很多人一定已經路過。

她的情人曾說過，她總是太遲鈍，無法了解自己真正愛的是什麼。為什麼要繼續她現在的生活？為什麼要當雙面人？他問她。他先對她發起進攻。她沒有選擇他，不願改變她的生活和他在一起，他問她憑什麼以為能夠兩者兼得。後來他又做了一次努力，就離開了。那個決定是為了摧毀她的意志，粉碎她關於信守先前承諾的堅定決心。

時光流逝。晚上一個人在客廳的時候，她常常看著桌上的碗，靜止、安全，暗淡無光。它自成一體的完美：一切兩半的世界，深而光滑的空洞。在碗的邊緣，哪怕是昏暗的光線中，目光也會移向一小抹藍色，視野中行將消逝的一點。

（一九八五年五月二十七日）

骨架

通常她是畫家。今天她是模特兒。她穿著寬鬆的運動褲——她和加勒特都穿中碼，不過他的運動褲她穿更合身，因為她的腿沒他長——還穿了一件中式上衣，紫紅色，上面有藍色八角形圖案，銀線鑲邊，好似漂浮在淺紫色的花朵中，花朵和跟人擊掌致意時伸出的巴掌一樣大。飾扣，南茜想，那才是原本的名稱——她摩挲著的那個紐結，她從來不繫的那個小扣。

這是週六的傍晚，和往常一樣，南茜・奈爾斯和加勒特在一起。她去上夜間繪畫班時遇到他的。平常他在一家繪畫用品店上班，週末休息。最近天冷了，以前他們週六或週日常常花很長時間散步，有時凱爾・布朗——賓州大學的本科生，跟加勒特分租一棟房子，房子在離校園二十分鐘車程的一個破敗街區——也跟他們一起散步。是凱爾告訴加勒特他的住處有空房。到費城的第一週，加勒特在一間咖啡館排隊結帳，收銀員向凱爾要一分錢，他沒有。然後她看著凱爾身後的加勒特，問：「那你有一分錢嗎？」離開的時候凱爾和加勒特搭訕，才有了後來加勒特搬去他房子的事。現在那個收銀員的問題成了歷久不衰的笑話。就在這天早上，加勒特在浴室外面，凱爾裹著浴巾出來，還問：「對了，有一分錢嗎？」

南茜覺得逗凱爾開心很容易，他的笑容很可愛。有一次他跟她說自己是家族裡第一個離開猶他州去上大學的人，為此他和父母的關係變得緊張，但是他堅持說賓大的英文系很出色，他們無法反駁。女房東已婚的女兒去了賓大，凱爾肯定這是他能租到房間的主要原因。除了這點，就是女房東告訴他最近的聖公會教堂在哪時，他說他是摩門教徒。她說：「至少你有某種信仰。」後來她跟加勒特面談，描述街區，告訴他聖公會教堂在哪，凱爾已經提醒他，於是加勒特翻開一本小筆記本，記下位址。

現在，加勒特和南茜坐著聊天，他一邊畫著速寫（加勒特非常喜愛繪畫，南茜確信他高興天氣變冷，好有藉口待在屋裡），凱爾在樓下炸炸雞。幾分鐘前他進屋看了看，留下跟他們聊了幾句。他抱怨自己厭倦了被女房東稱為「摩門教徒」。不是居高臨下的語氣，這他聽得出來——她說話的感覺就像一個人用拉丁名而不是俗名來指稱植物。他讓他們看她接到他父親電話時寫的留言，最上面有大寫的「摩門」。

凱爾・布朗靠水耕番茄，搖搖烤雞[1]和培柏莉農場麵包卷過活。加勒特和南茜每週六跟他一起吃飯。他們貢獻蘋果酒——有菸味，能嘗出來，當季最後一次壓榨的——有時是街角麵包房的水果餡酥餅。烤雞劈啪作響的聲音上，南茜能聽到凱爾在唱歌，渾厚的男中音：「真相是，我從未離開你……」

「坐著別動。」加勒特說，從素描本上方抬頭看她，「你不知道你在生活中的角色嗎？」

南茜用手從下面托住乳房，頭扭向一側，嘟起嘴唇。

「別這樣。」他說著扔掉炭筆頭，「不要貶低自己——開玩笑都不要。」

「哦，別把什麼事都分析得那麼嚴肅。」她說著跳下窗邊的座位，撿起炭筆。她扔給他，他單手接住。他是跟她睡過覺的第二個人。另外一個——現在想起來讓她頗為尷尬——曾是刻意為之的實驗。

「去跟你的心理醫生說，你的行為沒有任何含義。」他說。

「你討厭我去看心理醫生。」她說，看著他再次俯身於素描本，「世上有一半人都看心理醫生。你擔心什麼呢——擔心有人知道我的事而你不知道？」

他揚起眉毛，每當他專心注視畫上某處的時候就會這樣。「我知道一些他不知道的事。」他說。

1 搖搖烤雞（shake n' Bake Chicken），一種調味包，加雞肉後搖一搖連鹽都可不用加，就可拿去烤。

「這又不是比賽。」她說。

「所有的一切都是比賽。在某個非常嚴肅、非常深刻的層次，每一件事——」

「這個玩笑你已經說過了。」她說著嘆了口氣。

他停止作畫，看她的眼神有點不同。「我知道。」他說，「我不應該收回這話。我真的相信這些存在。有人使盡招數謀求高位，有人卻千方百計逃避責任。」

「我分不清你什麼時候在說笑話。現在你是開玩笑，對嗎？」

「不，我是認真的。我今天早上收回這話，是因為我看出你被嚇到了。」

「哦。現在你又要告訴我你在跟我比賽？」

「為什麼你覺得我在開玩笑？」他說，「要是你有任何一門課成績比我好，我都難受得要命。而你那麼出色。你畫畫的時候，筆觸輕盈得就像羽毛拂在紙上。要是可以，我真想奪走你的技巧。只是我做不到，所以我忍著不說。真的，我對你嫉妒得心跳都超速了。我永遠無法跟你共用一個工作室。我沒辦法跟一個既耐心又嚴謹的人共處一室。跟你相比，我畫畫時簡直就像戴著棒球捕手的手套。」

南茜雙條腿抱在胸前，臉貼在膝蓋上。她笑了起來。

「真的。」他說。

「好。——是真的。」她說著，面無表情，「我知道，親愛的加勒特。你真的是這個意思。」

「是的。」他說。

她站起身。「那我們不必共用一間畫室。」她說，「但是你說你想跟我結婚的話不能收回。」她把手插進頭髮裡摩挲著，留出一根手指按摩脖子。她坐在窗邊坐得身體都冷了。抱緊雙腿時，她才覺得大腿肌肉痠痛。

「也許所有的嫉妒和焦慮只能用不變的激情來燃燒殆盡。」她說，「我是說——我真的，真的這麼想。」她笑了。「真的。」她說，「也許你就是想屈服——就像一直抓被蚊子叮咬處，直到抓到哭了。」

他們幾乎就要觸到彼此，但就在她準備迎上去的那一刻，他們聽到古老的橡木樓梯在凱爾腳下嘎吱作響。

「這不再是什麼驚喜。」凱爾站在門口說，「不過我想確定你們知道我請你們一起吃晚飯。我提供雞肉、番茄片和麵包——對吧？你們拿甜點和飲料。」

即使是失望的時候，南茜也能對他微笑。他當然知道他冒失地闖了進來，也許他本想轉身跑下樓梯。他是三人組裡多出來的那個年輕人，這並不容易。她抬起頭，加勒特迎上她的目光，那一刻他倆都明白凱爾有多尷尬。他對他們的需要從來不像他想的那樣掩飾得很好。這兩個人明明是一對戀人，卻放棄了燭光、刻意相觸的膝蓋，還有把酒杯湊到對方唇邊的親密，為了跟他共進晚餐。深秋某一次散步的時候，凱爾告訴南茜，他一直以來最深切的恐懼就是怕別人猜透他的想法。她很清楚他對他倆抱有幻想。當時，南茜試圖輕描淡寫地應付，她告訴他，她畫畫的時候總能感覺到模特兒的骨骼和肌肉，她所做的就是刷出一層薄薄的平面，直到一具軀體成形。

凱爾想跟他們保持緊密的聯繫——他真的想——但是時光流逝，他們搬過幾次家以後，他跟他們失去聯繫。他對南茜・奈爾斯的生活一無所知，不知道在一九八五年的十月，她和加勒特還有他們兩歲的兒子弗雷澤一起出門要糖，弗雷澤在他人生中第一個真正的萬聖節化裝成小妖精。她走在他們前面幾步，一個靠電池發光的橙黃色塑膠南瓜在她前面晃動。她裝扮成一具骨架，但也可以說是天使，在礦井的深處綻開拯救的笑容。她住的地方——羅德島普羅維登斯那一帶——像一座地下迷宮那麼陰森，那麼黑暗。

男人們認為南茜能指引他們，真諷刺，因為她一直認為自己方向感很差。她覺得自己與世隔絕，為自己沒有繼續畫家的生涯而憤怒，為不再有愛情而憤怒。如果她知道這些會大吃一驚：維吉尼亞州的沃倫頓，一個深夜的危險時刻——落葉像X光片上的黑影，突然被風捲起，模糊了凱爾・布朗的視線，他的車滑向路邊；這時他在幻覺中又看到她。南茜・奈爾斯！他在一時的驚懼中想起。她就在那兒，只一瞬間的工夫——她的臉在加油站的燈光下像幽靈一樣蒼白，又化作一團光亮。倏然間，她又成為他心中美的化身。他的車在打轉，轉出更大的圈，接著後輪抵住路堤，終於停了下來。南希・奈爾斯的骨架正緩緩走過人行道。落葉像腳步一般掠過了她，飛快地拾級而下。

（一九八六年二月三日）

你會找到我的地方

朋友們一直把我骨折的手臂叫做折斷的翅膀。是左臂，現在折過來靠我胸前，用一條藍色圍巾吊著，在脖子後面打了結，它太重了，絕不可能像翅膀。是我追公車的時候發生的意外。為了讓公車停下，我像揮動沙錘一樣在空中揮動我的購物袋，就在那時我在冰上滑了一下，摔倒了。

所以昨天我坐火車從紐約去薩拉托加，沒有開車。我有完美的藉口不去薩拉托加看我弟弟，但是一旦我整裝待發，我就決定完成這趟旅行，以免內疚。我不介意見我弟弟，但我介意他老婆的兩個小孩——一個十一歲的女孩和一個三歲的男孩。貝姬對她弟弟陶德，不是視而不見，就是折磨他。去年冬天她在屋裡攆著他的腳跟走來走去，不管他去哪，她都緊跟著他重重地跺腳，嚇得他邊跑邊叫。凱特也不干預，直到兩個孩子都歇斯底里而我們再也無法壓過他們大喊大叫的聲音。「我想我喜歡他們活潑一點。」她說，「也許他們能這樣發洩一些敵意，長大以後就不必習慣性玩心理戰術來獲取所需。」在我看來，他們永遠也不會長大，只會像彗星那樣燃燒殆盡。

霍華德最終發現他要的是什麼：溫馨家庭的反面。曾有六年他跟一個蒼白頹廢的女人住在俄勒岡。關係破裂後不久，他又跟一個叫法蘭辛、更加蒼白的醫學預科生結婚。那段婚姻持續不到一年，然後是洛杉磯的一次相親，他遇到凱特，她丈夫那時在丹麥出差。沒過多久，凱特和她的女兒、男嬰搬進他家，是他跟一個劇作家在拉古納海灘合租的公寓。兩個男人正在合寫一個關於麥格・艾佛斯[1]的劇本，但是凱特和孩子們搬進來以後，他們轉而寫起這樣的劇本：當一個男人相親遇到了一個有兩個孩子的已婚女人，三個人搬來與他和朋友同住後會發生什麼事。後來霍華德的合作者訂婚搬走了，劇本也放棄了。霍華德在最後關頭接受紐約州北部一個學院的聘書，去教寫作，於是一週內他們全都被安置在薩拉托加一個涼風颼颼的維多利亞式老房子裡。凱特的丈夫在她搬到霍華德那之前就開始辦理離婚手續，但最終他決定不向法庭起訴、爭取貝姬和陶德的監護權，作為交換，他需要支付孩子的撫養費，那數目比他律師預料的一半還少。現在他寄來碩大的毛絨玩具給孩子，他們簡直毫無興趣，附的便條上寫著：「把它放進媽媽的動物園。」大概每個月一個毛絨玩具——長頸鹿，真狗大小的德國牧羊犬，一隻過分填充

1 麥格・艾佛斯（Medgar Evers，1925-1963），美國六〇年代民權運動領袖。

的起身大熊——每一次，都是同樣的便條。

大熊站在廚房的一角，人們慢慢習慣用大頭針在它身上釘便條——提醒買牛奶，或是替車加油。寬邊太陽鏡也加上去，有時手臂上還掛著圍巾和夾克。有時絨毛德國牧羊犬被帶過來，爪子搭在熊的腰間，支起身子哀求。

現在，我跟熊在廚房裡。我剛打開恆溫器——這是起床以後該做的第一件事——正把茶包浸在一杯熱水裡。不知為什麼，讓我用茶葉和濾茶球來泡茶是不可能的，除非有人幫忙。我唯一能找到的茶包是皇室之選。

我坐在一把餐椅上喝茶。椅子好像黏在我身上了，儘管我穿著保暖褲和一件法蘭絨長睡袍。椅子是塑膠的，風格非常五〇年代，圖案有時看起來是幾何形狀，有時幾乎是人形。小小的圖案，像畸形的手朝三角和四方伸展。我問過。霍華德和凱特在一個拍賣會上買到整套廚房用具，三十美元。他們覺得很好玩。房子本身並不好玩。它有四個壁爐，寬木板地板，高而多塵的天花板。他們用他繼承的那份我祖父的遺產買下來。凱特對裝修房子的貢獻是把護壁板改成人造大理石。事情幹得是否有效率取決於她開始時抽了多少大麻。有時護壁板看起來像是餐椅圖案的斑駁版本，而不是大理石。凱特把她稱為「養育子女」的任務視為全職工作。他們剛搬到薩拉托加的時候，她曾經教鋼琴。而現在她對孩子置之不理，只刷護壁板。

我又憑什麼在這指手劃腳？我是一個三十八歲的女人，沒有工作，和偶爾有之的情人關係總是很脆弱，她能輕易想像他們關係的破裂，就像她能一下子在冰上摔倒。也許真的如此，正如我的情人法蘭克所說，有錢於靈魂無益。說的是別人送給你的錢。他也是一個有錢的律師，但那是他賺的錢，又透過投資房地產賺到更多。他的不動產有一部分是藥草園。成盒的藥草經常出現在法蘭克的辦公室——包著錫紙的藥草，塑膠袋裡的藥草，報紙捲成筒裝的乾藥草。他把它們撒在蛋餅、烤肉和蔬菜上。他反對吃鹽。他堅持藥草更為健康。

我又憑什麼聲稱愛一個男人，我甚至懷疑他用的藥草。我為自己沒有工作而羞愧。我很沒有安全感，某人做愛時的一個眼神就能讓我跟他繼續交往。我偷偷在廚房裡撒鹽，然後把盤子端出來，微笑著看羅勒撒在番茄上。

有時在床上，他的手指有迷迭香或者龍蒿葉的味道。濃烈的味道。發酸的味道。不管莎士比亞怎麼說，或《卡爾佩珀藥草大全》（*Culpeper's Complete Herbal*）裡怎麼寫，我就是無法想像藥草跟愛情有何關連。可是很多要做新娘的女人來到藥草園，買幾枝藥草插進手捧花束。她們相信藥草會帶來好運。這年頭，他們要在房子裡放整缸的藥草，而不是無花果樹。「我一下子進入新世界的尖端。」法蘭克說。他不是開玩笑。

今晚的聖誕聚會有這些菜：小番茄切成兩半填入乳酪，蘑菇填番茄泥，番茄填碎蘑菇，蘑菇填乳酪。凱特在廚房裡大笑。「沒人會注意到。」她嘟囔著，「沒人會說什麼。」

「我們何不放點堅果？」霍華德說。

「堅果太傳統了。這樣好玩。」凱特說著從一個裱花嘴裡擠出更多軟乳酪。

「去年我們有槲寄生和加香料的熱蘋果酒。」

「去年我們喪失了幽默感。我們後來都那麼興奮是怎回事？我們竟然在聖誕前夜跑出去砍樹——」

「是孩子們。」霍華德說。

「對了。」她說，「孩子們在哭。他們要跟其他小孩比賽還是什麼的。」

「貝姬在哭。陶德還小，不至於為了那事哭。」霍華德說。「我們為什麼說起眼淚？」凱特說。「等不是歡樂的時節再說眼淚吧。今晚大家都會來，喜愛掛在畫鉤上的花環，稱讚這些食物多有節日氣氛。」

「我們邀請了一個就讀哲學系的印第安人。」霍華德說。「美洲的印第安人——不是印度的印第安人[2]。」

「如果我們願意，可以看錄影帶《皇冠上的明珠》。」凱特說。

「我覺得很不開心。」霍華德說。他退到檯子邊，身子往下滑，用雙肘撐起身體。

他的網球鞋濕了。他從來不脫濕鞋子，也從不感冒。

「嘗一塊蘑菇吧。」凱特說，「不過要是煮熟了會更好吃。」

「我怎麼了？」霍華德說。我來了以後他還是第一次這麼看我。我一直在克制自己，不要對凱特的閒聊流露出厭煩。

「也許我們應該買棵樹。」我說。

「我不覺得是耶誕節讓我情緒不好。」霍華德說。

「那就快擺脫。」凱特說，「要是你願意，可以提前拆一件禮物。」

「不，不。」霍華德說，「還不是耶誕節。」他把一個盤子遞給凱特，她把盤子擱到洗碗機裡。「我一直擔心你痛得厲害，卻不說。」他對我說。

「只是不大方便而已。」我說。「我知道，但是你會在腦子裡一直回想那一幕嗎？你摔倒的時候，或是在急診室，或其他什麼？」

「我昨晚夢到維多利亞舞蹈社的芭蕾舞女演員了。」我說，「維多利亞舞蹈社好像一個舞台布景，而不是真實的地方，又高又瘦的芭蕾舞演員一直在列隊進入、旋轉、做單足腳尖立地旋轉。我嫉妒她們的手指尖能在頭上方併攏。」

---

2 哥倫布發現美洲時以為到達了印度，故將美洲印第安人稱為印度人（indios，西班牙語的印度人）。

霍華德打開洗碗機上層的門，凱特把沖洗乾淨的杯子遞給他。

「你只是講了一個小故事。」霍華德說，「你沒有回答問題。」

「我沒有一直回想那情景。」我說。

「那麼你在壓抑。」他說。

「媽媽。」貝姬走進廚房，「如果迪德莉的爸爸週末不開車過來接她，她今晚能來參加聚會嗎？」

「我以為她爸爸住院了。」凱特說。「是的，之前是。不過他出院了。他打電話說北邊下雪，所以不確定能不能來。」

「她當然可以來。」凱特說。

「還有，你知道怎麼了嗎？」貝姬說。

「進屋的時候跟人要打招呼。」凱特說，「至少要有眼神的接觸，或者微笑什麼的。」

「我又不是舞台上的美國小姐，媽媽。我只是進個廚房。」

「你要承認人們的存在。」凱特說，「我們沒說過這些嗎？」

「噢，你們好啊。」貝姬說，抓起幻想中的裙邊行屈膝禮。她穿著紫色運動褲。她轉過身對著我，從髖骨處提起褲邊。「噢，你好，就好像我們從沒見過。」她說。

「你姨媽可不想來這一套。」霍華德說，「她自己的麻煩已經夠多了。」

「言歸正傳吧。」凱特對貝姬說，「你想跟我說什麼？」

「你知道你是怎麼回事嗎，媽媽？」貝姬說，「你小題大作，搞得我好像要說一件大事。每個人都在聽我講。」

凱特關上洗碗機的門。

「你想私下跟我說嗎？」她說。

「不不不。」貝姬說著坐在我對面的椅子上，嘆一口氣，「我剛才只是想說——現在這成大事了——我想說迪德莉才發現與她通信一年的那個傢伙在蹲監獄。他一直在監獄，可是她不知道郵政信箱意味著什麼。」

「她打算怎麼辦？」霍華德說。

「她打算寫信問他有關監獄的一切。」貝姬說。

「那好啊。」霍華德說，「聽到這個我挺開心。那傢伙恐怕為了要不要告訴她而痛苦掙扎過。他可能以為她要跟他斷絕來往。」

「很多好人進監獄。」貝姬說。

「這很荒唐。」凱特說，「你無法概括一群罪犯，就像你無法概括其他人群一樣。」

「那又怎樣？」貝姬說，「如果其他人要隱瞞事情，他也會隱瞞，不是嗎？」

「我們去弄棵樹吧。」霍華德說，「我們要買棵樹。」

「有人把聖誕樹搬回家的時候在公路上被撞了。」貝姬說，「真的。」

「你對這地方的事真是瞭若指掌。」凱特說，「你們這些孩子能當公告傳報員。報紙還沒出來我就什麼都知道了。」

「昨天的事。」貝姬說。

「基督啊。」霍華德說，「我們說到眼淚，我們又說到死亡。」他又靠在廚房檯子上。

「我們沒有。」凱特說，走到他前面去開冰箱門。她把一盤填料的番茄放進去。「這是你典型的做法，從一堆觀點中單單挑出兩個，然後——」

「我昨晚醒來時想起丹尼斯・比杜。」霍華德對我說。「記得丹尼斯・比杜嗎，以前他老纏著你？爸爸派我去跟他算帳，後來他就退縮了。但我一直害怕他會對付我。有好幾年當他接近我時我都裝著毫不畏懼。後來，你知道的，有一次我出門跟人約會，車沒油了，我走到加油站去買桶油，一輛車跟過來，丹尼斯・比杜從車窗裡探出頭。他看到是我很驚訝，我看到是他也很驚訝。他問我怎麼了，我說車沒油了。他說：『我覺得那也沒辦法。』可是一個女孩在開車，她對他一陣數落。她停了車，執意讓我上車，要捎我去加油站。一路上他一個字都沒跟我說。當我知道他在越南戰死的時候，我想起那天他在車裡的模樣——他那筆直的身子上的後腦勺，黑色還是某種深色的衣領豎到髮際。」霍華德用四根手指往水準方向劃了一道，拇指收攏，劃過耳邊的空氣。

「現在你要讓大家都不開心了。」凱特說。

「我願意振作一點。我要在晚上以前振作起來。我要去主街上的獅子俱樂部弄一棵樹。誰跟我一起去?」

「我要去迪德莉家。」貝姬說。

「我跟你一起去,如果你需要我的建議。」我說。

「一起去好玩。」霍華德說,踮起腳尖跳,「為了好玩——不是為了建議。」

他從衣櫃裡拿出我的紅色大衣,我往後退並穿上,把沒受傷的那條手臂伸進去。他從大衣翻領上取下一枚花紋別針,用別針把大衣另一邊別到我的肩頭,別針輕輕穿過我的毛衣。然後他把凱特的斗篷罩在我身上。這是程序,因為我總覺得冷。事實上是凱特規定這套程序。我站在那裡,看霍華德穿上他的皮夾克。我覺得自己像一隻鳥,牠的籠子在夜晚時蓋上一塊布。這讓我變得自艾自憐,我真的把手臂想成折斷的翅膀了,所有一切突然都那麼悲傷,我發覺我的眼裡滿是淚水。我好幾次在啜泣。霍華德曾經跟丹尼斯・比杜攤牌過,為了我!我的弟弟!但是他那麼做其實是因為我父親叫他去的。我父親不管叫他幹什麼他都幹。只有一次他拒絕了,在醫院,我父親叫他把他悶死。那是我知道的唯一一次他漠視了我父親的願望。

「找一棵夠高的。」凱特說,「不要找那種像仙人掌的。要一棵針葉修長、俯衝下來的。」

「俯衝？」霍華德在走道上轉身問。

「有種流動性的。」她說著微微屈膝，用手臂做了一個橫掃的動作，「你明白的——有美感的。」

客人還沒來，女鄰居把陶德從他玩伴那裡送回來，他該上床了。樹上也裝飾了幾十顆聖誕彩球，還有打字紙剪的星星，一端別著迴紋針做的鉤子。毛絨動物園的小動物——當然沒有那只熊——都在樹下，模仿馬槽裡的動物。馬槽是一個烤盤，裡面有一只綠色的恐龍。

「來的人裡有多少我認識？」我問。

「你認識……你認識……」霍華德咬著自己的嘴唇。他啜了一小口酒，有些迷惑。「嗯，你認識凱尼格。」他說，「凱尼格結婚了。你會喜歡他的妻子。他們分頭來，因為他下了班直接過來。你認識邁納一家。你認識——你肯定會喜歡萊特富特，哲學系的新老師。別急著告訴他你在跟人交往。他人不錯，應該給他一個機會。」

「我不認為我在跟什麼人交往。」我說。

「喝一杯——你會好受點。」霍華德說，「說真的，我今天下午很憂鬱。天那麼快就黑了，我永遠不明白我對什麼有反應。我的心情也變得灰暗，就像傍晚的光線。你明白嗎？」

「好吧，我喝一杯。」我說。

「要來的一個大胖子在匿名戒酒者協會。」霍華德說著從書架上拿下一隻玻璃杯，倒了些酒。「這些昨天都洗過了。」他說。他把酒杯遞給我。「胖子名叫德懷特・庫爾。是要來的傑森夫婦把我們介紹給他的。他單身。過去住在大蘋果。神祕的人。沒人認識。他家裡有一個電腦終端機，連到紐約某個神祕的辦公室。愛講好笑的笑話。他們整天都在電腦上攻擊他。」

「傑森夫婦？」

「你見過的。那個女人跟她情人提出分手以後，她情人偷偷潛入她家，在牆上畫滿了她和她丈夫的漫畫。我聽說是個極好的畫家。你知道這事吧？」

「不知道。」我笑著說，「她長什麼樣？」

「你跟我們去賽馬會的時候見過。高個，紅頭髮。」

「噢，那個女的。你怎麼不早說？」

「我跟你說了她情人的事不是嗎？」

「我不知道她有個情人。」

「嗯，幸虧她已經跟丈夫說了，他們決定補救兩人的關係，所以當他們回家看到滿牆的畫——我是說，我的印象是那些畫細節相當生動。可不像在山洞之類的地方撞見一堆象形文字。丈夫把這當成自己的笑話來講：只好把牆重刷一遍，去塗料店買了桶顏色最深的藍漆，因為他要的是徹底蓋住——而不用抹什麼三層灰泥。」霍華德又喝了一小口酒。「你沒見過她丈夫。」他說，「他是一個麻醉師。」

「她情人是做什麼的？」

「他開樂器行。他搬走了。」

「去哪？」

「蒙皮利爾。」

「你怎麼知道這些事的？」

「問的。人家告訴我的。」霍華德說，「然後在蒙皮利爾，有天他在擦槍，槍走火了，打中他的腳。不過並無大礙。」

「很難把任何一件類似的事看成善惡報應。」我說，「那傑森夫婦又快樂如初了？」

「我不知道。我們也不常跟他們碰面。」霍華德說，「我們跟那些社交活動實在沒什麼關係，你知道的。你也只是假日時來訪，那是我們年度聚會的時候。」

「噢，你們好呀。」貝姬從前門衝進客廳，帶來冷風和她的女友迪德莉。迪德莉咯咯地笑著，頭轉向一邊。「我的朋友！我了不起的朋友們！」貝姬小跑步地經過，使勁揮手。她在走道停下，迪德莉跟她撞在一起。迪德莉把手捂在嘴上，掩住一聲驚叫，然後跑過貝姬身邊進入廚房。

「我能記得自己這麼大的時候。」我說。

「我覺得我從來沒這麼傻過。」霍華德說。

「女孩之間不大一樣。男孩從來不怎麼以這種認真的方式交談，不是嗎？我是說，我記得有段時期我好像一直都在傾訴什麼。」

「跟我傾訴一下。」霍華德去把巴哈的唱片翻面。

「女孩只跟其他女孩那麼說話。」我說，意識到他是認真的。

「基頓・克雷曼[3]」。霍華德的手緊貼心臟，「上帝啊——告訴我並不美。」

「你怎麼這麼了解古典樂？」我問，「問別人，別人告訴你的嗎？」

「是在紐約。」他說，「我搬到這以前。甚至在到洛杉磯之前。我就開始買唱片，四處打聽。半個城市都是古典音樂的非正式顧問。你在紐約能發現很多東西。」他替杯子裡又加了點酒。「來吧。」他說，「跟我說點祕密。」

3 基頓・克雷曼（Gidon Kremer，1947-），拉脫維亞小提琴家，指揮家。

廚房裡，女孩中有一個打開收音機，搖滾樂聲音放得很低，跟巴哈的小提琴聲交匯。樂聲更低了。迪德莉和貝姬在笑。

我喝了一口酒，嘆著氣，對霍華德點點頭。「去年六月我去舊金山看我朋友蘇珊。我比我之前說的早到一天，她不在家。」我說。「我打算給她一個驚喜，而她卻讓我吃驚。那倒沒什麼。旅途勞累，我到的時候樂得有藉口住進酒店，因為要是她在的話，我們肯定會整夜聊天。就像貝姬和迪德莉，對不對？」

霍華德眼珠子轉轉，點點頭。

「於是我去了酒店，入住，洗澡，精神突然又來了，心想管它呢，幹嘛不去酒店旁邊的餐廳——或者我猜是酒店裡的餐廳——好好吃一頓，既然人們說這家不錯。」

「哪家餐廳？」

「星星。」

「嗯。」他說，「發生了什麼？」

「讓我告訴你發生了什麼。你要有點耐心，女孩都知道跟其他女孩要有耐心。」

他又點頭稱是。

「他們服務很好。入座率大概四分之三。他們安排我坐在一張桌子旁，我一坐下就抬頭張望，有個男人坐在餐廳另一頭靠牆的軟長椅上，面對著我。他在看我，我在看他，沒有眼神的交流幾乎不可能。很明顯，我們倆同時來電了。座位另一邊有個女人，不算迷人。她戴了一枚婚戒。他沒戴。他倆沉默地吃著。我必須強迫自己往別處看，但是只要我抬頭，他也抬頭，或者他已經抬了一會兒。後來他從桌邊走開，我是用眼角餘光看到的，當時我側著頭，在聽右手邊的人對話，我嘴裡在嚼東西。過了一會兒，他結帳，兩人走了。她走在他前面，他看起來不像是跟她一起的。我是說，他離她挺遠的。但是自然他沒有轉頭。他們離開以後我心想，好神奇。真的像是一種動能，轟的一下！我又喝了咖啡，然後結帳。我離開的時候走下很陡的台階到街邊去，服務生從後面跟上來說：『抱歉打攪了。我不知道怎麼做才好，但我不想讓你在餐廳裡覺得尷尬。那位紳士離去時留下這個給你。』他遞給我一個信封。我嚇了一跳，但只是說：『謝謝你。』然後就繼續走下台階。我走到外面，四處張望。自然他不會在那裡。於是我打開信封，裡面是他的名片。他是一家法律事務所的合夥人。在他的名字下面他寫著：『你是誰？請打電話。』」

霍華德在笑。

「我就把名片放進錢包，走了幾個街區我想：好嘛，這到底算是什麼？舊金山的某個男人？圖什麼？一夜情？我回到酒店，當我進去的時候，櫃檯後的男人站起身來說：『抱歉打攪一下，你剛才是去吃晚飯了嗎？』我說：『幾分鐘前。』他說：『有人留了這個給你。』是一個酒店的信封。在去房間的電梯裡，我打開信封，是同一張名片，上面寫著：『請打電話。』」

「我希望你打了。」霍華德說。

「我決定枕著名片睡覺。到了早上我決定不打。但是我留著那張名片。然後八月底的時候我在東村逛街，一對顯然是外地來的夫婦走在我前面，一個龐克男孩從他坐著的門廊上站起來，對他們說：『嗨——我想跟你們合影。』我進了一家商店，出來的時候那對夫婦和那個男孩都在笑，手裡拿著另一個龐克拍下的拍立得。是個玩笑，不是敲詐。男人拿了一張照片，給男孩一塊錢，他們走了，龐克又在門廊上坐下。我走回他坐的地方，我說：『你能幫我一個忙嗎？我也能跟你合照嗎？』」

「什麼？」霍華德說。小提琴樂聲高昂。他起身把聲音調低了一點。他回頭看我。「然後呢？」他說。

「那小孩想知道為什麼，我告訴他是為了氣我男朋友。他就說好啊——我說理由的時候他臉上都發光了——不過因為拍得多，給兩塊錢他就更感激了。我給了他，然後他手臂摟著我，朝相機做出各種怪相。他像一條人形蟒蛇纏在我脖子上，還做了一個米克・傑格似的噘嘴。照片效果好得難以置信。那天晚上，我在照片底部的空白處寫道：『我是一個你還不知道名字的人。你要找到我嗎？』我把它裝進信封，寄到舊金山給他了。

我不知道我為什麼那麼做。我是說，這根本不像我會做的事，你覺得呢？」

「可是他要怎麼找到你呢？」霍華德說。

「我還留著他的名片。」我朝放在地板上的錢包，聳了聳未受傷的肩膀。

「那怎麼可能？」

「那怎麼可能有個人走進一家餐廳，被閃電擊中了，另一個人也一樣？像部爛片。」

「當然可能發生。」霍華德說，「說真的，你打算怎麼辦？」

「過一段時間再說。也許寄給他一個他能追蹤的東西，如果他願意。」

「真是個神奇的故事。」霍華德說。

「有時候——嗯，我有一陣沒想這了，不過夏末我寄出那張照片以後，有時走在路上，或者不管在做什麼，突然會有一種感覺，覺得他在想我。」

霍華德神情奇怪地看我。

「他可能是在想。」他說，「他不知道怎麼跟你聯繫。」

「你以前是編劇。他該怎麼做？」

「他不能從照片背景猜出是東村嗎？」

「我不確定。」

「如果他做得到，他可以在《聲音》上打廣告。」

「我想背景裡只有一輛車。」

「那你一定要給他點別的東西。」霍華德說。

「為什麼？你想讓你姊姊來個一夜情嗎？」

「你說得他好像特別迷人。」霍華德說。

「是，可是萬一他是個壞蛋呢？也可以說他過於自以為是，他肯定我會回應。你不覺得嗎？」

「我認為你應該跟他聯繫。如果你願意，做得有趣一點，要是我就不會讓他溜走。」

「我從來沒擁有過他。看樣子他有老婆。」

「你並不知道。」

「是啊。」我說，「我猜我是不知道。」

「做吧。」霍華德說，「我想你需要這個。」他說話的時候聲音壓低——正像一個女孩會做的那樣。他點頭表示肯定。「做吧。」他再次低語。然後他猛地轉頭，看我在盯著什麼。是凱特，洗完澡以後裹著浴巾，拖著長長的電話線。

「是法蘭克。」她輕聲說，手捂在話筒上，「他說他最終還是決定參加聚會。」

我呆呆地看著她，驚訝不已。我幾乎忘了法蘭克知道我在這。他以前跟我只來過一次，很明顯他不喜歡霍華德和凱特。為什麼他突然決定要來？

她聳聳肩，手還捂在話筒上。「過來。」她輕聲說。

我站過去。「如果不是太讓他為難。」她說，「也許他能順便載迪德莉的爸爸。他就住在城裡你家在的那條街拐角。」

「迪德莉的爸爸？」我說。

「你來說。」她輕聲說，「他要掛了。」

「哎，法蘭克。」我對著電話開口。我的聲音又尖又假。

「我想你。」法蘭克說，「我必須離開紐約。我是不請自來。我猜既然這是一年一度的邀請，應該沒關係，對嗎？」

「哦，當然。」我說，「你能稍等兩秒鐘嗎？」

「沒問題。」他說。

我又捂住話筒。凱特還站在我身邊。

「我在浴室裡跟迪德莉的媽媽通話了。」凱特低聲說，「她說她前夫還不能開車，而迪德莉一整天都在哭。要是他能順道載他來，他們可以坐火車一起回去，不過——」

「法蘭克？這有點奇怪，我也不太明白是什麼安排，不過我要讓凱特來說電話。我們需要你幫一個忙。」

「只管說。」他說，「只要不是瓊・懷爾德・楊夫人惡意的修正的修正的修正。」

我把電話拿給凱特。「法蘭克？」她說，「你就要交一個新朋友了。對他好一點，他剛摘除膽囊，力氣只有海藻那麼輕。他住在七十九街。」

我跟霍華德在車裡，我裹著大衣和斗篷。我們此行的任務頗有點諷刺。我們要去7-11買點冰。月光皎潔，我那一邊的窗外，田野裡的雪堆像踏腳石一樣閃亮。霍華德突然打方向燈，拐彎，我回頭確認我們後面沒有被撞。

「對不起。」他說，「我晃神了。況且這條路標識得也不清楚。」磁帶卡座裡放的是邁爾士・戴維斯——最溫柔的邁爾士・戴維斯。

「我們還有點時間繞道。」他說。

「為什麼要繞道？」

「就一下。」霍華德說。

「凍死了。」我收緊下巴說話，這樣我的喉部可以暖和點。我抬起頭。鎖骨更冷了。

「你說的動能讓我想到做這件事。」霍華德說，「你可以跟我說祕密，我也可以跟你說祕密，對嗎？」

「你在說什麼？」

「這個。」他說著開進一條標著「不得越界」的路。轉彎處路有點不平，但隨著車顛簸前進，路面平滑了一些。他開車的時候，雙手緊握方向盤，在座位上挺直上身，好像高出來的一寸加上大燈，能讓他看得更清楚。路變得平整，我們右邊有一個池塘。沒有結凍，但是冰層掛在池塘邊緣，好像水族箱裡的浮藻。霍華德退出卡帶，我們在寒冷和沉默中坐著。他熄了火。

「上週這兒有一隻狗。」他說。

我看著他。

「鄉下有很多狗，對嗎？」他說。

「我們在這幹嘛？」我說著抱緊膝蓋。

「我愛上了一個人。」他說。

我之前看著池水，他一開口，我又轉過頭看著他。

「我不覺得她會在這。」他語氣平靜，「我甚至不覺得狗會在這。我猜我只是被吸引到這裡——就是如此。我想看看如果我來到這裡，能不能找回那種感覺。如果你打電話給那個男人，或者寫信給他，你會找回那種感覺。是真的。我能從你跟我說話時的樣子看出來，那是真的。」

「霍華德，你剛說你愛上了什麼人？什麼時候的事？」

「幾個星期前。學期結束了，她畢業了。她一月走的。一個大學畢業生——就那樣？

一個二十二歲的孩子。我的好朋友萊特富特的哲學專業學生。」霍華德鬆開方向盤。他熄火以後手還一直握著。現在他的手放在大腿上。我們倆似乎都在仔細看他的手。至少我看著他的手就不用盯著他的臉，他垂下眼簾。

「挺瘋狂的。」他說，「如此激情，如此迅速。也許我是在騙自己，但是我想我沒有跟她吐露我多麼在乎她。她看得出我在乎，但是她……她不知道我的心一直為她駐留，你知道嗎？我們有天開車來這，在車裡吃野餐——那是你能想像到的最恐怖的野餐，冷極了——一隻狗晃蕩到車邊上。一隻大狗。就在這。」

我從車窗望出去，幾乎盼望那隻狗還在那。

「共有三次冰冷的野餐。這隻狗是最後一次出現的。她喜歡那隻狗——看起來像雜種狗，可能有不少黃毛獵犬的基因。我以為我們打開車門是自找麻煩，因為牠不像是一條特別友善的狗。但是她對了，我錯了。順便說一下她叫羅賓。她剛打開車門，狗就搖起尾巴。我們跟牠一起散了會兒步。」他向前努一努下巴。「在那條路上。」他說，「我們扔石子讓牠玩。一隻喜歡人群的典型美國狗，在樹林裡迷了路，不是嗎？我開始逗牠，叫牠斯波特。我們回車上的時候，羅賓拍拍牠的頭，關上車門，牠退後，樣子很悲傷。好像我們的離去真的毀掉牠的一天。我把車開離路邊，她搖下車窗，說：『再見了，羅弗。』我發誓牠的臉上大放光彩。我想牠真的叫羅弗。」

「你們做什麼了？」我說。
「你是說對狗，還是說我們倆？」
我搖搖頭。我不知道我的意思。
「我倒車，狗讓我們離開了。牠只是站在那。我從後視鏡裡看著牠，直到路面下沉，牠從視野裡消失。羅賓沒有回頭。」
「你打算怎麼做？」
「買冰。」他說著點了火。「但那並不是你的意思，對嗎？」他倒車，我們顛簸著開向我們自己的輪胎印，這時我又回頭，但是沒有狗在月光下注視我們。

回到家，霍華德走在我前面的方石板小路上，我比平常在冷風中走得還慢，想給自己一點時間考慮他讓我想起什麼。我是在注意力被一塊冰吸引過去的時候想到的，我害怕踩到冰。他讓我想起那個法庭雕像——我不知道它叫什麼——一個眼睛被蒙住的女人手持公正的天平。左手一袋冰，右手一袋冰——但是沒有蒙眼布。門突然打開，霍華德和我看到前面是凱尼格，他照例頭戴印花手巾，向我們微笑致意。他身後，聚會已經開始，一片亮光中，那個紅髮女人抱著陶德，他一隻手抓著綠色恐龍，另一隻手摸著自己瞌睡的、哭泣的臉。陶德往前一撲——倒不是衝著他爸爸，而是朝向更廣闊的空間——

我突然一下子意識到在房子門口，屋裡的熱氣和盤繞的煙霧把從戶外湧進房內的寒冷空氣變成銀白。彌賽亞——凱特為這個場合選擇的完美音樂——沒有播放；有人放了茱蒂・嘉蘭[4]的唱片，我們走進去的時候她正在唱：「那就是你會找到我的地方。」歌詞像輕煙在空中縈繞。

「你好，你好，你好，你好。」貝姬叫道，一條穿著及膝襪的腿在陽台上晃悠，迪德莉遮住臉躲在她身後，「為你們倆，只因為你們在這，我對你們說：一百萬個——一萬億個——你好。」

（一九八六年三月三日）

4 茱蒂・嘉蘭（Judy Garland，1922-1969），美國女演員、歌手。曾獲奧斯卡青少年獎、金球獎、葛萊美獎等多項大獎，被美國電影學會選為百年來最偉大的女演員之一。

LINK 22

紐約客故事集 II— 私房話

The New Yorker Stories

作　者	安・比蒂（Ann Beattie）
譯　者	周　瑋
總編輯	初安民
責任編輯	宋敏菁
美術編輯	陳淑美
校　對	林若瑜 宋敏菁
發行人	張書銘
出　版	INK 印刻文學生活雜誌出版有限公司 新北市中和區建一路 249 號 8 樓 電話：02-22281626 傳真：02-22281598 e-mail : ink.book@msa.hinet.net
網　址	舒讀網 http://www.sudu.cc
法律顧問	巨鼎博達法律事務所 施竣中律師
總代理	成陽出版股份有限公司 電話：03-2717085（代表號） 傳真：03-3556521
郵政劃撥	19000691 成陽出版股份有限公司
印　刷	海王印刷事業股份有限公司
港澳總經銷	泛華發行代理有限公司
地　址	香港新界將軍澳工業邨駿昌街 7 號 2 樓
電　話	(852) 2798 2220
傳　真	(852) 2796 5471
網　址	www.gccd.com.hk
出版日期	2017 年 04 月　初版
ISBN	978-986-387-161-3

定價　330 元

國家圖書館出版品預行編目資料

紐約客故事集 II：私房話
／安・比蒂（Ann Beattie）著．
周瑋 譯 -- 初版．－新北市中和區：INK 印刻文學，
2017. 04 面；14.8 × 21 公分．--（Link；22）
譯自：The New Yorker Stories
ISBN　978-986-387-161-3　（平裝）

874.57　　106004869